ARNIM TÖPEL

W0411250

# Grähm Brüllee!

# KOMMISSAR GÜNDA & DIE LIEBE IN ZEITEN DER PENGZIOON

Du kannst lange suchen. Überall.
Hiwwe. Driwwe. Drowwe. Drunne.
Des nitzt nix.
Weesch warum?
Du musch gfunne wärre.

**Wenn ich etwas gelernt habe, dann dass ich nichts falsch gemacht habe.**

*Dieser Satz gehört eingerahmt*, dachte sie. *Oder eintätowiert. Oder auf einen Grabstein.* Nicht selten hatte Inga Mertens solcherlei sinngemäß in ihrer Arbeit als Mediatorin gehört, aber nie so vollendet selbstgewiss auf den Punkt gebracht. Sie nickte, den Eingang dieser denkwürdigen Aussage ungerührt bestätigend, und wandte sich der anderen Person am Tisch zu. Die ließ sich nicht lange bitten.

„Ich bin es leid, ich kann nicht mehr, ich will nicht mehr, und ich sehe es auch überhaupt nicht ein. Dafür bin ich mir zu schade. Ich habe zwei Kinder großgezogen, eine Firma zweiundzwanzig Jahre geleitet. Da muss ich mir von niemandem sagen lassen, wie ich mein Leben zu führen habe. Schon gar nicht von einem Mann, der sich seinen Hintern im Büro platt sitzt."

„Entschuldige mal! Ich kann nichts dafür, dass meine Kinder keine Probleme mit mir haben."

„Bittesehr!"

Die aufgebrachte Frau zückte aus ihrer Aktentasche ein Dokument und donnerte es auf den Tisch.

„Das ist ein Attest meines Hausarztes. Ich schlafe seit Wochen kaum noch, Herzrhythmusstörungen, Kreislauf. Ich kann nur sagen: Dieser Mann wird sehen, was er davon hat!"

„Pff! Ich krieg auch immer Sodbrennen, wenn ich dich sehe."

„Sie! Für dich ab heute Sie!"

Als Anfängerin hätte sie eine solche Eröffnungsszene verzweifeln lassen. Schon die Körpersprache! Keines Blickes hatten die Unversöhnlichen einander seit ihrer Ankunft gewürdigt, die Arme verschränkt, die Beine übereinandergeschlagen, spiegelbildlich vereint in einer soliden, geradezu zur Schau gestellten Abneigung füreinander.

Lauernd.

Und dann genügte eine erste einfache Frage, worum es bei dieser Mediation denn gehen solle, schon kam es zur Explosion.

Welche Konstellation würde ein Außenstehender bei diesem Pärchen wohl vermuten? Eine Schlammschlachtscheidung? Eine erbitterte Erbauseinandersetzung zweier Geschwister? Der dramatische Machtkampf um die Vorherrschaft in der gemeinsamen Firma? Weit gefehlt. Bei den beiden sich unerbittlich Beharkenden handelte es sich um den Ersten Vorsitzenden eines Heimatvereins zur Pflege von Brauchtum und dessen Stellvertreterin.

Ein nach Angaben ihres Assistenten sehr verzweifelt wirkender Mann hatte in ihrem Büro angerufen und dringend um einen Mediationstermin gebeten. Die Situation sei völlig verfahren, drohe zu eskalieren und dulde keinerlei Aufschub, wolle man noch irgendetwas retten.
Entsprechend prompt hatte sie zurückgerufen, wofür sich der Mann ausgesprochen dankbar gezeigt und etwas kleinlaut eingeräumt hatte, es handele sich peinlicherweise um Streitigkeiten im Rahmen von Freizeitaktivitäten, die allerdings von allen Beteiligten überaus ernst genommen würden.
Er selbst stellte sich als Gründungsmitglied und Schatzmeister des Mittelaltervereins *Unter den fröhlich klingenden Schalmeien* vor. Dieser verfüge über knapp zweihundert aktive Mitglieder, sei wirtschaftlich solide aufgestellt und wolle demnächst sein zehnjähriges Bestehen begehen. Das Klima zwischen den beiden Vorsitzenden indes sei seit Monaten derart vergiftet, dass sich gerade entsprechende Lager bildeten und eine Spaltung des Vereins unmittelbar bevorstehe.
Mit Engelszungen habe er nun auf die Kontrahenten eingeredet und sie schließlich zu einer Mediation überredet, zumindest versuchsweise: „Sie sind mir von einem guten Freund empfohlen worden. Sie haben bei ihm in der Firma sehr erfolgreich

zwischen Belegschaft und Betriebsleitung vermittelt. Sie machen so etwas normalerweise bestimmt nicht, aber Sie sind unsere letzte Hoffnung. Sie können sich nicht vorstellen, dass Menschen sich bei ihrem Hobby das Leben zur Hölle machen."

*Oh doch*, das konnte sie sehr wohl. Solche Anfragen kamen sogar immer häufiger. Und so war sie auch keineswegs überrascht vom Fortgang dieses ersten Gesprächs mit den grimmigen Widersachern. Sie erhielt eine ausnahmsweise einmütige Antwort auf ihre Frage, worum es denn den beiden Vereinsvorsitzenden im Kern gehe:
„Um alles, Frau Doktor, es geht um alles!"
„Allerdings!"

## Rechtzeitig gehen

Auf den ersten Blick hatte sich nichts verändert. Das efeuumwachsene Schild prangte einladend über der Eingangstür: *Zum Roten Ochsen.* Auch den Biergarten gab es weiterhin, die ausladende Linde spendete vielleicht noch ein wenig mehr Schatten. Gut, der Zaun könnte einen frischen Anstrich vertragen, aber alles in allem: *Schää! Äfach schää!* Mit Macht überkamen Kommissar Günda heimatliche Gefühle.

*Moomendemol!*
Was war das? Die runden Tische und klappbaren Stühle im Biergarten, sie waren verschwunden! Stattdessen gab es wie allerorts diese uniformen Lungermöbel. Wahrscheinlich aus dem 3D-Drucker. Kies gab es ebenfalls keinen mehr als Untergrund, dafür Sand. Feinen, cremefarbenen Sand. In Glickerbach?
*Fa waas? Stammdisch im Lieje?*

„Ou, de Tschief! Aa mol widda im Lond?“
Ein vertrautes Gesicht auf der gegenüberliegenden Straßenseite. Der Name des Mannes lag ihm auf der Zunge: „Äh…“
Aber da war er schon um die nächste Ecke gebogen.

Keine Frage, diese Ansprache tat ihm wohl. Ganz in Vergessenheit geraten war er also offenbar nicht, der alte Kommissar. Genauer Ex-Kommissar. An diesen Umstand gewöhnt hatte er sich noch immer nicht, da machte er sich nichts vor. Knapp ein Jahr war es nun her, dass er das letzte Mal hier gewesen war. Zur großen Abschiedsfeier: *Adele, Tschief, machs gut!*

Marion Helche, die Wirtin vom Roten Ochsen, hatte ihren Biergarten zur Verfügung gestellt, die freiwillige Feuerwehr hatte einen imposanten Grill aufgebaut, bedient von fachkundigen Brand- und Bratmeistern. *So viel Leit!*

Etliche Bierbänke hatte man zusätzlich aufbieten müssen, und am Ende wurde es entgegen seiner Absicht doch noch ziemlich sentimental, bestimmt auch, weil Gäste zu später Stunde von zu Hause ein paar Schnapsflaschen herbeigeschafft hatten: „Selwa gebronnt, vun moim Schwoora[1]!"

„Do gugg noo, unsan Tschief! Hea mol, wenn Sie als noch nix zum schaffe hawwe, keende Sie mol bei mia voabeikumme fa de Rase zum mähe."
„Isch? Binnisch dabbisch? So weit kummts noch!"

Er lachte pflichtschuldigst, denn er spürte, der nächste Glickerbacher Passant hatte einen wunden Punkt getroffen. Wo genau der lag, dessen allerdings war er sich nicht so sicher. Dass es die *Sokodo*, *seine Sokodo* nicht mehr gab, nein, das war es nicht. So viel stand fest. Denn dass seine letzte berufliche Heimat nach seiner Pensionierung nicht mehr lange existieren würde, damit hatte er fest gerechnet. Wie ihm aus berufenem Munde zugetragen worden war, hatte es nach seinem Weggang denn auch keine Woche gedauert, bis man ohne viel Federlesens diesen ganz speziellen Außenposten der Polizei kurzerhand dichtgemacht hatte. Sein Assistent Fritjof Freese war weggelobt worden; es hieß, er hätte mittlerweile eine leitende Funktion irgendwo in Norddeutschland. War wohl auch besser für ihn, mit dem Dialekt hatte er auch nach Jahren immer noch seine Schwierigkeiten, und ohne seinen Chef wäre er in Glickerbach auf verlorenem Posten gewesen.

Oder hätte er sich mehr einsetzen sollen für den Erhalt der Sokodo? Ränke schmieden, Kontakte nutzen? Vielleicht hätte er sogar etwas bewirken können, aber letztlich, das wusste er nur zu gut, letztendlich hatte ihm das widerstrebt. Die Vorstellung,

---

[1] Schwager

mitansehen zu müssen, wie sich ein Nachfolger hier breit machte, hätte ihn zu sehr geschmerzt. So dagegen ging er in die Geschichte ein als der erste und letzte Chef der Sokodo zu Glickerbach. Das konnte ihm keiner nehmen.

*Hä? Was sollen des?*
Wie es aussah, gab es doch einen Nachfolger. Eine Nachfolgerin, *bessa gsacht.* Er trat näher und besah sich das blinkende Messingschild:

**Doktor Quitt**
**Mediatorin**
**Termine nach Vereinbarung**

„Tschief? Sin Sie des?"
Die Stimme riss ihn aus seinen augenblicklich trüber werdenden Gedanken, und er erkannte sie sofort: Marion Helche, die Wirtin vom Roten Ochsen. Er drehte sich um, und es schien, als hätte es das letzte Jahr nicht gegeben. Keine Scheu, kein Sichaufeinandereinstellen, sofort war da dieses Gefühl von Vertrautheit. Es gab Menschen, mit denen hatte man einfach einen Draht, und Marion Helche gehörte dazu. Auch wenn die Umarmung zur Begrüßung ein wenig linkisch geriet, was wie so oft an ihm lag.
*Zwee Luftknuutscha? Odda drei? Welli[2] Seit z-ärscht?*
Marion Helche bugsierte ihn in den Biergarten. „Auf, mia hogge uns bissl hie. Bissl vazehle! Sgibt bstimmt viel."
Weisungsgemäß ließ er sich in einen Seesel fallen und sank noch tiefer, als er befürchtet hatte.
„Begwähm[3], gell?"
„Voll!"

---

[2] Welche
[3] Bequem

„Tschief, jetz vazehle Sie mol, wu hawwe Sien gsteckt? Sie ware jo vaschwunne vun jetz uff noochhea, isch hab schun gedenkt, Sie sin ausgewannat."
„Des kamma schun so saare."
„Ealisch? Losse Sie misch mol roode: Toskana?"
„Nää."
„Doch net etwa Thailand!"
„A-wa!"
„Hmpf. Timbugdu?"
„Fascht."
„Ou, ealisch? Do kennisch misch net so gut aus in derre Gegend. Was liggtn do in de Neh?"
„Hopfeloch."
„Hä? Welles Hopfeloch? Awwa net unsas, odda?"
„Doch."
„A, des sin doch grad zäh Killomeeda vun do, vun Gliggabach."
„Awwa weit genung, dass misch kähns finne kann."

Dieses Bedürfnis nach Abschottung hatte sich recht bald entwickelt. Dafür gab es zahlreiche Gründe. Da war zunächst die erdrückende Fülle an guten Ratschlägen für den Ruhestand:
„Mach doch bissl Sportt, Günda!"
„Waas?"
„A, Golf, des mache alle!"
„Golf? Hea mol, hackts? So alt binnisch jetz aa widda net."
„Tanzkuass, wie wearen des?"
„Im Leewe net!"
„Odda Idaljähnisch, an de Volkshochschul! Mescht Meini[4] aa."
„Fa waas?"
„A, dei Pizza bstelle uff Idaljähnisch."
„Isch ess kä Pizza."
„Donnen Kochkuass."

---

[4] meine Frau

„Des loohnt sisch net fa misch allää."
„Wie wäassn mit Mole?"
„Waas?"
„A, Akt nadialisch!"
„Naggische? Oh liewi Zeit, des fehlt ma grad."
Was immer man ihm vorschlug, nichts sprach ihn an. Stets suchte er einen Grund, der gegen die Aktivität ins Feld zu führen war. Und wenn ihm keiner einfiel, blieb ihm noch das alles schlagende Argument schlechthin: „Kä Luscht."

Ähnliches galt für Einladungen, die es anfangs zuhauf gab.
„Kumm halt mol voabei, Günda! Mia koche was, mia grille was, mia dringe ähna!"
Ein paar Mal hatte er dem Folge geleistet, aber schnell hatte ihn das Gefühl beschlichen, es handele sich wohl eher um eine milde Geste, einen Akt der Erbarmens. Alle steckten doch weiter in ihren gewohnten Strukturen und Abläufen. Da kam er sich vor wie das fünfte Rad am Wagen. *Des kamma brauche wiä Kopfeloch*[5].

Er kannte Kollegen, die alles genauestens vorbereitet hatten, über einen exakten Plan verfügten und mit dem Tag ihres Ruhestandes in hektische Betriebsamkeit verfielen. Davon hatte er nie etwas gehalten. Er wollte alles auf sich zukommen lassen, die nächste Lebensphase entspannt angehen: *Guggemamol! Was kummt, des kummt. Was net kummt, kann ruisch forttbleiwe. Isch will bloß ähns: mei Ruh!*

Müde und genervt von den wohlmeinenden Ratschlägen hatte er dann jedoch einem besonders verbreiteten, äußerst hartnäckig vorgetragenen Drängen nachgegeben: Verreisen.
„Des musch du mache, Günda. U-bedingt!"
Eine Forderung, die erst allgemein erhoben wurde, alsbald

---

[5] Loch im Kopf, *bloß viel schääna gsacht.*

gefolgt von sehr konkreten Empfehlungen: Städtereisen, Kreuzfahrt, Trekkingtour, Jakobsweg. Neuseeland, Nordpol, Nanga Parbat. Drei Monate Minimum. Hätte nur noch gefehlt, dass sie ihm *Work and Travel* vorgeschlagen hätten.
*Alla guud, was solls, mach ischs halt.* Irgendwann hatte er sich dem Drängen ergeben – *dass Ruh is* –, aber darauf bestanden, seine eigene Reiseroute zu entwerfen. Dafür hatte er sich Prospekte schicken lassen, ganz altmodisch. Und sich schließlich auf den Weg gemacht Richtung Norden. In einem gemieteten VW-Bus, modern und funktional eingerichtet als Wohnmobil. „Genau das Richtige für Ihre Generation", hatte der Vermieter geschwärmt. „Mit unserer Edition *Flower-Power* gehts gefühlsmäßig direkt nach Woodstock. Aber natürlich mit allem Komfort und zurück!"
*Woodstock? Bloß, weil sie drei Brül-Blume druffgebabbt hawwe?*
Trotz aller Vorbehalte schlug er ein und machte sich auf den Weg.
Wohin? *Kä Ahnung.*
Wie lang? *Guggemamol.*

Bis zum Timmendorfer Strand war er gekommen. Beinahe jedenfalls. Kurz hinter Hamburg war er in einen kilometerlangen Stau geraten, und irgendwann hatte der Wagen gestreikt. Der herbeigerufene Pannendienst hatte ihn kurz und knapp beschieden, es handele sich um ein kleines, aber bedeutsames Problem, ihm fehle Benzin. *Subba!*
Das war für ihn ein eindeutiges Zeichen gewesen. Solche Reisen waren einfach nichts für ihn. Es hatte ihn eine erhebliche Summe gekostet, aber er hatte das Fahrzeug zurückbringen lassen und war mit dem Zug nach Hause gefahren.
Dort hatte er sich eine historische Karte der Kurpfalz geschnappt sowie seinen Zirkel aus Schulzeiten und hatte um Glickerbach einen Kreis geschlagen. So war er aufs *Hopfeloch* gestoßen, wie es im Volksmund hieß. Ein Ort, den er vage in Erinnerung hatte. Ihm schwante etwas von einem modrigen

Tümpel mit einer vermeintlich verlassenen Fischerhütte, die ein paar Jugendliche für sich als Geheimtipp entdeckt hatten. Wovon die sehr bald auftauchenden dortigen Angler überhaupt nicht begeistert gewesen waren. Einer der Übeltäter, Halbstarken, *Raudies* war er gewesen.

Und siehe da, die Hütte gab es noch. Einige wenige waren hinzugekommen, säumten das Ufer des Gewässers, das nicht wesentlich einladender erschien als damals und vor dem das alte, mittlerweile verbeulte Schild immer noch kündete, man dürfe darin nicht baden. Damals hatte sie das überhaupt erst auf die Idee einer nächtlichen Erfrischung gebracht.
Vor der alten Fischerhütte saß ein Mann, der unwillig und unwirsch auf das Schild über ihm deutete – *Personal* – und sich auf diese Weise wortlos als der Aufsichtshabende vorstellte. Misstrauisch beäugte er Kommissar Günda: „Isch kenn Sie!"
Ihm wurde es unbehaglich. Die damalige Aktion hatte immerhin einen Polizei-Einsatz mit eindringlicher Ermahnung der Beteiligten sowie Mitteilungen an die Eltern zur Folge gehabt. Noch bei seiner Bewerbung für den Polizeidienst hatte ihn die Sorge gequält, bei der Frage nach etwaigen Vorstrafen hätte er den Vorfall angeben müssen. Sollte ihn seine Vergangenheit jetzt im Ruhestand einholen?
Er lag nicht ganz falsch: „Sin Sie net de Tschief?"
„Stimmt. Awwa…"
„Sin Sie net dea, dea wu moin Schwoora in de Knascht gebrocht hot?"
„Äh…"
„De Schneidas Maddien! Weje Betrug!"
„Kann sei…"
„Des kann net soi, des sin Sie gewest! Gonz gwieß!"
„Also isch …"
„Do simmia Ihne heit noch dankbaa defia. Dea Lumbesseggl. Gschiedem grad rescht. Wie kannisch Ihne helfe? Ä Bierle?"

Und so war Kommissar Günda das rare Privileg zuteil geworden, eine Hütte mieten zu dürfen. Nicht an der Promenade vom Gardasee, nicht am Strand der Ostsee, aber am Ufer *vum Hopfeloch*, Schilf und *Schnooge*[6] inklusive.
Schritt für Schritt hatte er sodann aus seinem Hausstand alles Notwendige dorthin verbracht, zuerst *nadialisch* die Stereo-Anlage, dann die Kaffeemaschine, die Klappliege vom Balkon, seinen lange ausrangierten Schlafsack, Geschirr. Außerdem hatte er für die warme Zeit einen Holzkohlegrill besorgt, für die kalte einen Kanonenofen.

Marion Helche schüttelte den Kopf: „Hopfeloch? Im Summa vasteh isch des noch. Awwa im Winda?"
„Härrliisch, kähn Mensch do. Bloß so zwee annare dabbische Angla wie isch."
„Sie angle, Tschief? Donn keende Sie mia mol paa frische Fisch mitbringe, isch kann die als brauche, die Leit freie sisch."
„Isch angl bloß oohne."
„Oohne waas?"
„Kööda. Isch will doch nix fange. Bloß dohogge un…"
„Ia Ruh hawwe. Isch habs vastanne, Tschief."
„Kähn Bsuch, kä Zeidung, kä Indanett. Bloß Raddio un moin alde Färnnseh. Drei Brogramme. Wie fria. Härrliisch!"

Marion Helche konnte nicht nachvollziehen, wieso er sich so abkapseln wollte. Viele hätten sich gefreut, wenn er mal vorbeigekommen wäre.
„Wea?"
„Zum Beispiel isch, Tschief."
„Ealisch?"
„Uff jedn Fall."
„Oukey. Des is schää, awwa unna uns, du weesch, wies is. Die

---

[6] Mücken

Leit hawwe mit sisch zum du, do brauche die net denn alde Sseggl, dea wu imma bloß bleed rumsteht un unnahalde wärre will. Odda die gonz Zeit vazehlt vun seine Heldedaade vun annodunnemols. Isch will kähm uff de Wegga falle."
„Hawwe Sie wännigschdens Telefoon?"
„Nää. Außa, wennisch mol bei mia dehähm bin. Ooruf-beantwordda. Awwa des hot aa geneavt, do waa meischdens bloß de Weize[7] druff."
„Weize? Is des dea?"
„Gönau. De Rumgoggla."
„A, dea kummt als do bei mia voabei."
„Hä? Fa waas?"
„A, zum esse. Im Roode Ochse. Un donn frägda imma, wies Ihne geht. Ob isch was gheat hab. Un iwwahaupt halt."
„Bissl bussiare willa, isch weeß, isch kenn denn."
„Nänää, dea is imma mit Seinare do."
„O![8] Ealisch? Mit seinare Rossie?"
„Isch geh defu aus, voll die Ramondig, die zwee. Händlin halde, Kärzzlin uffm Disch."
„Hea uff. Dann hot dea sisch awwa geännat scheinz. Apropoo…"
Auch wenn er sich noch so sehr über das Wiedersehen freute, er spürte, wie das Schild nebenan an ihm irgendwie nagte. Was ihm gleichzeitig unangenehm war, denn das war völlig unangemessen. Der Rote Ochse gehörte Marion Helche, es war selbstredend ihre Sache, wie sie mit den Räumlichkeiten verfuhr. Er versuchte, sich sein Unbehagen nicht anmerken zu lassen: „Was gibtsn Neies bei Dia?"
„Bei mia?" Die Wirtin zuckte lachend mit den Achseln. „Nix

---

[7] Spitzname des Kollegen Axel Kornfeld von der Spurensicherung
[8] Dieses *O!* ist möglichst kurz zu sprechen, einhergehend mit einem stoßweisen Emporrecken des Kinns. Ein Ausruf des Erstaunens im Sinne von: *Daran habe ich meine Zweifel.*

Bsunnares. Als noch kähn Monn. Als noch viel Äawett[9]." Sie überlegte. „A doch, mia hawwe Kocktehl[10] seit neuschdemm. Tapas aa als."
„Ähä."
„Die Launschsessl hawwisch jetz wie gsacht aa schun ä Weil. Subba begwähm, gell?"
„Voll. Je länga ma hoggt, je begwähma wärdds."
Er hatte schon mehrfach die Position verändert, versank aber nur immer tiefer. Ihm graute schon vor dem Aufstehen.
„Un sunscht?"
„Alles wie imma, Tschief."
„Do binnisch ma net so sischa."
„Hä?"
Er musste wohl doch konkret werden: „A was issn des neewedroo?"
„Wuä?"
„A, des mit derre Fraa Doggda."
„A die. Stimmt, die kenne Sie jo noch net. Die hawwisch jetz aa schun ä Weil drin."
„Wie drin? Wu drin?"
„Do, wu ia als gwest seid. Im Neewezimma. Wenn sie Tammiine hot, donn kummt die als mit ihre Mediande."
„Medi-was?"
„Tschief, die is doch Mediatoorin."
„Hawwisch glese uff demm Schild."
Marion Helche fühlte sich aufgerufen, ein paar erklärende Worte zu verlieren: „Statz voa Gerischt zum ziehe, kumme die Leit, die wu Händl[11] hawwe middenanna, zu derre, un die vasucht donn, so Konflikde zum kläare mit denne."
„Ähä. Hawwisch aa schun was defu gheat, dass des gehe soll.

---

[9] Arbeit
[10] Cocktail
[11] Streit

Isch weeß net. Neewebei, is die grad am rummache mit iam Mediadings?"

Aus dem Gebäude drangen spitze Schreie. Er konnte sich ein Grinsen nicht verkneifen. „Net so äfach scheinz. Do hawwe sisch zwee vun denne Medi-Donde voll in de Woll, die ää schreit gonz schää."

„Nänää, Tschief. Des sin net die Mediande. Isch kenn die Stimm. Die Fraa Doggda, die lässt als mol än Brilla[12] fahre, wenns derre zu aiig wärdd. Dass Ruh is. Die gfällt mia."

„Ou. Deaf ma des iwwahaupt? Als Mediatooriin?"

„Die schun."

---

[12] Brüller

**Es gibt nicht nur eine Wahrheit. Und wer etwas anderes behauptet, der ist Pfarrer. Im besten Fall.**

In Glickerbach blieb man im Hinblick auf diese Mediatorin skeptisch.
„Hea mol, waasch du schun bei derre?"
„Wuä?"
„A, bei derre Fraa, derre neie."
„Isch kenn viel Frauä. Grad neie. Welli?"
„O, geb mol net so oo. A, die, die wu des mescht."
„Waas?"
„Des mit demm. Du weesch schun."
„Hä?"
„Jetz stell disch doch net so dabbisch oo."
„A, du mähnsch die Doggdariin, die neie."
„Gönau."
„Nää. Fa waas?"
„Kä Ahnung."
Schweigen.
„Awwa do gehe schun als Leit hie. Hawwisch gheat jednfalls."
„Stimmt. Des hawwisch aa gheat."
Schweigen.
„Kennsch du ähna, dea wu schun do waa?"
„Nää. Due?"
„Isch aa net."
Schweigen.
„Isch hab schun iwwalegt, dass isch mol hiegeh. Roin indressehalwa."
„Alla hopp, donn geh isch grad mit!"
Schweigen.
„Mähnsch du, die Kass zahlt des?"
„Wenn net, geh isch glei widda."
„Isch aa."

**Die Menschen wollen immer wieder hören, dass mehr in ihnen steckt, als sie zu zeigen bereit sind. Dabei ist weniger mehr. Und davon haben nun mal die meisten mehr als genug.**

Einmal Tschief, immer Tschief, er war erleichtert und zufrieden. Für die Glickerbacher blieb er offenkundig einfach der, der er war. Trotz des Ruhestands. Und darauf kam es schließlich an. Auf die förmliche Anrede hatte er nie sonderlich Wert gelegt, das war wichtig für Besoldung, Beförderung, für die interne Hierarchie. *Tschief* dagegen, das war Ausdruck von Respekt und Sympathie. Insofern hatte ihm der Tag in Glickerbach sehr gut getan. Die Begegnungen mit den Bürgern, das Wiedersehen mit Marion Helche sowieso. Es hieß ja, mit dem Ruhestand spiele für viele der Bedeutungsverlust eine unrühmliche Rolle. Für ihn galt das nicht. Denn einen solchen gab es bei ihm schlicht nicht. Diese Sonderstellung behagte ihm sehr. So ließ es sich nach der aktiven Berufslaufbahn leben, ein tragfähiges Modell. *Drauß am Hopfeloch* die Privatsphäre, hier in Glickerbach ein Stück alter Normalität. Vielleicht würde ihn der eine oder andere zu Rate ziehen, die Gemeinde, der Landkreis, Vereine.
Ja! Berater, das wäre doch eine angemessene Aufgabe bei seiner Erfahrung. Da war das Alter sogar von Vorteil.
*Froore ma mol de Tschief, dea weeß Bscheid.*
Er war regelrecht beschwingt, als ihn auf dem Nachhauseweg erneut ein Zuruf ereilte: „Do gugg noo, de Tschief!"
Er schmunzelte. Es waren die drei stadtbekannten Rentner, unverdrossen, unverändert, wie seit Jahr und Tag auf ihrem angestammten Platz vor dem Rathaus. *Uffm Benggl.*
„Issa des iwwahaupt? Hot dea fria net mähna Hoa ghabt?"
„Dea wärdd jo aa net jinga."
„Is was bassiat? Hawwe Sie ähna vahaft?"
„Hajo, disch, wenn du weida so dabbisch fräägsch."
„Hä, wissoen des?"

„A, de Tschief, dea is doch in Rende."
„Pengzioon nennt ma des bei denne vun de Bollezei."
„Is jo worscht."
Die Männer betrachteten ihn mit einem breiten Grinsen.
„Jetz sin Sie ähna vun uns. Gradliada[13]!"
„Donn deedisch mol saare: Auf, hogge Sie sisch zu uns!"
„Ibbrigenz, mia bräuschde nochen dridde Monn. Beim Skat."
„Hä, wissoen des?"
„Gonz äfach: Du meschs bstimmt nimmie lang."
„O! Fa disch langts grad noch."
„Auf, jetz hogge Sie sisch mol endlisch hea!"
Der Mittlere griff sich ächzend aus dem vor ihnen stehenden Korb einen Flachmann und ein paar Schnapsgläser.
„Jetz stoße ma ärschda mol oo. Swärdd Zeit, dass mia du saare zuänanna."
„Mooment! Des derf imma bloß dea oobiede, dea wu de Äldeschde is. Un wea issn des vun uns? Hä? Loss misch mol iwwaleje…"
„De Tschief nadialisch, so alt wie dass dea aussieht."
„Allo, isch bin de Ää[14]!"
„Isch bin de Anna[15]."
„Un isch, isch bin de Härddschd[16]."
„Un duä? Wea bischn du?"
„Isch?", entgegnete er trotzig. „Isch bin de Tschief."
*Un des bleiwisch aa. Feiadunnawettlnochemol!* Vielleicht musste er sich doch ein Schild anfertigen lassen. Dazu eine Anzeige im Amtsblatt: Hiermit geben wir bekannt, Ex-Kommissar Günda bleibt trotz seiner Pensionierung *de Tschief.* Zuwiderhandlungen werden streng geahndet.

---

[13] Gratuliere dir
[14] Der Eine
[15] Der Andere
[16] Der Härteste

Ja, so nah konnten Euphorie und Zweifel beieinander liegen. Gerade eben noch schien sein Leben in geregelten Bahnen, die Weichen der Zufriedenheit für Jahre gestellt – zack! Schon war alles wieder dahin.

*Bei dieser Gelegenheit, ein offenes Wort unter uns, liebe Leserin, lieber Leser: Es gilt für mich, eine Entscheidung zu treffen. Eine Entscheidung, die ich als Autor nicht allein meinem Helden überlassen kann. Zu groß sind die Auswirkungen für Sie, für mich. Wie sprachlich umgehen mit der Pensionierung:*
*Ex-Kommissar Günda?*
*Kommissar a.D.?*
*Der frühere Tschief Günda?*
*Weder schreibt noch liest sich das gut.*

*Was ist vom reinen Privatier zu halten, also schlicht de Günda beziehungsweise der Günda? Das scheint mir unangemessen, beraubte es ihn doch aller Vergangenheit.*

*Oder lässt sich eine neue Bezeichnung für ihn finden:*
*Der Alte?*
*Das Faktotum?*
*Das Phantom?*
*Der Opa?*

*Nun, nach reiflicher Überlegung und etlichen Testsätzen habe ich mich entschlossen, alles beim Alten zu lassen. Nennen Sie es die Macht der Gewohnheit, mangelnde Flexibilität, Sentimentalität, dichterische Freiheit. Ich erzähle Ihnen in meinen Büchern nun einmal von meinem Kommissar Günda. Und dabei soll es bleiben. Uns und auch ihm zuliebe.*

**Mein Kind, du musst deine eigenen Fehler machen. Ich schlage dir folgende vor…**

Eigentlich war Lars Christiansen überqualifiziert. Und zwar bei weitem. Volljurist, noch dazu kein schlechter, wie ihm zwei Prädikatsexamen bescheinigten; damit besaß er die Befähigung zum Richteramt. Aber irgendwie hing er an diesem Büro, in dem er vor Jahren ein Praktikum gemacht hatte. Schon damals zur Belustigung seiner Kommilitonen. Die hatten allesamt früh ihre Fühler ausgestreckt nach renommierten Wirtschaftskanzleien, gefragten Strafverteidigern, hochspezialisierten Fachanwälten, wenn möglich mit Zweigstellen in New York, London, Paris. Und wo zog es ihn hin? Zu einer Mediatorin. Das hatte drei einfache Gründe: Sie zahlte besser, und sie besaß einen ehrwürdigen, moosgrünen Jaguar, obendrein einen Double-Six, in dem er sie regelmäßig zu ihren Sitzungen chauffieren durfte. Sofern die Dreigangautomatik nicht wieder einmal einen Werkstattaufenthalt notwendig machte.

Den ausschlaggebenden Faktor für seine nun schon mehrjährige treue Mitarbeit in der Mediationskanzlei Doktor Quitt indes behielt er gerne für sich: Sein Vater konnte überhaupt nicht nachvollziehen, dass sein Sohn seine Zeit derart verplemperte. Unbenommen, dass sein Filius vor dem Einstieg in die florierende väterliche Anwaltskanzlei seine Sporen andernorts verdienen musste, das verstand sich von selbst. Aber doch nicht in einem Umfeld, in dem Konflikte nicht durch schneidiges Auftreten, einschüchternde Schriftsätze und knallhartes Verhandeln gelöst wurden, sondern durch wachsweiches Rumlavieren, durch winselndes Werben um Entgegenkommen. Sich durchsetzen? Bloß nicht. Vorauseilendes Unterwerfen als Leistungssport. Der Gipfel war, dass diese Mediatorin noch nicht einmal eine Juristin war, sondern irgendeine Quereinsteigerin, vermutlich hatte sie irgendein Sozialgedöns gelernt und schickte sich nun an, die Welt zu verbessern mit dem Schönreden fauler Kompromisse.

Und mittendrin in diesem eines Juristen absolut unwürdigen Schlamassel: ausgerechnet sein Sohn. Dem er alle Türen geöffnet hatte, dem er einen roten Teppich ausgerollt hatte, für den er jederzeit seine Kontakte zu den einflussreichsten Kreisen spielen lassen könnte.
„Massiert sie eigentlich auch?“, hatte er einmal geätzt, als Lars wieder einmal seine Protektion leichtfertig und großspurig ausgeschlagen hatte.
„Wen? Die Mediandenn? Quatsch, Papa.“
„Nein, dich.“

Willfährige Hörigkeit, das hätte sich der legendäre Strafverteidiger Ulf Christiansen gerade noch vorstellen können. Doch nicht einmal das ließ sich als Erklärung ins Feld führen. Völlig schleierhaft, wie man so wenig auf die eigene Karriere bedacht sein konnte. Überdies peinlich für den Senior, weil er ein ums andere Mal in Erklärungsnot gegenüber seinen Kollegen geriet, wann sein Sohn den vorgezeichneten Weg endlich einschlüge.

Dabei witterte Christiansen Junior tatsächlich eine echte, eine bedeutende, lebensentscheidende Chance. Die Chance, um den Einstieg in die väterliche Anwaltskanzlei endgültig herumzukommen. Dass sich sein Vater, dieser souveräne Advokat, dieser brillante Rhetoriker in diesem höchstpersönlichen Fall derart hilflos zeigte und regelmäßig die Fassung verlor, war dabei ein schöner Nebeneffekt, den er immer wieder gerne beobachtete.
Dafür ertrug er auch den Spott der Kollegen: „Was gibt es Neues in der Wellnessoase *Friede, Freude, Eierkuchen*?“
„Omm!“
„Pst, nicht so laut, sonst werden wir gleich mal mediiert.“
Selbst beim Tennis ließ man keine Gelegenheit aus, sich über ihn lustig zu machen: „Lars spielt mit? Dann steht das Ergebnis bei unserem Doppel ja schon fest: Unentschieden.“
Ihn focht das nicht an.

Auf seinem Handy erschien eine Nachricht: *Bitte in einer Stunde abholen. Warte im Biergarten.*

Schon erstaunlich. Seine Chefin hatte diesen hochemotionalen Vereinskonflikt wie zeitlich vorgesehen über die Bühne gebracht. Womöglich sogar bereits zum Abschluss. Ihre Strukturiertheit imponierte ihm sehr. Gleichzeitig hatte er Mühe, ihre Herangehensweise nachzuvollziehen. Fakten waren nicht entscheidend, Emotionen spielten eine wichtige Rolle. Die wurden nicht nur nicht ausgeblendet, sondern sogar noch thematisiert. Echte, oft sorgsam verborgen gehaltene Gefühle. Nicht solche, wie sie sein Vater gerne in Verhandlungen zur Schau stellte, sorgfältig einstudiert, mit großer, theatralischer Geste, nur um den eigenen Mandanten zu beeindrucken.

Lars Christiansen erinnerte sich gut, wie er sich in der Anfangsphase besonders viel Mühe gegeben hatte und zur Vorbereitung umfassende Informationen über die Beteiligten recherchiert hatte. Seine Chefin hatte die dicke Akte lediglich überflogen und ihn zu seiner Verwunderung gebeten, derlei fürderhin zu unterlassen: „Ich bin keine Richterin, Lars. Nicht ich finde eine Lösung, sondern die Konfliktbeteiligten. Ich helfe ihnen dabei, aber ich weiß es nicht besser."

Was ihn umso mehr für sie eingenommen hatte. Denn das unterschied sie ebenfalls grundlegend von seinem Vater, der schlechterdings alles besser wusste. Selbstredend auch, dass ein Jaguar vielleicht gut sei, aber einem BMW allemal unterlegen.

**Wir lassen einander in Ruhe! Was wir schon ein Leben lang hätten tun sollen, jetzt holen wir es nach.**

Das tat gut. Ein Eiskaffee unter dem Lindenbaum. Diese Erfrischung hatte sie sich wahrlich verdient. So gerne sie ihren Job machte, er forderte ganz schön. Dieses Sicheinstellen auf fremde Menschen, die unbedingte Aufmerksamkeit, das Erfassen von unterschwelligen Botschaften. Und ihre heutigen Teilnehmer hatten es ihr nicht gerade leicht gemacht. Schon das Thema! Mit Vereinsleben hatte Inga Mertens so gar nichts am Hut.
Immerhin war es ihr gelungen, ein konkretes Konfliktthema zu benennen: Die Jubiläumsfeierlichkeiten. Hochstrittig.
Nicht gerade eine Überraschung.
„Kommt nicht in Frage! Nur über meine Leiche!"
„Fängst du hier jetzt auch schon so an?"
„Das sehe ich überhaupt nicht ein."
„Das ist mir völlig egal, ich bestehe darauf. Und ich bin beileibe nicht der einzige."
„Ach ja, das kann ich mir vorstellen. Bestimmt hat Katja Ihnen diesen Floh ins Ohr gesetzt. Wenn die etwas sagt, dann ist es ja gleich das Evangelium."
„Nun tu du mal nicht so, als ob du Mutter Teresa wärst."
„Ich kann dazu nur eines sagen: Mit mir nicht. Nicht mit mir!"
„Lass mich gefälligst ausreden."
„Sie reden doch sowieso die ganze Zeit."
„Ich werde doch wohl meine Meinung sagen dürfen, oder ist das jetzt auch verboten?"
„Sie haben mir gar nichts zu verbieten."
„Das muss ich mir von dir nicht sagen lassen."
„Jetzt rede ich!"

Das war der Moment gewesen, in dem die Mediatorin den von Marion Helche so geschätzten *Brilla* losgelassen hatte.

Die darauf eintretende plötzliche Stille hatte sie zu einer grundsätzlichen Erklärung genutzt: „Wir hatten vorhin Einigung darüber erzielt, dass wir uns zunächst mit Ihrem Jubiläum beschäftigen wollen. Wenn ich Sie beide richtig verstanden habe, ist ein entscheidender Streitpunkt zwischen Ihnen, ob bei den anstehenden Feierlichkeiten ausschließlich Musikinstrumente eingesetzt werden dürfen, die man bereits im Mittelalter kannte. Dazu habe ich eine Frage: Erwarten Sie von mir, dass ich diesen Streit für Sie entscheide? Dann wären Sie nämlich hier falsch. Ich bin nicht Ihre Schiedsrichterin. Mich müssen Sie nicht überzeugen. Mir ist es von Berufs wegen völlig egal, wer bei Ihrem Fest welches Instrument spielt. Und wenn Sie mich persönlich fragen, ich bin froh, dass ich nicht im Mittelalter lebe, denn sonst wäre ich vermutlich schon tot. Oder auf der Warteliste für den nächsten Scheiterhaufen. Ich entscheide in diesem Verfahren nur eines: meinen Stundensatz. Mein Job als Mediatorin ist es zu klären, was Sie so gegeneinander aufbringt und wie wir einen Weg finden für Sie beide. Vielleicht beginnen wir deshalb mit einer einfachen Frage: Sind Sie an einer Fortführung des Verfahrens interessiert?"
Kaum merkliches Nicken auf beiden Seiten.
„Ich halte fest, dass Sie beide diese Frage zumindest nicht lauthals und aus vollem Herzen mit *Nein* beantworten können. Schon mal nicht schlecht. Ich schlage vor, wir vertagen uns für heute, wir sehen uns übermorgen hier wieder, und Sie gehen derweil in sich und fragen sich, woran Sie inhaltlich mit mir arbeiten wollen. Einverstanden?"

Ja, der Eiskaffee war mehr als verdient.
„Sticklsche Kuche dezu? Riwweleskuche[17], selwa gebagge."
Wie immer kümmerte sich die Chefin vom Roten Ochsen persönlich um alles. Inga Mertens bewunderte diese Frau. Die

---

[17] Streuselkuchen

Augen überall, umsichtig, souverän, dabei immer freundlich, immer ansprechbar, ganz egal, wie stressig es auch gerade war.
„Stroisselkuuchen mähnisch."
Zudem aufmerksam. Ihren fragenden Blick hatte sie völlig richtig gedeutet. Mit dem Glickerbacher Dialekt tat sie sich zwar überhaupt nicht schwer – väterlicherseits hatte Dialekt immer eine große Rolle gespielt –, aber bei solchen Spezialausdrücken haperte es denn doch manchmal.
„Nein danke, Frau Helche, ich muss ein bisschen auf meine Figur achten."
„O! Sie doch net!"
Ja, selbst wenn sie in die Schmeichelkiste griff, man kaufte es ihr ab. Das war nicht bloß eine geübte, floskelhafte Verkaufsstrategie.
„Un, wie isses geloffe? Voahiin? Ma hot jo bissl was gheat."
Sie zwinkerte ihr zu.
„Oh, ich bitte um Entschuldigung. Waren wir zu laut? Ich hoffe, wir haben keinen gestört."
„Ä-ä. Isch hab eh noch net offe ghabt. Bloß ähn Gascht waa schun do. Obwoohl, des is eigendlisch kähn Gascht, des is Ian Voagänga."
„Ach, dieser legendäre Kommissar, von dem Sie schon erzählt haben? Wie heißt er nochmal."
„Günda. Kommissar Günda. Awwa dea is jo jetzat in Pengzioon, de Tschief."
„Und er hat Sie besucht, das ist ja nett. Na, ich hoffe, er hat keinen Schreck gekriegt."
„Dea? Weje demm ähne Brilla? A-wa, dea is jo vun do. Un Sie wisse jo, was die fremde Leit iwwa uns saare."
„Na?"
„Dass mia all imma bloß rumschreie deede." Sie beugte sich zu ihr und raunte ihr zu: „Awwa des stimmt nadialisch net."
Ein Gast zwei Tische weiter winkte. Unvermittelt streckte sich Marion Helche wieder und fuhr ihn lautstark an: „Hea, du Sseftl,

isch schwetz vleischt grad mit derre Fraa. Siehsch des net?"
Der plötzliche, durchdringende Ton ließ Inga Mertens zusammenzucken. Was sie gleichwohl belustigte.
„Tschuldischung." Die Wirtin beugte sich wieder zu ihr. „Awwa dea Sseftl gabiats äfach net."

Ja, sie gefiel ihr, diese Marion Helche. Auch ihretwegen war es eine sehr gute Entscheidung gewesen, ihre Sitzungen in den Roten Ochsen zu verlegen. Möglichst weit voneinander entfernt wollten die Menschen oft sitzen, jedenfalls zu Beginn einer Mediation. Manchen fiel es schon schwer, mit dem Kontrahenten in einem Raum zu sein. Das Nebenzimmer vom Roten Ochsen bot für besonders konfliktgeladene Fälle einen entscheidenden Vorteil: Es gab zwei separate Zugänge. Dazu kam die rustikale, anheimelnde Atmosphäre und nicht zuletzt die Vollversorgung durch Marion Helche. Wie eine Insel war das, ab vom Schuss, anonym. Denn ein bemerkenswertes, rätselhaftes Phänomen gab es auch: Fast ein halbes Jahr war Inga Mertens nun schon hier, aber noch war niemand aus Glickerbach gekommen.

Sie sah auf die Uhr und dann auf die Straße. Und tatsächlich, da stand er, pünktlich auf die Minute: ihr Assistent. Sie winkte erst ihm, dann Marion Helche, dass sie zahlen wolle, die bedeutete ihr pantomimisch *kä Probblähm, isch schreibs uff.* So schnürte Inga Mertens ihr Bündel und ging zum Wagen. Niemand im vollbesetzten Biergarten nahm von ihr Notiz. Das gefiel ihr. Schön, dass die Menschen hier nicht so entsetzlich von Neugier getrieben waren wie andernorts.
Wohl wahr, denn die Neugier der Glickerbacher war gestillt. Längst wusste man Bescheid, wer der junge Mann war: *derre ian Laffa*[18].

---

18 Lover

**Jeder ist anders, jeder lebt sein eigenes Leben. Und doch haben wir eines gemeinsam: Alle anderen wissen viel besser, was gut für uns wäre.**

Als Kommissar Günda nach Hause in sein Refugium kam, staunte er nicht schlecht. Er hatte Besuch. Zum ersten Mal überhaupt. Auf seinem Steg am Ufer vom Hopfeloch saß Axel Kornfeld. Seine Begeisterung hielt sich in Grenzen.
„A nää, Weize! Was meschen du do?"
„Des is jo mol ä schääni Begrüßung, Tschief."
„Wie kummschn du do hea?"
„Iwwaraschung."
„Des kamma wohl saare. Hosch du misch vafolgt?"
„Net needisch. Isch hab so mei Gwelle[19]. Isch hab dia aa was mitgebrocht. Bierle. Ähns hawwisch schun uffgemacht." Er nahm einen kräftigen Schluck. „Du waasch jo lang fortt! Wu waaschn?"
„Hea mol, Weize, sei ma net bees, awwa isch bin bissl gabudd."
„O, hea uff, du schaffsch doch schun ä Weil nimmie. Odda hoschen neie Tschopp[20]? Hä? Nachtwäschda? Bademeischda?"
„Nää."
„Allo! Jetz dringe ma ärschda mol ä Bierle."
„Alla guud, awwa bloß ähns. Donn mussisch schloofe. Isch bin än alde Monn."
Er setzte sich zu seinem Besucher. Beide ließen sie die Beine baumeln. Um sie herum quakten die Frösche, ab und zu tauchte ein Fisch glucksend auf.
„Alla! Uff disch, Günda! Schää hosch dus do, do deed mas aa gfalle. Is do eigendlisch noch was frei in denne Hiddlin?"
„Hea uff, des is nix fa disch, du musch jo noch schaffe."
„Eewe net."

---

[19] Quellen
[20] Job

„Ou, hosch was geglaut?"
„Nää, Günda, die hawwe misch in Pengzioon gschickt."
„Ealisch? Bisch du schun so…"
„Isch weeß, isch seh viel jinga aus als wie dass ischs bin. Isch hab des grouß gfeiat, mia hawwes browiat, awwa s-hot jo kähns gewisst, wu du stecksch."
„Weils bessa is."
„Jetz losse mias uns guud gehe, mei Rossie un isch. Du weesch, mia hawwe des Woohnmobil."
„Des heeßt, du un dei Rossie, des funkzioniat widda?"
„Einwandfrei. Aa weje dia, Günda. Du hosch des noogebrocht[21], do binnisch dia heit noch dankbaa."
„Gärnn gschehe, dei Rossie, die is in Orddnung."
„Schweeß."
„Un sunscht?"
„Ha, du weesch, wies is. Wenn du Rendna bisch, die Leit hawwe all die guude Ideä, was du alles mache sollsch."
„Do sachsch du was. Gell? Fuaschbaa. Donn keendisch jo glei widda schaffe gehe."
Sie schwiegen einträchtig.
„Un bei dia, Günda?"
„A, nix weidas. Isch hab do mei Ruh, des gfällt mia."
„Schää ramondisch, deed mei Rossie saare."
„Stimmt eigendlisch."
„Gell?"
„Was guggsch du misch so dabbisch oo, Weize. Is iagendwas? Hawwisch was vabasst?"
„Nää, isch mähn bloß. Gibts eigendlisch gaa nix zum vazehle?"
„Wie?"
„Priffaat."
„Priffaat? Was sollsn do zum vazehle gewwe? Nix hald. Wie imma."

---

[21] siehe *Mord beim Männerballett?, sechster Fall für Mister Nochdenkerles.*

„Hot nix geglabbt?"
„Hä? Was solln geglabbt hawwe?"
„Tschief. Des Gschenk, des bsunnare…"
„Welles?"
„Zu doim Abgang."
„Hm?"
„Hea, dea Umschlahaag!" Axel Kornfeld wurde nachdrücklicher.
„Dea Gutscheihei!"
„Isch vasteh iwwahaupt nix."
„Sachmol, hosch du Vagessales[22], odda was? Im Roode Ochse, bei deinare Abschiedsfeia!"
„Do warisch."
„Scheinz awwa net rischdisch mim Deez[23]. Odda hosch du die gonz Zeit gegreint[24]?"
„Isch? Null. Fa waas?"
„A, griat[25] vleischt. Uff jedn Fall, do waa doch än Disch fa die Geschenklin vun uns allene."
„Ähä."
„Un vun mia un vun meinare Rossie waa do än Umschlag debei. Mit soare Ros druff. Weje Rossie. Vastehsch?"
Langsam beschlich Kommissar Günda ein schlechtes Gewissen.
„Äh, Weize, des is mia jetz bissl peinlisch."

Tatsächlich hatte es jede Menge Geschenke gegeben, sie hatten kaum in sein Auto gepasst. Zu Hause hatte er sortiert, Alkohol, Fresskörbe beiseite gepackt, aber die zahllosen Umschläge mit Beileids- und Jubelbekundungen, auf die hatte er überhaupt keine Lust gehabt. Die hatte er in einen großen Karton gepackt und in den Keller verfrachtet.

---

[22] Alzheimer
[23] Kopf
[24] geheult
[25] gerührt

„A, des gibts jo net. Du musch mogge glei hähm gugge. Net dass des schun vafalle is."
„Än Gutschei? Massaasch?"
„Nää."
„Ä Abo?"
„Klaro: Abdeega[26]-Rundschau. Bleedsinn. Bessa. Viel bessa. Isch sach mol nix. Im Fall, dass des Probblähme gibt, sach Bscheid. Isch kimma misch mit meinare Rossie. Awwa jetz dringe ma ärschda mol ähns zamme." Er fummelte ächzend ein Schweizer Messer aus seiner Hosentasche, öffnete eine Flasche und reichte sie Kommissar Günda: „Donn deedisch mol saare: Broschdada!"

Der Abend wurde lang, die Nacht kurz, denn der ominöse Umschlag ließ ihm keine Ruhe. Gleich am nächsten Morgen machte sich Kommissar Günda daheim im Keller auf die Suche und wurde rasch fündig. Die besagte Kiste, staubbedeckt, war randvoll. Wahllos griff er hinein. Er fühlte sich erinnert an die Fülle von Post anlässlich seiner Konfirmation. Damals hatte er selbstverständlich sämtliche Umschläge göffnet, hatten sich doch in den meisten Geldscheine befunden. Sorgfältig hatte er die Höhe der Beträge mit den zugehörigen Absendern notiert, um für die Dankesschreiben gerüstet zu sein. Unter den gestrengen Blicken seines Großvaters. Meist genügte ein freundliches Dankeschön, aber ab einer gewissen Höhe hatte man den Dank auch persönlich zu überbringen. Frisch gescheitelt, mit einem Kuchenpaket im Gepäck.
Dass er so viele Briefe nicht geöffnet hatte, hatte nicht etwa daran gelegen, dass er keine Gelder darin vermutete. Vielmehr hatte er durchaus damit begonnen, jedoch war gleich im ersten Schreiben als Anrede gestanden *Liebe Senioren und Seniorinnen*, er habe es ja nun geschafft, wohlverdient, und erhalte fabelhafte

---

[26] Apotheker

Ermäßigungen auf verschiedene Einrichtungen. Barrierefrei, prothesenfreundlich, versteht sich.
*Do hot mias schun glangt.*
Oder so etwas: *Herzlichen Glückwunsch zum (Un)ruhestand!*
*Hea bloß uff!*
Dann gab es noch – ganz besonders originell – einen Beileidsbrief mit Trauerflor: *Kaum zu glauben, aber wahr, Günda wird jetzt….*
*Lumbe, alt Eisse. Mussisch des hawwe? Nää.*

Mit spitzen Fingern machte er sich nun auf die Suche, und sein Blick fiel auf wenig Aufmunterndes: ein Gutschein fürs Erzählcafé *Was die Großmutter noch wusste,* ein Hinweis auf die Kantine *Mittagstisch für unsere Seniorinnen und Senioren von 10.30 Uhr bis 11.15 Uhr.* Dann war da noch eine herzliche Einladung zum *Tanztee Ü 50 – Wir freuen uns immer über rüstige Herren.* Und da war er tatsächlich: ein Brief mit einer Rose. Wie aus dem Poesiealbum. *Sollisch odda liewa net?* Er rang mit sich. Er könnte sich herausreden, er habe den Brief nicht mehr gefunden, seine imaginäre Putzfrau habe ihn weggeschmissen. *Aus Vasehe. Schad.* Niemand würde ihm das übelnehmen können. Aber hier lag der Fall etwas anders. Das war nicht nur ein Geschenk *vum Weize,* sondern auch *vun demm seinare Rossie.* Die Neugier war zu groß. Diese Frau hatte Einfühlungsvermögen. Ganz anders als ihr Brachialgatte. Vielleicht war das ja etwas durchaus Interessantes. Ein Wochenende in einem schönen Hotel. Ein Nostalgietrip in einem alten VW-Käfer. Solche Ideen waren ihr zuzutrauen. Sie war aufmerksam. Im Unterschied zu ihrem *Do hoschs*-Ehemann.

Dann verschlug es ihm die Sprache. Auf dieses Geschenk wäre er nie gekommen: ein Probemonat bei einer Partnervermittlung.
*Fifty Dates of Grey.*
*Für die anspruchsvollen, reifen Jahrgänge.*
*Hea mol hackts?*

Das war nun wirklich dreist. Traute man ihm nicht zu, alleine jemanden zu finden? So weit kam es noch. Erstens: *Isch brauch kähni.* Zweitens: *Isch will kähni.* Drittens: *Wennisch ähni brauche wolle deed, donn deedisch die alläa finne.*
Erbost stob er zurück in seine Wohnung und griff sich das Telefon. *Demm Weize gäbb isch glei mol Bscheid, des glaabsch awwa.*
„Hea mol, du Hannebambl, was fälltn dia ei!"
„Hallo?" Eine Frauenstimme am anderen Ende der Leitung. „Wea issn do?"
„Äh… isch bins, de Günda. Rossie, bisch du des?"
Augenblicklich war sein Zorn verraucht. Rosie Kornfeld hatte schon immer seine Sympathie, für ihn nach wie vor ein Rätsel, dass ihre Wahl ausgerechent *uff de Weize* gefallen war.
„Wie geht das, Günda?"
„So weit gonz guud."
„Schää. Des freit misch. Hea mol, Günda, de Axl hot mas schun vazehlt."
„Waas?"
„A, des mit demm Gschenk."
„Welles?"
„Des mit demm Proobemoonat fa die Parttnavamittlung. Des is mia bissl u-oogenähm, des is wahrscheinz ä gonz bleedi Idee gwest."
„Ha…"
„Moin Axl, dea kann nix defoa. Des kummt vun mia. De Axl, dea hot misch gfroogt, ob isch vleischt ä Idee heed fa ä Gschenk. Un donn hawwisch gedenkt, weil du uns doch widda zammegebrocht hosch kwassi, do hawwisch gedenkt, swäa schun schää, wenn du aa ähni finne deedsch. Awwa wahrscheinz finsch du des vollischt dabbisch. Isch mähn, du bisch soän adragdiefe Monn, du brauchsch des doch gaa net, soä Parttnavamittlung. Des waa ä bleedi Idee. Dud ma leid. Du wolltsch wahrscheinz oorufe um disch zum beschwere."
„Nää. Gaa net, Rossie. Isch… isch wollt misch bloß bedange."

„Ealisch? Isch hab ma schun Gedange gemacht, dass mia dia zu uffdringlisch worre sin.“
„Nänää. Des is doch ä neddi Idee. Ma hot jo manschmol kä Zeit.“
„Gell?“
„Un is so bissl aus de Iiwung.“
„So hawwisch aa gedenkt. Un du bisch viel zu bscheide, Günda. Isch mähn, du keentsch so viele Fraue hawwe.“
„Hmpf.“
„Doch, doch, des saare mei Freindinne aa. Un isch hab gedenkt, vasuche kammas jo.“
„Ach Gott, wie willischn saare…“
„Mia fällt jetz än Stoo[27] vum Härzze, Günda. Do binnisch a-leischdat. Isch hab schun befüaschdet, du regsch disch uff, was fa U-vaschämtheit. Dann deedisch saare, du meldsch disch äfach oo bei denne. Un wenn du Hilfe brauchsch, isch kenn misch bissl aus, isch hab schun fa paa Freindinne des gemacht.“
„Äh… wie… was gemacht?“
„A, des mit demm Profiil un so. Du hosch doch bstimmt än Kommbjuuda.“
„Schun…“
Die Antwort kam zögerlich, was Rosie Kornfeld zu einer behutsamen Nachfrage veranlasste: „Aaba?“
„Un donn?“
„Weesch was, Günda, eh isch dia des jetz lang vakläa, isch kumm am beschde glei mol bei dia voabei, odda?“
„Äh…“

Und wieder einmal hatte sich eines bestätigt: Mit Frauen konnte er einfach nicht umgehen. Aber die mit ihm.

---

[27] Stein

**Heute steckt der Dolch nicht mehr im Gewand.**
**Er findet sich in der Wiedervorlagemappe.**

Vertraulichkeit, eine wesentliche Grundlage für jedwedes Mediationsverfahren. Verschlossenheit weniger.

„Herr Pflaum, welche Themen würden Sie gerne in dieser Mediation klären?"

Stille im Nebenzimmer vom Roten Ochsen. Aus dem Gastraum drangen Staubsaugergeräusche.

„Denken Sie in Ruhe nach. Lassen Sie sich Zeit, Herr Pflaum."

„Hm."

„Sind Sie zu einem Ergebnis gekommen?"

„Ja."

„Also, welche Themen würden Sie gerne mit Ihrem Kollegen bei mir klären?"

„Nichts."

„Sehen Sie? So geht das die ganze Zeit. Er macht mich wahnsinnig."

„Gleich, Herr Diessen. Sie kommen gleich zu Wort. Verstehe ich Sie richtig, Herr Pflaum, aus Ihrer Sicht gibt es nichts zu besprechen."

„Stimmt."

„Keine Konflikte?"

„Konflikte?"

„Ja."

„Nein."

„Wie läuft denn allgemein aus Ihrer Sicht die Kommunikation in Ihrer Zusammenarbeit?"

„Einwandfrei."

„Verbesserungswünsche?"

„Keine."

„Herr Diessen, wie sehen Sie das?"

„Ich bin sprachlos."

„Schön wärs!"

## Der Weg ist das Ziel.
## Von wegen. Das Weg!

Rosie Kornfeld war nicht nur eine angenehme Erscheinung, zu Kommissar Gündas Erstaunen – und zu seinem Leidwesen – konnte sie tatsächlich hervorragend mit dem Computer umgehen. Er hatte vorgeschlagen, sich am Hopfeloch zu treffen, in der Hoffnung, dort gebe es kein Internet, aber *kä Probblähm.*

Anfangs hatte sie ihn noch einbezogen, als es galt, sein Profil auszufüllen, woraufhin er sich erst gewunden, dann zur Seite gedreht hatte.

„Du bisch so goldisch. Net des Profiil! Du musch bissl was vazehle, was du fa ähna bisch, dass die Fraue wisse, mit wemm dassies zum du hawwe."

Als seine Antworten bereits bei den einfachen Fragen zu seiner Person doch eher einsilbig blieben…

„Hobby? Schweeßnet…"

„Indresse? Ach Gott…"

„Lieblingsbeschäftdischung? Loss misch mol iwwaleje…",

beschloss Rosie Kornfeld, die Sache selbst in die Hand zu nehmen. Ihr Mann verstand es derweil, etwaige Bedenken des angehenden *Tschikkolo* zu zerstreuen: „Kä Ängscht, Günda, mei Rossie, die hot des druff. Mach da kä Sogge, do kumme kä Schrubba, do soiigt sie schun defoa. Des Wischdischde is dei Profiil."

„Jetz fängsch du aa noch demit oo. Was solln des mit meim Profiil?"

„A, Tschief, du bisch doch fria halwa än Profiila gewest… Klähna Witz, awwa net schlescht. Loss des mol mei Rossie mache! Die kennt disch bissl, de Rescht, denn hot sie schun vun mia afahre."

Kommissar Günda hatte erhebliche Zweifel an der Sachdienlichkeit dieser Hinweise und hob mahnend die Augenbrauen.

„Kenne mia uns irgendwu hiehogge, dass mei Rossie bissl Ruh hot?"
„Steeg?"
„A, des wäa nadialisch schun glei mol ä guudi Idee, Günda. Hosch du genung vun denne?"
„Hä?"
„Steeg[28]!"
„A so, des mähnsch du! Nää, jetz net, isch bin zu uffgregt zum esse. Isch mähn hiehogge, des kenne ma uns draus uffm Steeg."
„Beim näggschde Mol bring isch paa mit."
„Beim was?"
Axel Kornfeld überhörte die durchaus ernst gemeinte Frage, er war schon wieder mitten *im Thäämaa.*
„So mache mas, mia zwee, mia hawwe jo aa bissl was zum bespreschle. Weesch, was du ibbrigenz bräuschtsch do drauß?"
„Än Kran fa disch. Weil du beim Hiehogge imma so stööhnsch, wie wenn du halwa gabuddgehsch. Dodedroo meiikt ma ibbrigenz des Alda."
Kornfeld ließ sich nicht beirren: „Ä Holliwudds. Ä Schaugl. Fa de Steeg. Des wäas. Ramondig bruddaal."
Ehe Kommissar Günda seine Begeisterung für die gestalterische Idee äußern konnte, drangen aus der Hütte bereits Jubellaute.
„Do hawwisch schun mol ähni, un noch ähni, un glei kummt die dritt."
„Auf, Günda, gehe ma mol gugge, ob schun was fa disch debei is."
Der wusste nicht, wie ihm geschah, Rosie Kornfeld präsentierte ihm tatsächlich drei Frauen.
„Un die wolle was vun mia?"
„Ä-ä, Günda, die wolle disch! Voll."
„Fa waas?"
„Siggsch, Rossie, isch hab das gsacht, dea is voll aus de Iiwung."

---

[28] Steaks, im Dialekt ohne Plural-s

„Hea mol, die kenne misch doch gaa net."
„Des stimmt net. Do gugg, Günda, do stehts: *Einsamer Kuschelbär, finanziell unabhängig, öffentlicher Dienst. Nach einigen Enttäuschungen suche ich eine anschmiegsame Frau, die gerne tanzt und mit mir in meinem Haus am See bei einem Glas Rotwein genießt, wie die Sonne im Wasser versinkt.*"
„Im Hopfeloch?"
„Günda, jetz sei mol bissl ramondisch."
„Des sescht jo de rischdische, Weize. Ibbrigenz, was sollen dea Kees: Isch un donze?"
„Mooment, a-inna disch, du un mei Rossie uffm Bollezeifescht? Do waa isch schun bissl eifasischdisch."
„Des is kä Donze, was isch mach, des is bloß Schiewe."
„Des stimmt net, Günda", widersprach nun Rosie Kornfeld. „Du bisch zu bscheide, du hosch Rüttmuss im Blut."
„Des is guud, Rossie, des schreiwe ma beim näckschde Mol, wenns jetzat net glei glabbt."
„Hea mol, wärdd des net iwwaprüft, die kann doch net äfach irgendwas schreiwe."
„Des mache alle so. Do muss ma bissl flexibel sei. Die kann doch net schreiwe: Obacht, isch bin alt, mied un isch bräuscht ähni, die wu mia hinnaheageht bei allem. Do meld sisch doch kähni."
„A ganz so bleed musses jo aa net sei. Un was sin des jetz fa Fraue, die wu sisch gemeldet hawwe?"
Rosie Kornfeld tätschelte ihm beruhigend den Arm: „Guggemamol. Isch kimma misch. Des mit dem Donze, des is aiig wischdisch, do bisch du glei mol bessa als wie neinzisch Brozent vun denne annare Sseftl. Alleinstellungsmeakmal."
„Awwa Haus am See? Des is doch bloß ä Hitt, gemiet."
„Hot sie gschriwwe, dass des doins wäa? Allo. Stimmt doch. Jetz brauche ma noch ä Foddoo."
„Vun mia?"

„Nää, vun deine gabudenne[29] Sogge. Nadialisch vun dia. Was glaabschn du, Günda! Die Fraue misse doch wisse, wie du aussiehsch. Jednfalls halwa. Isch mach glei mol ähns."
„Donn awwa mit de Rossie."
„Bisch du dabbisch, Günda?" Er zückte sein Smartphone und nahm Kommissar Günda ins Visier: „Jetz guggsch mol schää hea. Kä Ängscht, de Ronze kummt net mit druff, kannsch ruisch die Luft ablosse. So is guud. Un läschle. Schun bissl froindlisch, Günda, bidde! Saach mol Keeskuche! Keeskuche! Keeskuche!"

Nach einigen Versuchen schien Kornfeld endlich zufrieden und wartete mit Details zum weiteren Vorgehen auf: „Günda, folgendes: Mei Rossie un isch, mia hawwe uns iwwalegt, befoa dass du disch driffsch mit denne Weiwa, kläat mei Rossie, ob die was sin iwwahaupt."
„Wie? Die kann sisch doch net fa misch ausgewwe. Des wäa jo Betrug."
„Nänää, sie schreibt denne, sie wäa ä Freindiin, un du, du wäasch so bissl schennant, enttäuscht vun de Liebe, un desdaweje muss sie ärschda bissl voafihle. Wies is, die Woaheit halt."
Rosie Kornfeld bestätigte den Sinn dieser Strategie: „Des kummt bstimmt aiig guud oo bei denne Fraue. Des wiakt so audendisch. Do hawwe die Fraue glei mol…"
„Mitleid?"
„Babbl kähn Kees, Günda!", wieherte Axel Kornfeld. „Awwas stimmt schun, Tschikkolo, des bisch du äfach net. Do muss ma fia gebore sei. Wie isch. Also fria! Bloß fria. Long hea! Heit nimmie, Schätzl. Schun gonz long nimmie. Uff jedn Fall, du Günda, du bisch mea son Tipp Fachinga."
„Hä?"
„Stilles Wassa. Vastehsch? Des wäa fa disch aa än guude Profiil-

[29] bemerkenswerte Form der Adjektivbildung, funktioniert sogar bei *ab* (abbene Hoa) und *zu* (zuenne Nas)

noome: Fachinga. Mussischma glei meiike fas näggschde Mol."
„Uff jedn Fall, isch sorddia die aus, un donn zeig isch dia die, wu isch mähn, un donn arrangschiare ma ä Dreffe im Roode Ochse."
„Wie bidde? Wuä?"
„Im Roode Ochse, alles schun gekläat mit de Marioon", ergänzte Axel Kornfeld.
„Hä, die Marioon, die weeß aa Bscheid?"
„Mia mache kä halwe Sache, Günda. Die Zeit hammia äfach net."

Kaum waren die beiden gegangen, griff Kommissar Günda zum Telefon.
„Hea mol, Marioon, was sollen des?"
„Waas?"
„Du musch net so u-schuldisch due, isch weeß Bscheid, de Weize hot alles vazehlt un demm sei Rossie. Des mit demm Fagubble[30]. Seh isch so aus, wie wennisch des needisch heed?"
Schweigen.
„Isch habs vastanne."
„Tschief, Ian Kolleesch un sei Fraa, die sin jo als do gewest, un die hawwe misch imma gfroocht, ob isch was wisst. Isch hab gsacht nää. Un donn hawwe die gsacht, bstimmt hot was geglabbt mit denne Zingles mim Niffoo[31] odda so, un de Tschief wäa wahrscheinz uff Hawaii. Sei Leewe genieße mit soare sieße Miss Schriesse."
„Miss Schriesse? Gibts die wiaklisch?"
„Des hot de anna imma so gsacht, dea macht halt imma sei Witzlin. Awwa jetz hawwe Sie mia des Gonze vazehlt vum Hopfeloch un dass Sie gonz alläa dortt sin, un die hawwe misch

[30] Verkuppeln
[31] Niveau

oogerufe, dass do noch gaa nix gloffe is mit derre Parttnavamittlung, un do hawwisch gsacht, klaro, browiare mas, isch bin debei. Isch mähn, des is jo kä Rissiko fa Sie, Tschief. Mia gugge uns die Fraue oo im Fall, dass des Schrubba sin. Mia losse die doch net alläa uff Sie los."
„Des wärdd jo imma bessa."
„Tschief, finne Sie net, dasses Zeit wärdd? Uff was wolle Sien waade? Isch heed gärnn ebba[32]."
„Du. Awwa isch vleischt net. Jetz mol gonz ealisch Marioon: De Tschief, dea bräuscht ä Fraa, hosch du des jemols gedenkt?"
„Gonz ealisch, Tschief, des hawwisch eigendlisch imma gedenkt."

Das hatte ihn doch ein wenig nachdenklich gemacht. Er hatte das Thema irgendwie ganz aus den Augen verloren. War der Zug nicht längst abgefahren? Fehlte ihm überhaupt etwas? Gut, *de Weize, denn Hannebambl*, den beneidete er schon *um sei Rossie*. Gab es vielleicht doch irgendwo *demm Günda Seini*?
Was hatte er eigentlich zu verlieren?

Nun, da gab es einiges. Zum Beispiel Selbstwertgefühl. Was er bei der kleinen Auseinandersetzung geflissentlich unterschlagen hatte, er hatte tatsächlich einmal auf eine Zeitungsanzeige geantwortet. Vor langer, langer Zeit. In einem Wochenmagazin. Aus einer Laune heraus. Irgendetwas im Text dieser Frau hatte ihn angesprochen. So war eine Brieffreundschaft entstanden. Indes, als sie sich das erste Mal begegnet waren, da war der Zauber auf Anhieb verflogen. Zum Glück auf beiden Seiten.
*Du bisch des?*
Er hatte das gedacht.
Sie hatte es gesagt.

---

[32] jemanden

**Es gibt Menschen, denen sieht man ihr Alter nicht an. Sie haben so viel geredet, da haben sich gar keine Falten einlagern können.**

Die Situation im Nebenzimmer vom Roten Ochsen hatte sich auch nach einer ersten Kaffeepause nicht wesentlich gebessert. Als Marion Helche die Bestellung aufnahm, zeigte sich Norbert Pflaum zwar ausgesprochen aufgeschlossen, scherzte mit ihr, lachte. Anschließend telefonierte er ausgiebig und hielt seinem Gesprächspartner einen launigen Vortrag, was ihn am vergangenen Wochenende umgetrieben habe. Kaum jedoch fanden sie sich zur nächsten Gesprächsrunde ein, verfiel er erneut in abweisende Einsilbigkeit.

Wie sich herausstellte, arbeiteten beide seit drei Monaten in einem Großraumbüro einer Marketingagentur, nachdem ihre Abteilungen zusammengelegt worden waren. Es war weiterhin Peter Diessen, der ihre Fragen zum Büroalltag beantwortete. Norbert Pflaum hingegen ließ Inga Mertens regelmäßig auflaufen: Alles sei normal, im Übrigen interessiere das doch niemanden, Büro sei nun mal Büro.

Solcherlei Gebaren war ihr nicht fremd. Die Schweigsamkeit hier könnte ihren Grund darin haben, dass einer der beiden nicht freiwillig gekommen war.
„Vielleicht gehen wir erst einmal einen Schritt zurück. Wie kam es dazu, dass Sie sich zu dieser Mediation entschlossen haben?"
„Für mich ist es irgendwann einfach unerträglich geworden. Wir sitzen Tag für Tag zusammen, ich bemühe mich immer um gute Stimmung, aber egal was ich sage, ob ich einfach nur Smalltalk mache, es prallt einfach ab. Ich fühle mich abgelehnt, nicht ernst genommen, und ich habe daraufhin mit unserer Chefin gesprochen. Die hat eine Mediation vorgeschlagen."
Wieder war es Diessen, der sprach.

„Und ihrer beider Chefin ist dann auf Sie zugekommen, Herr Pflaum."
„Ja."
„Ob Sie bereit wären für eine Mediation."
„Ja."
„Und das waren Sie."
„Ja."
„Warum?"
Zum ersten Mal kam Bewegung in Norbert Pflaum. Er richtete sich in seinem Stuhl auf: „Wie?"
„Schauen Sie, mir ist es wichtig, dass Sie beide hier freiwillig sitzen, sonst hat das Ganze keinen Sinn. Wenn wir zu einer Lösung kommen wollen, mit der Sie beide leben können, dann funktioniert das nur so. Sie sollen hier nicht zu etwas verdonnert werden, ich schreibe auch anschließend keinen Bericht an Ihre Chefin, wer sich wie kooperativ gezeigt hat. Also, sind Sie freiwillig hier bei mir?"
Einhelliges Nicken.
„Gut. Wenn ich das recht verstanden habe, Herr Diessen, Ihnen geht es um die Kommunikation bei der Arbeit."
„Und um die Atmosphäre."
„Dann noch einmal die Frage an Sie, Herr Pflaum, warum sind Sie hier?"
„Deswegen."
„Vielleicht etwas genauer, was versprechen Sie sich von dieser Mediation?"
Norbert Pflaum atmete tief ein: „Dass Ruhe ist. Dass ich mir nicht ständig vorwerfen lassen muss, ich rede zu wenig, dass ich mir nicht ständig irgendwas anhören muss."
„Das ist ja wohl die Höhe, darf man nicht einfach mal freundlich sein?"
„Moment, Herr Diessen, gleich. Sie wünschen sich also Ruhe."
„Ja."
„Können Sie das grundsätzlich nachvollziehen, Herr Diessen?"

„Natürlich, wir alle müssen uns konzentrieren."
„Ich muss nochmal nachhaken, gibt es von Ihrer Arbeit her die Notwendigkeit zum Austausch?"
„Ja, aber dafür gibt es ja Konferenzen."
„Entschuldigung, wir sind doch keine Maschinen, es geht doch um eine gute Arbeitsatmosphäre, aber wenn da einer sitzt, wie ein Stein. *Sprich mich bloß nicht an!*"
„Gibt es denn Situationen, in denen Sie miteinander kommunizieren?"
„Ja, bei Sitzungen."
„Na, weil er da muss", schnaubte Diessen.
„Wie verlaufen denn die Gespräche zwischen Ihnen bei einer solchen Sitzung?"
„Normal."
„Herr Diessen, wie sehen Sie das?"
„Ja. Schon."
„Aber außerhalb der Sitzungen, im ganz normalen Büroalltag, da funktioniert das Gespräch zwischen Ihnen nicht. Ist das richtig?"
„Herrgott, weil er die ganze Zeit redet!", brach es aus Norbert Pflaum heraus.
„So ist das nun einmal in unserem Job, es geht vor allem um Kommunikation. Und ich bin ja nun wahrlich nicht der einzige, der redet in diesem Büro. Da reden alle. Die ganze Zeit."
„Eben!"

Nach ihrer Erfahrung gab es bei jeder erfolgreichen Mediation einen solchen Moment der Klarheit. Unverhofft bot sich die Chance, einen anderen Blickwinkel einzunehmen. Es mochte nur ein Wort sein, aber es hatte zentrale Bedeutung. Das war auch hier der Fall, das zeigte schon der Tonfall, in dem Pflaum dieses *Eben!* ausgesprochen hatte.
Das wiederum war auch Diessen nicht entgangen. Erstmals blickte er fragend zu dem neben ihm Sitzenden.

Inga Mertens wusste, wie wichtig es war, die Bedeutung des Momentes wirken zu lassen. So schwieg sie deutlich länger als eigentlich nötig.

In der Folge trat zutage, dass Norbert Pflaum tatsächlich ein Problem mit Diessen hatte. Ein Problem, das allerdings nicht in seiner Person begründet war, in seiner Kompetenz, seinem Charakter. Es wäre auch bei jedem anderen aufgetaucht, der ihn angesprochen hätte. Aber das tat in dieser Ausführlichkeit und Hartnäckigkeit eben nur Diessen. Verhängnisvollerweise. Aus einem einfachen Grund: Pflaum litt zunehmend unter Schwerhörigkeit. Der Umzug in ein Großraumbüro hatte dafür gesorgt, dass die Geräuschkulisse deutlich gestiegen war, und in diesem Lärm fiel es Pflaum schwer, überhaupt etwas zu verstehen. Wenn nun Diessen etwas zu ihm sagte, auf ihn einredete, und sei es noch so freundlich, verstand es Pflaum schlicht nicht.
„Aber das wollten Sie nicht an die große Glocke hängen."
„Natürlich nicht."
„Das verstehe ich." Diessen hatte seinen Stuhl zu Pflaum gedreht. „Aber wieso haben Sie mir nichts gesagt, das hätte ich doch kapiert?"
„So gut kennen wir uns nicht."

Die unverhoffte Entspannung war für alle spürbar.

„Da wir nun wissen, wovon wir reden, können wir uns um Lösungen kümmern. Oder?"

**Fühle mich als Opfer.**
**Wäre lieber Täter.**

„Wu fahre mia eigendlisch hie, Weize?"
Axel Kornfeld tat geheimnisvoll. Aber eine gewisse Vorfreude konnte er nicht verbergen: „Ärschdi Lekzioon: Mia gehe uffe Paadie. Uffe spezielli."
Kommissar Günda ahnte nichts Gutes: „Awwa nix mit Stribbe! Bidde!"
„Nää. Obwoohl, des wäa aa kä schleschdi Idee."
„Hea mol, Weize, des muss jetz awwa net sei, so needisch isses jetz aa widda net."
„Loss disch iwwarasche, Günda. Isch sach bloß ähns: Weiwa oohne Ende."
„Hmpf."
„Hosch du eigendlisch Geld debei?"
„Wisso?"
„Isch mähn bloß."
„Weize, isch zahl net faä Fraa, dodemit fang isch net oo."
„Nänää, Günda, mach da kä Sogge. Fa die Fraue musch du nix zahle…"

„Axel, du?"
Eine gepflegte Mittvierzigerin begrüßte sie, ein Sektglas in der Hand.
*Sauwa*, dachte Kommissar Günda. *Um viere noochmiddags.*
„Wo ist denn deine Rosie?"
„Äh, die lässt sisch entschuldische, die kann leida net, die hot was zum du… mim Kommbjuuda…"
Kommissar Günda fing ein verschwörerisches Blinzeln auf. „Dodefoa hab isch glei mol än neie Indressent mitgebrocht. Des is de Günda."
„Na, dann kommt mal rein. Wir haben schon angefangen, es sind alle da."

Im Wohnzimmer zählte er neben der Gastgeberin acht Frauen, die sich auf Couchgarnitur und Sessel verteilt hatten. Die Party entpuppte sich tatsächlich als speziell, im Mittelpunkt standen nicht Frauen, nicht Männer, sondern Schüsseln. Kommissar Günda befand sich auf seiner ersten Tupperparty.

*Oh leck!*

„Wir begrüßen unsere neuen Gäste, Rosie kann heute leider nicht, dafür ist ihr Mann da, den kennt ihr ja."

Kam es ihm nur so vor, oder verdrehten einige der Frauen die Augen? Möglicherweise hatte sich hier Kornfelds Wandlung zum treuen Ehemann noch nicht herumgesprochen.

„Und er hat uns seinen Freund mitgebracht, den..."

„Des is de Günda!", fiel Kornfeld ihr ins Wort. „Dea is mordds-indressiat an eiam gsammde Geraffl. Weje warum, der hot ä neies Haus."

Kommissar Günda wiegelte halbherzig ab.

„Un was fa ähns", bekräftige Kornfeld. „Anneme See."

Die Aufmerksamkeit wuchs.

„Awwa, dea hot kwassi soin ganze Hausstand uffgewwe. Uffgewwe misse. Isch will net weidas ins Döddai[33] gehe, bissl draagisch, uff jeden Fall, dea brauch eigendlisch alles. Soffortt."

Das war ein willkommenes Stichwort für die Gastgeberin, die ihr Sektglas erhob: „Na dann, herzlich willkommen!"

Sodann widmete sie sich in aller Ausführlichkeit einem geschätzt 150-teiligen Sortiment von Frischhalteschüsseln. Wobei sie besonders gerne Kommissar Günda ins Visier nahm, der wie gebannt beobachtete, wie jede Schüssel, wenn man sie öffnete, eine neue, kleinere gebar. Er dachte an diese russische Puppe mit einem ähnlichen, nicht enden wollenden Innenleben.

„Zu Ihrem Haus am See gehört bestimmt auch ein Garten" mutmaßte die Gastgeberin. „Vielleicht gibt es da auch ein wenig Gemüse. Oder?"

---

[33] Detail

Kornfeld kam seiner Antwort zuvor: „Bissl is guud. Alles. Garodde, Radieslin, Spaiigl, Gadoffl."
„Oh. Dann fragen Sie sich bestimmt, wohin mit dem ganzen Gemüse?"
In der Tat, keine andere Frage beschäftigte ihn in diesem Moment mehr.
„Und hier haben wir die perfekte Lösung! Für alle Sorten, für alle Mengen, Sie sind endlich für alles gerüstet. Und, was meinen Sie, Herr Günda?"
Die kleinstmögliche Schüssel schien gefunden und angemessen präsentiert. Kornfeld knuffte ihn in die Seite.
„Äh, nämmisch!"
„Ein Set?"
„Bessa glei zwee", bestimmte Kornfeld mit Kennerblick.

Und so verfügte Kommissar Günda nun über ein Tupper-Vollsortiment sowie über eine Ersatzausrüstung. Für alles, was in einem Haushalt irgendwie der Lagerung anheimfallen könnte, war vorgesorgt. Mit einer Ausnahme: Selbst die gewiefte Expertin war überfragt, ob es einen Tupper-Trog für das niedliche kleine Zicklein gab, das Kommissar Günda laut Kornfeld demnächst in seinem Haus am See halten würde.
Ein weiterer heimlicher *Bumba*[34] sollte ihm wohl bedeuten, dass er sich nicht vorschnell mit dem bisherigen Ergebnis der Verkaufsveranstaltung zufriedengeben sollte: „Denn rischdische Umgang mit denne Schissl, denn muss de Günda, dea ibbrigenz schun in Pengzioon is, öffentlischa Dinscht saarisch bloß, des muss dea nadialisch alles ärschda lärnne. Awwa vleischt kennt ia demm mit Rat un Tat beistehe."
„Aber ja."
„Auf jeden Fall."
„Sehr gerne."

---

34 Stoß mit dem Ellenbogen

„Des is schun mol guud. Weje warum, mia hawwe glei des näggsche Probblähm mim Günda weje de Meebl."
„Möbel?"
„Hodda fascht kähni", seufzte Kornfeld. „Wie wäassn mim Ikea?"
„Gute Idee, treffen wir uns das nächste Mal zum Frühstück bei Ikea!"
*Nur über meine Leiche!* Doch diesen risikoreichen Gedanken wagte Kommissar Günda angesichts der aufkeimenden Begeisterung nicht einmal anzudeuten.

Axel Kornfeld zeigte sich anschließend begeistert: „Hosch des gsehe, hosch des gspüat, Günda? Wie die reagiat hawwe, die Weiwa! Du hosch gonz schää Eidruck hinnalosse, weil du soän aame Kärll bisch. Gonz alläa unna lauda Tubbaleddies. Die Dua[35] zieht voll. An ähm Daag schun glei neun Müddas fa disch! Goil! Isch sach da ähns, des is dei Schangs bei de Weiwa. Des leeft. Un näckscht Woch geht sie weida."
„Wea?"
„A, die Paadie."
„Äh… Womit?"
„Thämmomix."

[35] Tour

**Ich hab mich von meiner Frau getrennt. Nachdem sie mich verlassen hat.**

So offen und flexibel sie war – in Fachkreisen galt Inga Mertens geradezu als Allzweckwaffe in Sachen Mediation – ein Bereich war für sie tabu: Scheidungen kamen für sie nicht in Frage, auch wenn da der Bedarf an einvernehmlichen Lösungen besonders groß war und sie sich so gewiss einer lukrativen Einnahmequelle begab.
Was sie abhielt, war ein für sie gewichtiges Problem, sie fürchtete, einem wichtigen Grundsatz für dieses Verfahren nicht gerecht werden zu können: Neutralität. Klar, um die musste man sich immer bemühen, Sympathie und Antipathie spielten überall eine Rolle. Aber hier würde ihre Neutralität auf eine besonders harte Probe gestellt werden. Gewiss, es gehörten immer zwei dazu, wenn eine Beziehung scheiterte. Doch nach ihrer Kenntnis gab es höchstselten ein echtes Gleichgewicht. Die Trennung mochte schlussendlich von beiden gleichermaßen gewollt sein, stieg man aber ein wenig in die Historie ein, so ergab sich meist das Bild von einem, der zuerst auszog, das Loslassen zu lernen, wie sie es für sich gerne formulierte. Entsprechend gab es Verletzungen, die jede Vereinbarung enorm erschwerten.

Ohne Frage, mit ihrer heutigen Erfahrung wäre sie immer in der Lage, eine Bevorzugung zu vermeiden. Aber es würde sie enorme Anstrengung kosten. Sie würde bei einer Scheidungsmediation mit der ständigen Sorge leben müssen, sich auf die Seite des Erst-Loslassers zu schlagen. Die Seite, die mehr Zugeständnisse machte als nötig. Aus schlechtem Gewissen. Aus Schuldgefühl. Denn diese Rolle kannte Inga Mertens nur zu gut. Sie war es gewesen, die ihren Mann verlassen hatte.

**Machen Sie zehn Fotos von einem Menschen. Entscheiden Sie, auf welchem er am besten getroffen ist. Ihre Auswahl wird mit seiner nie übereinstimmen.**

Auch wenn die wesentlichen Voraussetzungen für eine vielversprechende Suche nach einer Partnerin mental zu schaffen waren – Kornfeld wurde nicht müde zu betonen: „Flärdde[36], des beginnt im Kopp, Günda!" –, bedurfte es doch auch ein paar handfester Vorbereitungsmaßnahmen. Die ließen sich aus Sicht der Kornfelds am besten bei einem Ausflug nach Baden-Baden bewerkstelligen.

„Kennsch du des eigendlisch, Günda? Bade-Bade?"

„Isch waa paa mol dortt. *Oohne Filda*[37]."

„Do gugg noo. Siggsch, Rossie, dea hot doch mol ähni ghabt."

„Hä?"

„Un was waa des fa ähni, dei Filda? Bissl koomisch, de Noome. Hot sie aa so ausgsehe wiä Filda?"

„Was vazehlschn du fan Kees, Weize?"

„Wisso? Du hosch doch grad gsacht, du bisch mol in Bade-Bade gwest. Awwa mit oohne dei Filda."

„A, jetz hawwischs vastanne. Kennsch des net? *Oohne Filda*, des vum Färnnseh. Mussisch."

Kornfeld schüttelte den Kopf.

„Kennisch net. Du, Rossie?"

„Nää. Nie gheat."

Kommissar Günda sah sich genötigt, ein wenig auszuholen: „Des waa subba: ä Laif-Konzärtt, eckschdra fas Färnnseh uffgenumme. Mit Pubblikum. Im Studdio vum Südweschtfunk."

„Ähä. Wea?" Rosie Kornfeld war interessiert.

Ihr Mann ahnte die Antwort: „Bstimmt de Tooni, dea is doch vun do."

---

[36] Flirten

[37] Ohne Filter, Musiksendung im Südwestfunk

„Tooni? Wellan Tooni?"
„Tooni Maschall nadialisch: *Schööne Maid, hosch du heit fa misch Zeit? Hoo ja hoo jahoo!* Hea, son guude Gschmack hawwisch dia ga net zugedraut, Günda."
„Spinnsch du, Weize? Isch geh doch net zu de Volksmussisch. Des waa Rock. De Olbatt Kollins[38], de Long Tschon Booldri[39], Tschakka Kahn[40]."
„Nie gheat."
„Is jo worscht." Kommissar Günda wusste, über dieses Thema konnte man mit Kornfeld nicht reden. „Hea mol, wie hosch du des eigendlisch gemähnt, voahiin?"
„Waas?"
„Des mit demm *dea hot doch mol ähni ghabt.*"
„Wie?"
„Jetz du net so, Weize, du weesch, wassisch mähn. Hosch du gedenkt, isch bin schun imma allää?"
„Nää. Isch net. Die Rossie…"
„So kamma des net saare", widersprach die postwendend. „Isch kann des jo ga net beuadeile."
„Des stimmt", erklärte Kommissar Günda beleidigt. „Un du aa net, Weize."
„Isch mähn jo bloß."
Darauf entstand ein Moment der Stille, der Kommissar Günda auf Erledigung des Themas hoffen ließ. Verfrüht. Kornfeld hakte nach einer Anstandspause nach: „Vahaiat waasch du net, odda?"
„Nää."
„Allo."
„Allo was?"
„Mähna hawwisch net gemähnt."

---

[38] Albert Collins
[39] Long John Baldry
[40] Chaka Khan

„Muss jeda glei vaheiat sei?"
„Nää."
„Un is des annaschda, wemma vaheiat is?"
„Nää", sagte Kornfeld.
„Uff jedn Fall", sagte zeitgleich seine Rosie.
„Indressant."
„Is jo worscht. Sgeht jo net um die Vagangeheit, sgeht jo um die Zukunft. Gell, Rossie?"
„Gönau."
„Un die gehe ma jetz mol zamme oo heit."
„In Bade-Bade?"
„Bissl Geduld, Günda, mia hawwes glei. Du deafsch disch schun mol freije. Gibts des eigendlisch noch, des *Mit oohne Fildas*?"
„Nää, des draue die sich heit nimmie."
„Isch sach da ähns, mim Tooni, do gähngts[41]."

Der erste Weg führte sie in die Fußgängerzone. Zielstrebig dirigierten die beiden ihn zu einem Herrenausstatter.
„Was wolle mian do?"
„Günda, isch sach da mol ähns: Du gheasch mol bissl gschdeilt[42]."
„Gschdeilt?"
„Loss des mol de Schack mache."
„Schack? Wella Schack?"

Herrenmodenfachverkäufer Jacques war vom alten Schlag, Maßband um den Hals, eine Schaumstoffhalbkugel gespickt mit Stecknadeln am Handgelenk. Kommissar Günda, der auf seine Kleidung nie sonderlichen Wert gelegt hatte, fand sich auf einem Mini-Sockel inmitten des Verkaufsraumes wieder und fühlte sich so beäugt schlagartig schlecht angezogen.

---

[41] ginge es
[42] gestylt

„Suchen Sie einen Anzug für einen besonderen Anlass?“
„Ja.“
„Ja.“
„Nää.“
„Bade-Bade halt. Isch saage es mol so: Dea Härr Kommissaa will speeda noch ins Kuahaus. Leida hat er soinen Aanzug fagössen. So wia jetz is, kanna nadialisch net do nei. Mit demm ronzische Kiddl do.“
Kornfeld tätschelte abschätzig das etwas abgestoßene braune Breitcord-Sakko, das Kommissar Günda viele Jahre treue Dienste geleistet hatte. Um nicht zu sagen Jahrzehnte.
„Und welchen Stil bevorzugt der Herr?“
„Maritim“, erwiderte Kornfeld überraschend bestimmt. „Awwa voll.“

## Unterschätzt und überfordert

Es war ihm alles andere als wohl. Aber die Kornfelds hatten darauf bestanden, *uff demm Autfit, demm neie. Alla guud, browia ischs bald.* Er kam sich vor, als ginge er auf einen Kostümball. Er als Kapitän auf dem Traumschiff: *Käpt'n Spuk*. Weiße Hose, blaues Sakko, zweireihig, weißes Hemd, güldene Manschettenknöpfe, rotes Einstecktuch, gelbe Slipper. Einzig einer Kapitänsmütze hatte er sich erfolgreich verweigert.

Auf gar keinen Fall durften ihn Bekannte so sehen! Entsprechend hatte er darauf bestanden, sich erst kurz vorher in einem der Gästezimmer vom Roten Ochsen umzuziehen. Nachdem ihm dies mit einiger Mühe gelungen war – den Blick in den Spiegel hatte er tunlichst gemieden – schlich er *gonz aiig leis* die Treppe hinunter. Es roch nach Bohnerwachs, und die Stufen knarrten. War da nicht gerade jemand aus der Gaststube zur Toilette gegangen? Er verharrte, wartete und lauschte angestrengt. Niemand. So war es ja auch geplant. Die Wirtschaft hatte noch geschlossen, Marion Helche hatte versprochen, sich unauffällig im Eingangsbereich zu schaffen zu machen: „Die fang isch glei mol ab, wenn die kummt, die Orschl[43]. Macht eisch kä Sogge!", hatte sie ihm und den Kornfelds versichert.

*Orschl?* Kannte Marion Helche die erste Aspirantin vielleicht bereits? *Egool*, er hatte ja ohnehin nichts zu sagen.

Wie in einem Versuchslabor kam er sich vor. Als junger Kommissar hatte er gelegentlich mit einem Lockvogel gearbeitet. Daran fühlte er sich erinnert. Nur dass diesmal er den Lockvogel abgab. Noch dazu für sich selber. *Hau bizzaa*[44].

Vor der Tür zur Gaststube atmete er tief ein. Aus dem Inneren ertönte Musik, Elton John: *Funeral for a friend.*

*Des basst jo.*

---

[43] ungeschickte Frau

[44] *How bizarre*, OMC-Song

Vorsichtig drückte er die Klinke herunter und lugte in die Gaststube. Nur ein Tisch war besetzt, der schönste, am Fenster, mit Blick zum Garten. Und dort saß tatsächlich *ä Fraa.* So war es geplant, so war es gedacht, aber dennoch war er überrascht. Im Grunde seines Herzens hatte er das nicht für möglich gehalten. Und inständig auf einen leeren Roten Ochsen gehofft.
*Awwa nää!*
Lebendig, nie zuvor gesehen und eindeutig: *ä Fraa.* Damit war die Sache klar, das Prinzip, es funktionierte tatsächlich.
*Kannischjo widda gehe.*
Mit einem Sprung war Marion Helche bei ihm, seine Fluchtgedanken ahnend, und sah ihn eindringlich an, nicht ohne seine Verkleidung mit einem mühsam unterdrückten Grinsen zu kommentieren: „Ah, da ist er ja, unsa Tschie..., äh… hallo Herr…! Ou. Pscht! Isch moine, ihisch waheiß jaha, dahas ihist ahalles geheheiheim bei Ihne un bei ihare do drin."
Es irritierte ihn, dass sie sich so angestrengt bemühte, hochdeutsch zu sprechen, aber das gehörte vermutlich auch zum großen Plan.
„Kohommen Siehie geherahade mahal mihit, isch bringe Sie zu Iharem Tihisch. Sie weherden schohon erwahadet."
Die Frau stand auf und streckte ihm die Rechte entgegen: „Grüß dich, du bist also der…"
„Waschbär. Äh, isch moine Schmusebär. Un Sie sin…"
„Ich bin die Baby."
Er schaute wohl etwas zu fragend, obwohl ihm gar nicht an einer Antwort gelegen war.
„Du weißt doch, wie die aus Dirty Dancing."
„Döadi Dähnzing", wiederholte er tonlos. „Ah… die…"
Augenblicklich hatte er vor Augen, wie diese Frau auf ihn zuflog. Instinktiv duckte er sich ein wenig. Was sie hoffentlich nicht bemerkt hatte. Er hüstelte gekünstelt.
„Mein absoluter Lieblingsfilm. Und als ich gelesen habe, dass du leidenschaftlicher Tänzer bist, dachte ich, endlich mal einer. Ich

habe ja schon viele Männer gedatet, aber du bist mein erster Tänzer. Was ist denn dein Lieblingstanz?"
„Äh… Lambadda." Wie zur Hölle kam er auf Lambada?
„Das ist ja fantastisch, meiner auch! Diese ersten Treffen sind ja immer am schwierigsten, finde ich, oder?"
„Gönau."
„Aber zum Glück haben wir schon mal gleich ein gutes Thema: *Lambada*. Ich finde es so schwer, eine geeignete Location zu finden fürs Tanzen. Wo man auch nicht immer gleich angemacht wird. Du tanzt bestimmt regelmäßig, beim Lambada kommt man ja schnell aus der Übung."
„Des stimmt", bestätigte Kommissar Günda ebenso wissend wie abschließend.
„Wo?"
„Wie?"
„Ich meine, wo tanzt du denn?"
„Äh… Bade-Bade." Wie zum Henker kam er gerade auf Baden-Baden?
„In Baden-Baden? Dann müssen wir da unbedingt mal hin, wir zwei Hübschen."
„Jjja…"
„Oh. Das kam jetzt ein wenig zögerlich. Oder hast du in Baden-Baden noch ein paar andere Eisen im Feuer?"
„Äh…"
„Das wird mir deine Freundin, die mir geschrieben hat, sowieso alles verraten. Reizende Frau übrigens. Komm, gibs zu. Ist ja nicht weiter schlimm. Das habe ich auch. Nur nicht in Baden-Baden…"
Ihr Handy brummte, und sie widmete sich der aktuellen Nachrichtenlage. Kommissar Günda hatte so die Gelegenheit, sie näher zu betrachten. Die er allerdings nicht nutzte.
„Ich lese gerade, Bernd will mich gleich treffen. Für Jörg bin ich auch schon spät dran. Ich muss also leider los. Aber ich kann dir sagen, du bist noch im Rennen, mein Schmusebär. Ciao!"

„Tschau! Äh… Beebii!"

Kommissar Günda schaute sich um. *Puh, Glick ghabt*, niemand hatte ihn gesehen.

Das stimmte nicht ganz. Als Inga Mertens später ihr Nebenzimmer verließ, verabschiedete sie sich von Marion Helche: „Ich bin mir nicht sicher, war Ihr ehemaliger Kommissar heute wieder zu Besuch?"
„Des stimmt."
„Oh, dann hat mein Mediand vorhin doch recht gehabt. Er kennt ihn nämlich von früher. Ich hab gesagt, er muss sich irren. Der Mann sah gar nicht aus wie ein Ex-Kommissar. Eher wie Käpt'n Iglo."

**Wer schon von Kindesbeinen an erfährt, wozu ihn der liebe Gott geschaffen hat – zu seinem Ebenbild –, der sollte sich gelegentlich fragen, wieso dann gleich so viele?**

Das *Bro-Dschekkt*[45] *Lambadda*, wie es Kornfeld griffig getauft hatte, wurde allgemein als Testlauf eingestuft. Der bedurfte selbstverständlich der Manöverkritik. Die erfolgte am Stammtisch vom Roten Ochsen.

„Un, Günda, wie hosch disch gfühlt? Wie waa des fa disch, des ärschde Mol Dejde[46]?" Rosie Kornfeld betrachtete ihn teilnahmsvoll.

Ihr Mann preschte mit seiner Analyse vor: „Also isch find, dea hot sisch insgsamt gaa net schlescht gschlaare, unsan Günda. Alladings vun de Körppasprooch, do is noch Luft."

„Hea mol Weize, wuhea willschen du des wisse? Du waasch doch gaa net debei", fuhr ihn Kommissar Günda an.

„A, isch habs doch gsehe."

„Wie?"

„A, mia waare zugschaldet, mia hawwe doch drei Kamera inschdalliat."

„Wie bidde?"

„Des kennsch doch vun fria. Awwa des muss disch net weidas indressiare. Awwa fia uns is des wischdisch. Wejem Koutsche[47]. Zum Beispiel des mit demm Lambadda. Do heedisch glei mol gsacht: *Was, des is aa doin Lieblingsdonz? Auf, donn mache ma glei mol ähna!*"

„Waas?"

„A, än Lambadda."

„Im Roode Ochse?"

„Gönau."

---

[45] Projekt

[46] Daten

[47] Coachen

„Zu derre Beerdischungsmussisch?“
„Was hosch du geje de Eltn Tschon? Egool, Günda, des is doch worscht. Lambadda mache, des kannsch du zu allem. Was isch in moim Leewe schun gelambaddat hab.“
„Indressant“, warf Rosie Kornfeld mit gespielter Eifersucht ein.
„Nänää, des is rum nadialisch. Vollischt.“
„Donn is jo guud.“
Und sie gaben sich einen Kuss.
„Brauchsch gaa net gugge, Günda, so geht des. Des kummt bei dia aa noch. Bissl Geduld! Was issn eisch noch uffgfalle? Mia hot des net so gfalle, wie de Günda do-ghoggt is. Wie son Aff uffm Schleifstoo[48].“
„Des liggt an demm dabbische Saggo“, rechtfertigte sich der Kritisierte.
„Do mescht ma jo aa die Knebb[49] uff.“
„Hä? Des geht? Isch hab gedenkt…“
„Sach bloß, du hosch des Saggo iwwa de Kopp gezorre.“
„Äh…“
„Bei demm muss ma sisch um alles kimmare. Marioon, was mähnen Sie? Sie ware jo am näggschde droo.“
„Mia gfellt die net.“
„Wea?“
„Die Orschl.“
„Mia aa net“, bestätigte Kommissar Günda.
„Jetz bisch du mol still. Des is worscht. Un, Marioon, wie isses mim Günda?“
„Dea gfellt mia.“
„Mia aa“, bestätigte Rosie Kornfeld.
„Meedls, so kumme mia net weida. Griddigg[50], des is wischdisch, dassa was lärnnt. Mia deafe net zu possitief zu unsam neie

48 Schleifstein
49 Knöpfe
50 Kritik

Kassa-Noffa[51] sei, bei denne Weiwa weeß ma des nie, wie die druff sin. Ia habt jo gheat, die anna hot noch paa annare."
„Des findisch ibbrigenz u-meeglisch."
„Isch aa."
„Isch net. Mia waa des grad rescht", gab Kommissar Günda zu Protokoll.
„Des is die falsch Eistellung, Günda!" Axel Kornfeld wurde energisch. „Wenn die des zu mia gsacht heed, derre heedisch glei mol druffgewwe: *Was, än annare? Nooch mia? Do gibts kähna.* Des funkzioniat, glaab mas."
„So so", bemerkte Rosie Kornfeld schnippisch und erntete einen weiteren *Schmatza.*
„De Günda, dea soll jo vun unsare A-fahrung broffediare. Un aus seine Fehlas[52] lärnne."
„Mia gfellt die net, die Orschl."
„Des hawwe Sie schun mol gsacht, Marioon."
„Mia aa net."
„Um disch gehts jetz net, Günda. Rossie?"
„Misch brauchda gaa net froore. Lambaddablunz, bleedi!"
„Alla guud, awwa isch sach eisch mol ähns, was issn, wenn des die ähnzisch bleibt?"
„Des kummt net in Froog. Dodefia soiig isch schun."
Die Frauen waren sich einig und ahnten zugleich, wie sehr in diesem Moment Zuspruch vonnöten war. Rosie Kornfeld legte ihre linke Hand auf Kommissar Gündas rechten Unterarm, Marion Helche nahm sich seines linken an: „Un isch halt aa die Aare uff."
„Un wenn doch, donn mussa die halt nämme, do geht kähn Weg droo voabei!"
Kommissar Gündas Augen weiteten sich.

---

[51] Casanova

[52] Rätselhaft: Wo man ein Plural-s erwarten würde, unterbleibt es, andernorts findet es Platz. Pure Lautmalerei.

„Obacht, jetz hodda awwa Ängscht griggt. Mach da kä Sogge, isch sach da ähns: Mia fahre nadialisch zweegleissisch. Mei Rossie, die kimmat sisch um die Zingles mit demm Niffoo, un mia zwee gehe weidahiin bissl uff die Pischde. Hä? Wie moanschen?"
„Isch weeß net…"
„Odda du nimmsch halt doch die Orschl. Dei Entscheidung, Günda."
*Vun weje.*

## Leave me besenrein!

„Ich habe mir überlegt…“, diese Einleitung verhieß für gewöhnlich nichts Gutes für den Fortgang eines Mediationsverfahrens. So wurden gerne Rückschritte eingeläutet. Bei der letzten Sitzung hatte es eine spürbare Annäherung der Konfliktparteien gegeben, frohen Mutes hatte man sich vertagt, und dann beim nächsten Termin zur Begrüßung das: „Ich habe mir überlegt…“

Erklärlich, nach einer ersten Euphorie gab es oftmals die Furcht, sich doch vorschnell zu einem Kompromiss hinreißen zu lassen. Bevorzugt kamen solche Zweifel nach unruhigem Schlaf in den frühen Morgenstunden. Meist aber steckte nach ihrer Erfahrung ein Dritter dahinter, ein Ratgeber im Hintergrund. Zwar hatte man sich zugesichert, über die Verhandlungen Stillschweigen zu wahren, aber mit dem Ehepartner durfte man ja wohl reden, oder? Wieso also nicht auch mit einem guten Freund? Es ging doch schließlich um etwas. Und der hatte eben gemeint: „Was? Da lässt du dich aber über den Tisch ziehen! Lass dich auf nichts ein, such dir lieber einen ordentlichen Anwalt!“

Ähnliches fürchtete Inga Mertens beim zweiten Termin mit dem Mittelalterverein, als der eröffnet wurde mit „Ich habe mir überlegt…“
Doch siehe da, ihre Sorge war unberechtigt: „Ich habe mir überlegt, wir engagieren für unser Jubiläum zwei Bands. Eine traditionelle und eine moderne. So können wir auch junge Leute erreichen.“
*Hoppla*, dachte Inga Mertens. *Wer hätte das gedacht, eine ausgestreckte Hand.* Aber gleichzeitig blieb sie vorsichtig. Und richtig. Es wäre auch zu einfach gewesen.
„Ach, auf einmal! Wenn ich mich recht erinnere, dann habe ich den Vorschlag schon vor zwei Monaten gemacht.“

„Nein, so nicht."
„Aber wohl. Ich habe dafür Zeugen."
„Schön, es war deine Idee, dein Vorschlag. Und ich nehme ihn hiermit an."
„Das könnte Ihnen so passen. Dafür ist es zu spät."
„Inwiefern? Es war doch dein Vorschlag."
„Den Sie aber immer bekämpft haben."
„Jetzt nicht mehr."
„Ach, und wenn der Herr sich anders entscheidet, dann haben alle nach seiner Nase zu tanzen."

Es war an der Zeit, dazwischen zu funken: „Ich schlage vor, wir gehen einen Schritt zurück." Inga Mertens sprach die Zweite Vorsitzende direkt an: „Wenn ich Sie richtig verstehe, dann stört es Sie grundsätzlich, dass er entscheidet."
„So läuft das immer. Wie es dem Herrn beliebt."
„Ich bin nun mal Erster Vorsitzender, tut mir leid. Ich habe mich nicht gerissen um den Job."
„Ach ja? Das ist doch alles von langer Hand geplant. Sie wollen in den Stadtrat, das weiß doch jeder. Und da ist Ihnen der Vereinsvorsitz gerade recht. Sich produzieren in der Öffentlichkeit, schöne Reden halten. Und wer macht die Arbeit? Ich."
„Wenn dem so ist, dann verstehe ich nur eines nicht: Warum hast du dich nicht aufstellen lassen als Erste Vorsitzende?"
„Das ist ja nun die Höhe. Das wissen Sie doch ganz genau. Weil mich dein Fraktionsvorsitzender gebeten hat, auf die Kandidatur zu verzichten. Ich meine Ihrer."
„Was?"
„Habe ich je ein Dankeschön gehört? Natürlich nicht."
„Mein Fraktionsvorsitzender hat bitte was verlangt? Das höre ich zum ersten Mal."

Und da war er wieder, dieser Moment.

**Wir können ja mal deinen Bruder einladen.**
**Gerne, aber ohne mich.**

„Frau Helche, darf ich Sie mal etwas fragen?“
„Bidde.“
„Ich bin ja nun schon eine Weile bei Ihnen.“
„Un sleeft net schlescht, skumme schun viel Leit zu Ihne.“
„Ja. Aber wenn ich das richtig sehe, kommt immer noch niemand aus Glickerbach.“
„Hm.“
„Habe ich irgendetwas falsch gemacht?“
„Nää.“
„Ich meine, es gibt doch hier im Ort bestimmt jede Menge Konflikte.“
„Schun.“
„Unnötige Konflikte.“
„Un wie viel.“
„Konflikte, die man vielleicht mit meinen Methoden ausräumen könnte.“
„Kann schun sei.“
„Aber es kommt niemand. Ich hab schon überlegt, ob ich mal einen Tag der Offenen Tür veranstalten soll.“
„Des wäa… ä Mööglischkeit.“
„Aber Sie sind nicht so begeistert von der Idee.“
„Doch, doch.“
„Soll ich das mal angehen? Ich würde dann einen kleinen Vortrag halten, mich vorstellen, etwas erzählen über das Mediationsverfahren, und vielleicht verliert dann der eine oder andere die Scheu.“
„Wisso net.“

Tatsächlich war Marion Helche nicht überzeugt von der Idee. Sie wusste, die Vorbehalte in Glickerbach hatten verschiedene, gravierende Gründe. Zum einen war Inga Mertens eine Fremde.

Vor allem aber nahmen es die Glickerbacher übel, dass sie überhaupt ihre Tätigkeit ausübte. Und zwar nicht irgendwo, sondern in den alten Räumlichkeiten der Sokodo. Dass sie nichts weniger als *de Tschief vagrault hot.* Auch wenn das überhaupt nicht stimmte und sie es besser wissen müssten, immerhin waren etliche von ihnen bei seinem Abschiedsfest zugegen gewesen. *Egool.* Die Gerüchteküche brodelte weiter:

„De Tschief, denn hawwe sie uff die Strooß gsetzt, dea ist obdachlos."

„Isch hab gheat, dea lebt inämme Fass. Unnarä Brick."

„Un des alles bloß weje derre Blunz, derre bleede."

„Dea is jo jetz eh bleide."

„Hä, bleide? Dea hot doch sei Pengzioon."

„Awwa ea spielt. Rulett. Pokka. Maumau. Un imma um Geld."

„Unna uns, isch sach da mol ähns, demm sei Probblähm, des sin die Weiwa."

Wenigstens mit letzterem lag man nicht ganz falsch.

„Wisse Sie was, mia bräuschde än Influänza. Wäas Ihne egal, um was dasses geht?"

„Bei einer Mediation? Ja, ich mache eigentlich alles. Außer Scheidungen."

„Des vasteh isch guud. Eabsache?"

„Warum nicht?"

„Isch hab so paa im Aag. Drei Schweschdare. Schwätze schun zwonzisch Joa nimmie middenanna, seitdähm, dasses ums Eawe geht. Isch iwwaleg mia mol was. Do muss ma alladings bissl uffbasse mit denne. Wenn die äh des mitkriggt, dass ma mit denne annare Kondakt hot, oh leck."

„Ja, Erbsachen gehören zu den heikelsten."

„Hawwe Sie Gschwischda?"

„Eine Schwester."

„Unn?"

„Weit weg."

**Jeder mag dich, wenn du schwach bist.**
**Jeder küsst dich, wenn du weinst.**

Es gab einen weiteren Grund für die Zurückhaltung der Glickerbacher. Manch einem blieb unklar, was eine Mediatorin zu tun hatte. Andere wussten dafür umso besser Bescheid.

„Isch vakläa dia des mol. Beispiel: isch. Isch hab jo än Nochbaa."

„Isch aa. Un was fa ähna! U-meeglisch!"

„Gönau. Moina aa. Wenn isch jetz was hab mit moim dabbische Nochbaa, oogenumme wejem Rasemäha."

„Rasemäha? Saach bloß, du hosch noch ähna? Meina, des is bloß noch än Robodda. Dea mescht des gonz alläa. Alles. Demm saarisch bloß: Ge! Äm! Be! Ha!"

„Hä?"

„Geh molä Bierle hole!"

„Jetz sei mol still. Jetz bin isch gonz rauskumme weje dia. Folgendes: Dea regt sisch also uff, moin Nochbaa. Weje Läam. Weil isch ähmol die Woch de Rase mäh."

„Ähmol bloß? Moina, dea leeft rund um die Ua!"

„Donn sacht dea, ea hellt glei mol die Bollezei. Saarisch: Moment, des mache ma heit mol annaschda. Mia gehe zu derre."

„Media…"

„Mediatooriin, rischdisch."

„Mim Rasemäha?"

„Du Sseftl, du musch misch net dauand unnabreschle. Mit demm Dabbes nadialisch, mit moim Nochbaa."

„Ähä. Donn gehsch du also zu derre mit demm."

„Gönau."

„Un dann vazehle mia derre des alles. Un donn sacht die demm, wisso dassa U-rescht hot."

„A, des is jo bragdisch. Awwa hea mol, was issn, wenn dea mol Rescht hot?"

„Wea? Moin Nochbaa? Rescht? Dea? Im Leewe net!"

**Wie lautet Artikel 1 Grundgesetz?**
**Nur keine Hemmungen!**

Damit hätte sie zwar rechnen können, aber Inga Mertens staunte nicht schlecht: Keine zwei Stunden nachdem sie mit Marion Helche gesprochen hatte, war es dieser bereits gelungen, für sie Kundschaft in Glickerbach aufzutreiben. Zwei Männer erschienen, freundlich, gelöst, keine Anzeichen von Spannungen. Auch mal ganz schön. Da sah sie gerne darüber hinweg, dass die beiden keinen Termin hatten.
Und als wäre das nicht schon genug, waren sie sich als Gipfel der Eintracht sogar einig darin, was ihnen einzig für ein erfolgversprechendes Mediationsverfahren fehlen würde:
„Mia heede mol gärnn ä Probblähm."

Sie musste schmunzeln. Nicht nur, dass die Glickerbacher erstaunlich dezent und wenig neugierig waren, sie fielen anscheinend auch bei Konflikten aus der Rolle. Gab es so etwas wie ein heimliches Harmoniekonzept in dieser Gemeinde? Oder standen die Menschen unter dem Einfluss besänftigender Drogen? Womöglich ließen sich Staus hier auf eine ungewöhnlich rücksichtsvolle Mentalität zurückführen:
*Fahr du!*
*Nein, du!*
*Nein, du zuerst!*

Ganz so unproblematisch würde es vermutlich nicht abgehen. Sie kannte zur Genüge Fälle, bei denen eine zu Beginn freundliche Fassade alsbald bröckelte.
„In welchem Verhältnis stehen Sie beide zueinander?"
„Des issn Kusseng zu mia."
„Un dea zu mia."
„Ah ja, Sie sind also verwandt."
„Unsa Müddas, des ware Schweschdare."

„Und haben Sie viel miteinander zu tun, gibt es viele Berührungspunkte?“
„Mia schaffe zamme, Schreinerei. Mia fahre dann aa zamme in Ualaub.“
„Un mia woohne in ähm Haus.“
„Gönau. Dea drowwe, isch drunne.“

Das wäre für die meisten mehr als genug Stoff und Gelegenheit für erbitterte Feindseligkeiten. Nicht so im Fall von Klaus und Klaus.
„Und das funktioniert?“, fragte Inga Mertens ungläubig nach.
„Des glabbt.“
„Sind Sie verheiratet?“
„Middenanna? Nää.“
„Des wüssdisch awwa.“
„Des wäas noch.“
„Hea uff.“
Eingespielt schienen die beiden zudem. Selbst den Humor teilten sie.
„Gschiede.“
„Beide?“ Eine rhetorische Frage.
„Glicklisch.“
„Un wie!“

Der Fall schien verzwickt. Oberflächlich betrachtet schien alles im Lot, aber es musste einen Grund haben, dass Marion Helche die beiden zu ihr geschickt hatte.
„Grundsätzlich führen wir bei einer Mediation alle Gespräche gemeinsam. Alles soll offen und transparent sein. Keiner soll den Eindruck bekommen, hier geschieht etwas hinter seinem Rücken. Aber mein Gefühl sagt mir, wir sollten ausnahmsweise erst einmal Einzelgespräche führen. Es sei denn, einer von Ihnen hat etwas dagegen.“

„Abba[53].“
„Vun mia aus gärnn.“

Und so geschah es. Das erste Gespräch führte rasch zum Kern.
„Nun, frei heraus, wo drückt der Schuh?“
„Niagends.“
„Aber Sie waren ja gleich bereit, ein Einzelgespräch mit mir zu führen. Darf ich Sie fragen, warum?“
„Gonz äfach: Sie deede mia gfalle.“

Eine sinnigerweise verwandte Motivation prägte auch das zweite Einzelgespräch.
„Hat Sie Frau Helche zu mir geschickt?“
„Nää. Wisso?“
„Rein interessehalber. So, was haben Sie nun auf dem Herzen?“
„Ich wollt Sie mol froore, deede Sie mol mit mia ausgehe?“

Da war es also, das gemeinsame Problem.
Doch ebenso schnell, wie es auftauchte, ward es gelöst.
Ohne *Brilla*.
*Awwa fascht.*

---

[53] Nein mit dem Beiklang: *kä Probblähm!*

**Zeige mir deinen Partner, und ich sage dir, wer du bist. Zeige mir dein Hochzeitsfoto, und ich sage dir, wie lange das noch gutgeht.**

„Frau Helche?"
Nicht, dass Sie in dieser Hinsicht Beistand benötigen würde, aber es konnte nicht schaden, ihre Vermieterin und Glickerbacher Vertraute über das Geschehene zu informieren.
„Was hawwe die?" Marion Helche war entsetzt.
„Nichts Weltbewegendes, sie haben nur versucht, mich anzumachen. Keine Sorge, rein verbal."
„So fängt des imma oo. Ärschda begwaddsche, donn bedaddsche. Hawwe Sie die gekennt, die zwee?"
„Nein, nie gesehen. Und die beiden sind nicht durch Sie zu mir gekommen?"
„Nää, dodemit hawwisch nix zum schaffe."
„Interessant. Dann sind die auf Verdacht aufgetaucht."
„Scheinz. Hawwe sie gsacht, wie sie heeße?"
„Hab ich vergessen. Aber sie wirkten auf mich sehr vertraut, sie arbeiten zusammen, sind wohl auch verwandt."
„Oh leck!", grinste Marion Helche. „Dann weeßischs. Die zwee Kusseng! Die hawwes bstimmt schun bei jedare browiat."
„Na, vielen Dank."
„Nää, so jetz aa widda net. Bei mia ware die aa schun. Awwa ausgreschnt bei Ihne, isch mähn, des is schun bissl dreist."
„Sie meinen wegen des Doktortitels? Da kann ich Ihnen sagen, das bewahrt Sie leider vor gar nichts."
„Nää."
„Ach so, wegen meines Alters?"
„Nää, weil Sie doch ähna hawwe… Dea, wu sie imma hellt do bei mia…"
„Mein Assistent? Was ist mit dem?"
„Assischdent… Schun klaa. Isch hab aa mol so ähna ghabt."
„Nein, nein, Frau Helche. Der junge Mann hat bei mir ein

Praktikum als Jurastudent gemacht, und nun arbeitet er schon ein paar Jahre fest für mich."
Marion Helche schien nicht vollends überzeugt, deshalb entschloss sich Inga Mertens, deutlicher zu werden: „Ich sage mal so, von allen Dingen, die mir fehlen, gehören Männer an die vorletzte Stelle."
„Ähä. Un was wäa des ledschde?"
„Masern."

Das war überspitzt, aber ehrlich. Und auch da spielte ihre Arbeit eine Rolle. Sie ließ sich nun einmal nicht mehr ohne weiteres einwickeln, hinterfragte jede Aussage automatisch, analysierte nicht nur, was gesagt wurde, sondern vor allem wie, beobachtete genauestens. Das konnte der Entwicklung einer Beziehung durchaus abträglich sein. Natürlich lernte sie Männer kennen, aber sie bediente sich vielleicht doch zu oft ihrer erlernten Techniken. Besonders heikel: aktives Zuhören, eine entscheidende Basis für ihre Arbeit. Das konnte zu Kennenlern-Dialogen wie diesen führen:
„Ich habe zwei Kinder, einen Sohn und eine Tochter."
„Verstehe ich das richtig, du hast also einen Sohn und eine Tochter?"

Bei ihren Sitzungen machte das natürlich Sinn, schuf Vertrauen, im Höchstpersönlichen hingegen wirkte es bestenfalls befremdlich. Ihr war es manchmal gar nicht bewusst, erst wenn ihr Gegenüber sie darauf aufmerksam machte, dass sie alles, was er sagte, wiederholte, wenn auch mit ihren eigenen Worten. Sie versuchte dann zu erklären: „Das ist eine Art Berufskrankheit. Beim aktiven Zuhören geht es darum sicherzustellen, dass ich alles richtig verstanden habe."
„Verstehe ich das richtig, du möchtest überprüfen, ob du alles richtig verstanden hast?"
„Verarschen kann ich mich alleine."

Wenn es um Biographisches ging, konnte das vielleicht noch einigermaßen hingebogen werden – immer auch eine Frage des Humors, und zwar auf beiden Seiten. In gewissen Momenten indes konnte es richtig heikel werden:
„Wenn ich dich jetzt sehe, dein Gesicht im Kerzenlicht, diese unergründlichen grünen Augen. Keine Frau hat je so tief in mich hineinblicken können. Inga, ich möchte mit dir schlafen."
„Dir ist es wichtig, mich wissen zu lassen, dass du mit mir schlafen möchtest. Habe ich das richtig verstanden?"

**Frauen gehen. Männer lassen gehen. Auch sich.**

Eines interessierte Kommissar Günda denn doch. Hatte sich Axel Kornfeld wirklich grundlegend verändert? Und falls ja, hatte er keine Angst vor einem Rückfall in die *Rumgoggelei*? Wenn ihn nicht alles täuschte, hatte er sogar ein wenig abgenommen, achtete mehr auf seine Kleidung, war stets aufmerksam gegenüber seiner Rosie. All das gab es früher nie. Aber schlummerte nicht doch noch unter der Mustergatten-Oberfläche *Se Büst in mii*[54]? Wie hielt sich Axel Kornfeld, dieser vormalige Frauenheld, bloß derart im Zaum?
„Hea mol, Weize, wie kummtn des?"
„Waas?"
„Du hosch disch so va-ännat. Du bisch bloß noch aiig uff dei Rossie."
„Isch hab was gelärnnt duasch die Zeit, wu mia gedrennt waare. Isch hab doch alles, was isch brauch. Un isch weeß heit zu schätze, was isch hab. Was annares willisch net."
„Mhm." Kommissar Günda fragte sich, ob es da nicht doch vielleicht ein Geheimnis gäbe. „Nimmsch du was?"
„Wie?"
„Medikamende?"
„Nää."
„Ffitamiine?"
„Des aa net. Awwa isch muss zugewwe, isch du was fa misch passööhnlisch. Bissl Sportt. Un voa allem Meditazioon."
„Du? Du dusch meditiare?"
„Voll. Des mache heit viele, Günda. Des gibts jetz iwweraal. Im Roode Ochse, do is aa ähni, die wu des oobiet."
„Äh, Weize…"
„Awwa meins, des is speziell. Heit hawwisch widda. Weesch was, Günda, isch nämm disch grad mit. Hosch Luscht?"

---

[54] *The Beast in me*, Johnny Cash

Schon erstaunlich. Bis vor wenigen Tagen gab es für ihn nur *sei Hopfeloch*, gelegentlich ein paar Ausflüge in sein altes Zuhause, um nach dem Rechten zu sehen, ansonsten Lesen, Dösen, Musikhören, ein paar Filme, Nachrichten und immer wieder Schein-Angeln. Ohne es zu merken, geschweige denn es zu beabsichtigen, hatte er ein regelrechtes Rentner-Dasein begonnen, und nun reihte sich ein Termin an den anderen. Heute also Meditation. *Mim Weize.*
Eigentlich sollte er ihn darauf aufmerksam machen, dass es sich bei dem Angebot im Roten Ochsen nicht um *Meditation*, sondern um *Mediation* handelte, aber erstens *fa waas* und zweitens *was solls.* Bestimmt verfolgte Kornfeld auch hier die Absicht, ihn mit Frauen bekanntzumachen, und Kommissar Günda musste sich eingestehen: *So langsoom gfellt mia des. Bissl.*

Diesmal allerdings freute er sich zu früh. Es handelte sich tatsächlich um eine spezielle Meditation, um eine Meditation für Männer.
„Hä?"
„Des is gonz äfach, Günda", erklärte ihm Kornfeld mit ungewohnt gesenkter Stimme. „Gugg mol, bei so Meditazioone, do mescht ma so Reise, awwa im Kopp, un unsan Chef-Temminaadoa, dea hot uns vazehlt, Fraue un Männas, die sin vaschiede. Des kannisch ibbrigenz bsteedische. Un du wärsch des aa noch lärnne, Günda. Uff jedn Fall hawwe sie rausgfunne, unsa Bedüafnisse, die sin vaschiede, grad beim Reise. Die Meedlin, die wolle als besischdische un Nadua: *Gugg mol, die Bliemlin! Issa net goldisch, de Aua-Ochs! Mach mol ä Foddoo vum Wind!* Mia Männas, mia sin annaschda. Un desdaweje hot dea ä Maiikt-Lick entdeckt: Meditazioon bloß fa Männas. Un dea hot än riessische Zulauf. Swärre imma mea, die wu bei demm des mache[55]."

[55] Man beachte den Satzbau: rhythmische Sprach-*Schimmnassdisch*

So eingestimmt begaben sie sich in eine Sporthalle, und jeder setzte sich auf eine Iso-Matte; über die Fläche waren etwa 100 von diesen verteilt, mit Beginn waren sie alle belegt.
Was ihn nun doch etwas überraschte, den Kurs leitete nicht etwa der Mann, von dem Kornfeld erzählt hatte, sondern eine junge Frau.
„Hea mol, Weize, isch hab gedenkt bloß Männas."
„A Günda, dea wu des afunne hot, die Meditation fa Männas, dea hot noch was rausgfunne: Meditation fa Männas vunemme Monn, des issn Kees. Des will kähna. Du?"
„Net u-bedingt."
„Siggsch! Un jetz sei mol still, sgeht schun los."
Die Kursleiterin, eine attraktive junge Frau im enganliegenden Top verfügte neben ihren äußerlichen Vorzügen über eine sehr angenehme Stimme, die sie über Mikrofon trefflich einzusetzen wusste.
Nach einer kurzen Begrüßung bat sie alle, eine superbequeme Position einzunehmen, am besten entspannt zu liegen und die Augen zu schließen. Dann begann sie ihre Erzählung. Und er musste zugeben, gleich der erste Satz sprach ihn an.
„Erinnere dich, wie du zum ersten Mal in dein erstes eigenes Auto steigst. Siehst du es? Wie es vor dir steht, frisch geputzt. Der Lack glänzt an vielen Stellen nicht mehr so recht, aber dafür blinkt das Chrom der Stoßstange noch ganz schön. Lange hast du darauf gespart, und nun ist es so weit. Der Wagen ist gebraucht, nicht mehr der jüngste, einen neuen hast du dir nicht leisten können, aber das macht überhaupt nichts. Du nimmst Platz. Anschnallen kannst du dich nicht, der Wagen ist so alt, er hat noch keine Sicherheitsgurte. Um den Außenspiegel zu richten, musst du die Scheibe mit der Hand herunterkurbeln, es quietscht ganz schön, und dein Sitz ächzt, die Federung hat schon ein bisschen gelitten. Na und? Du steckst den Zündschlüssel ins Schloss, drehst ihn nach rechts bis zum Anschlag, der Anlasser jault, die Zündung lässt auf sich warten,

aber dann ist er da, der Motor. Volle 30 PS. Wow, wie der klingt! So satt und kraftvoll. Mit dem Gaspedal lässt du ihn noch ein wenig mehr schnurren. Du spürst, wie der Wagen vibriert. Du schaltest das Radio ein. Dort läuft deine Lieblingsmusik. Du trittst die Kupplung, legst den ersten Gang ein. Die Schaltung hakt ein wenig, du spürst, das Auto hat schon einiges erlebt. Du lässt mit deinem linken Fuß die Kupplung ganz langsam kommen und gibst Gas. Das Lenkrad erfordert deine ganze Kraft, von Servo keine Spur. Majestätisch setzt sich der Wagen in Bewegung, und du genießt den Moment: deine Reise, sie beginnt…

Die Vorstellung fiel ihm tatsächlich überhaupt nicht schwer. Er hatte nicht nur augenblicklich seinen alten VW-Käfer vor Augen, mit den Ausstellfenstern, dem Schaltknüppel, das Handschuhfach mit dem Drehknopf, die Scheibenwischer, er hörte den Boxermotor im Heck, und er roch die 70er-Jahre. Für den Fall, dass ihm das Radioprogramm nicht gefiel, hatte er natürlich seinen alten Kassettenrekorder dabei und drückte den Startknopf: Ray Charles, *Feelin' alright.*

Mucksmäuschenstill war es von Seiten der Männer in der Halle, während die junge Frau sprach. Andächtig lauschten sie, während sie schilderte, wie der Wagen einen um den anderen Hügel im Kraichgau nahm, wie immer wieder der zweite Gang eingelegt werden musste und sogar einmal der erste vonnöten war – mit Zwischengas, denn die Schaltung war noch nicht synchronisiert.

Kommissar Günda verlor jedes Zeitgefühl. Da! Ein Geräusch. Ein Grunzen? Ä Wutz[56]? Kein Wunder, die Fahrt führte durch einen Wald.

---

[56] Wildschwein

Ein außenstehender Beobachter hätte sich vielleicht gewundert, dass die junge Frau ihre Stimme nicht hob, sondern zunehmend senkte, bis sie schließlich kaum mehr zu hören war. Sie war wahrlich eine Expertin für solche Meditationsreisen und hatte ein feines Gespür für das richtige Timing. Denn während ihre Stimme immer zarter klang, wurde die Halle mehr und mehr erfüllt von einem gleichmäßigen, gutturalen, grundzufriedenen Schnarchen.

**Man weiß von einem Menschen oft mehr, bis man ihn kennenlernt.**

„Ah! Da ist er ja: der berühmte Kommissar Günda!“
Er wollte sich nach einer Stippvisite im Roten Ochsen gerade auf den Nachhauseweg machen, und sie kam geradewegs aus seinem alten Büro. Eine interessante Frau mit sanften Augen, die sie, kaum hatte sie ihn bemerkt, zu einem abschätzigen Blick verengte. Obendrein irritierte ihn der Ton. Schwang da eine Spur Hohn mit?
„Ähä. Un Sie sin also…?“
„Mertens. Inga Mertens.“
„Äh… Mertens?“
„Gefällt Ihnen der Name nicht? Nun ja, Günda finde ich auch nicht gerade besonders gelungen. Weitere Fragen?“
*Was is eigendlisch de Unnaschied zwische forsch un nassforsch?*, dachte Kommissar Günda, aber er verbiss sich die Bemerkung. Sein Gefühl sagte ihm, er täte gut daran, das Gespräch nicht unnötig in die Länge zu ziehen.
„Wollten Sie noch etwas sagen? Bezüglich meines Namens, Herr von und zu Günda?“
„Nänää. Isch hab bloß gedenkt…“
„Das ist immer gut, Denken. Wird unterschätzt meines Erachtens. Aber ich habe Sie unterbrochen. Sie haben gedacht…“
„Nix, nix.“
„Lassen Sie mich raten. Sie wundern sich über das Schild *Doktor Quitt*, habe ich recht?“
„Bissl.“
„Ein Geschäftsname. Viele mögen ihn.“
„Hmpf.“
„Oder hätten Sie einen besseren Vorschlag? Sie als ehemaliger Beamter sprühen ja bestimmt vor Kreativität. Aber ich mache Sie darauf aufmerksam, es handelt sich bei meiner Praxis um

*Mediation*. Nicht um *Meditation*."
Was hatte er ihr nur getan, dass sie derart aggressiv auf ihn reagierte? Er war sich keiner Schuld bewusst, sie begegneten sich gerade zum ersten Mal.
„Der Gedanke, Konflikte einvernehmlich zu klären, der ist Ihnen natürlich fremd. Für einen Kommissar gibt es doch nur schwarz oder weiß, gut oder böse, richtig oder falsch. Oder hatten Sie tatsächlich einmal mit Mediation zu tun? Lassen Sie mich raten: Mobbing unter Mördern?"
Er kam nicht zu einer Antwort. Sie ließ ihm keine Chance.
„Ist ja auch egal. Quitt, den Namen hat man mir schon während der Schulzeit verpasst wegen meines ausgleichenden Wesens. Wenn Sie es genau wissen wollen."
„Des… is indressant."
„Und als ich mich vor einigen Jahren selbstständig gemacht habe, habe ich mich dessen erinnert. Sie hätten sich bestimmt jemand anderen als ihren Nachfolger gewünscht: Humphrey Bogart, Indiana Jones, Dirty Harry. Ach, haben Sie heute eigentlich frei? Ausnahmsweise?"
„Wie?"
„Keine Vorstellungsgespräche? Oder sind Ihnen etwa die Bewerberinnen ausgegangen?"
*Du muschs jo wisse*, dachte er und ahnte, jede Antwort konnte nur die falsche sein. Aber warum nur?
„Waidmannsheil! Aber passen Sie auf, ich glaube einige Rehlein haben gerade Schonzeit. Schönen Tag noch."

Nun, für ihre schroffe Haltung gab es eine einfache Erklärung: Axel Kornfeld, dieser unermüdliche Trommler für Kommissar Gündas Liebeswohl, hatte auch vor Inga Mertens nicht Halt gemacht und war wohl etwas über das Ziel hinausgeschossen. Zu seinem Plan gehörte es nun einmal, neben der Erschließung neuer Kontaktmöglichkeiten sämtliche bereits in greifbarer Nähe befindlichen Frauen in Sachen Günda zu sensibilisieren. Und dazu gehörte eben auch dessen Nachfolgerin im Roten Ochsen. *Roine Rudiine.*

Anfangs war sie noch aufgeschlossen gewesen, als er ihr erklärt hatte, er sei ein Kollege ihres Vormieters. Als er begonnen hatte, dessen Vorzüge in den höchsten Tönen zu schildern – „Mit ähm Wortt: än subbagoile Tipp!" –, hatte sie sich zwar gewundert, aber es kam ja häufig vor, dass sich Menschen am Arbeitsplatz verliebten.

„Und seit wann sind Sie zusammen?"

„Wie?"

„Nun ja, man merkt an Ihren Worten, Sie sind ganz schön verknallt in Ihren Kommissar. Dann nehme ich an, Sie sind noch nicht so lange ein Paar. War es denn Liebe auf den ersten Blick?"

Axel Kornfeld hatte einen Moment gebraucht, um sich von diesem Schock zu erholen.

„Ach so, Sie mähne, dea un isch? Zamme? Oh liewi Zeit. Do kenne Sie denn awwa schlescht. Isch, isch bin vaheiat, glicklisch vaheiat. Awwa dea, de Tschief, des issn Wummäneissa[57]. Un was fa ähna, do kenne Sie alle Fraue froore. Die lieje demm reiheweis zu demm seine Fieß. Was sisch do als in de Sokodo abgspielt hot, des willisch gaa net wisse. Awwa ma musses neidlos anakenne: Dea is äfach de Pitts Brädd vun de Bollezei."

„Aha."

„Jetz folgendes: Isch bin mittlaweil demm soin Agent. Weil de Tschief, dea kann sisch jo kwassi net redde voa Oogeboode. Isch männätsch des, mia hawwe täglisch Tammiine. Wiea noch gschafft hot, do hot dea jo kä Zeit ghabt faä nommali, solidi Beziehung. Awwa jetzat. Un do machisch des Kaaschding[58] fa unsan Frauevasteha. Isch mähn, dea hot ä Haus am See. Isch sachs bloß."

---

[57] Womanizer

[58] Casting

„Wie schön für ihn. Und warum erzählen Sie mir das?"
„Ganz äfach, isch hab mia denn mol oogeguggt."
„Wen?"
„A denn, wu Sie grad hawwe, des Bärschtl[59]."
„Ich verstehe nicht…"
„Ian Laffa, des Biiwl[60], dea wu Sie imma abhellt."
„Also erlauben Sie mal…"
„Isch saach Ihne mol was. Nämme Sie liewa än Alde. Die Junge, do hawwe Sie uff die Daua nix defu. Beim Tschief, do weeß ma, was ma hot. Des große Los nämmlisch. Än afahrene Liebhaba, mit allene Wassa gewesche. Awwa, wie gsacht, isch kann nix vaspreschle. Isch deed Ihne empfehle, mia mache mol än Tammiin, un donn gugge ma mol. Vun meinare Seit aus sprischt nix degeje. Ibbrigenz, des muss awwa unna uns bleiwe: Des is än Meditazioonsfähn, un was fa ähna."
„Ach ja?"
„Mia gehe als meditiere zamme. Un isch hab gemeiikt, des gfällt demm. Insofärnn deedisch mol saare, Sie hawwe kä schleschde Kardde. Awwa wie gsacht, garandiare kann isch fa nix."

---

[59] Bürschchen
[60] Bübchen

## Never join a winning team!

„Hoiisch zu, Günda. Mia browiare heit mol was aus. Des is des Neischde: Zingles-Masse-Schbiid[61]-Miiding mim Kommbjuuda."
„Oh liewi Zeit, dann isses nix fa misch."
„Mach da kä Sogge, mei Rossie mescht des fa disch. Alles schun eigerischdet. Hogg disch!"
Einmal mehr war Kornfeld vorbeigekommen, um nach dem Rechten zu sehen. Schicksalsergeben nahm sein Schützling vor dem Computer Platz.
„Un jetz gugg mol."
Auf dem Bildschirm erblickte er – wenig überraschend – Frauen. Er zählte 12.
„Oh liewi Zeit, isch bin jo gaa net frissiat."
„Kä Ängscht, die sehe bloß dei Foddoo. Bragdisch, gell? Alles inschdalliat vun Meinare. Jetz hoiisch zu, Günda, wenn du ähni fa disch alläa spreschle willsch, donn musch du die eilade. In doin Ruhm[62]."
„Ruhm?"
„In dei Zimmer, dei Gemeescha."
„Hea uff, des willisch net."
„Kä Ängscht, ärschda bloß ffiaduell."
„Fia was?"
„Uff demm Dings do."
„Ähä."
„Heit is nämmlisch Weiwa-Oowett. Näggscht Woch isses umgekeat. Awwa du willsch jo kä Männas gugge, odda?"
„Jo net."
„Allo. Des is jetz wie beim Bättschella[63]."
„Wea?"

---

[61] Speed
[62] Room
[63] Bachelor

„Dea wu die Ros vadeilt im Färnnseh. Un am Schluss bleibt ähni iwwarisch. Un die heiasch donn."
„Wie bidde?"
„Klähna Witz. Obwoohl... Donn lossisch disch mol, Günda. Du weesch Bscheid. Un wenn du ähni weghawwe willsch, musch du grad drigge."
„Weghawwe?" Kommissar Gündas Interesse war geweckt. „Drigge? Wuä?"
„Do. Uff jedn Fall, Günda, sei mol bissl agdief! Mia zlieb."
„Isch weeß net."
„Un weje de Rossie. Bidde!"
„Alla guud. Schbrowias[64]."
„Un los gehts!" Kornfeld drückte theatralisch eine Taste. „Un schun kenne die Weiwa disch heare!" Er hieb ihm zum Abschied lustvoll auf die rechte Schulter. „Alla, losses krache, Günda! Isch packs donn mol widda. Servela!"

Alles hätte problemlos verlaufen können, aber in der Hektik und vor Aufregung drückte Kommissar Günda versehentlich gleich mal den falschen Knopf, sodass sein Mikrofon von nun an ausgeschaltet war. Dafür hatte er die Übersetzungsfunktion der Plattform aktiviert. Und so konnten die Damen ihn nicht hören, erfuhren aber über die Untertitel, was er von sich gab:
„Kamma misch heare?" – *Chamber me here?*
„Isch bin nei do." – *I am Naido.*
„Ealisch gsacht, isch weeß net, wie des geht, ähni finne." – *Honestly, I don't know how to find Annie.*
„Isch seh so viele, awwa wie find isch ähni?" – *I see so many, but how can I find Annie?*
„Isch will net viele, isch will bloß ähni." – *I don't want many, I just want Annie.*
Des is alles. – *That's all.*

---

[64] Ich probiere es

Sogleich zeigte sich die ungeheure Dynamik des Systems. Ruckzuck reagierten die Algorhythmen. Es verschwanden zwar einige der angezeigten Frauen, doch dafür tauchten viele neue auf. Insbesondere die Anfragen aus dem englischsprachigen Raum legten sprunghaft zu. Bald hatte das Gerücht die Runde gemacht, ein älterer Herr suche auf diesem Wege seine verlorene große Liebe namens Annie.
*Amazing! Heartbreaking! Endless Love!*
Die ausschließlich weiblichen Kommentare waren sich einig.

Ja, es hätten sich durchaus internationale Beziehungen ergeben können, gewiss auch internationale Verwicklungen, wäre unser Kommissar Günda fähig und willens gewesen, die unzähligen an ihn gerichteten Nachrichten zu entdecken.
So aber bewegt das Netz bis heute die eine große Frage:
*Who is Annie?*
Und vor allem: *Wu?*

**Denn du wirst nie der,**
**der du bist.**

„Guck mal, was ich kann!"
Wenn wir das unseren Eltern nicht mehr frohgemut zurufen dürfen in der Gewissheit, für jedes mickrige Bäuerchen Standing Ovations zu ernten, ist die Kindheit unwiederbringlich vorbei. Man mag sich nach dem entscheidenden Wendepunkt fragen, nach dem Auslöser, es ist müßig, es bleibt unumkehrbar.
*Bye-bye, klähna Krutze! Bye-bye, goldischi Krott.*

Faszinierenderweise geht das fortan verlässlich fehlende Wohlwollen der Eltern einher mit der strikten Weigerung des Heranwachsenden, von diesen weiterhin in Augenschein genommen zu werden. Jedes wie immer geartete Interesse der Eltern nährt von nun an lediglich den Verdacht schnöden Kontrollbegehrens.
Auf Fragen tönt es: „Das geht dich nichts an!"
Sei es, wo man hinzugehen gedenke, was man in der Tasche habe oder was man überhaupt im Schilde führe.
Wider alle Vernunft und Erfahrung legen die Adressaten dieser unmissverständlichen Aussage nach:
„Wie stellst du dir das eigentlich vor?"
„Was willst du mit deinem Leben anfangen?"
„Wer hat dir das bloß in den Kopf gesetzt?"
„Wann wirst du endlich vernünftig?"

Auch wenn man es nicht wahrhaben will, am besten bedient ist man als Erziehungsberechtigter an dieser Stelle mit einem Türenknallen. Mit jeder verbalen Äußerung des Nachwuchses könnte all das, was man sich in den ersten Lebensjahren im Überfluss gegenseitig geschenkt hat, hinfällig werden: „Du? Du bist nicht mehr meine Mutter!"

Seltsam. Plötzlich sind es die Eltern, die nach Anerkennung dürsten, aber sie erhalten sie nicht. Jede Bemerkung des Nachwuchses birgt das Risiko einer Verletzung, die nicht mehr aus der Welt zu schaffen ist. Die Kinder wiederum bedürfen keiner Zuwendung mehr. Wie kommt das? Schwindet der Wunsch nach Anerkennung durch die Eltern mit den Jahren?

Zumindest zeitweise. Doch er kommt zurück. Das spürte Inga Mertens jedes Mal, wenn ihr auffiel, dass ihre Mutter auch nach Jahren noch genau festmachen konnte, woran die Ehe ihrer Tochter gescheitert war – eindeutig an der Tochter –, aber kein Wort darüber zu verlieren bereit war, wie sie als weitgehend Alleinerziehende den Alltag gemeistert hatte und weiterhin meisterte. Ganz zu schweigen von der Anerkennung ihrer Arbeit. Mediation blieb für ihre Mutter letztlich nur das hilflose Ventil für eine nicht bewältigte Trennung, Ausdruck eines übersteigerten Harmoniebedürfnisses aufgrund mangelnden Selbstbewusstseins. Mit Arbeit im eigentlichen Sinne hatte das für sie nichts zu tun.

Sie wollte ihr ja gar nichts aus ihrem Berufsleben erzählen, aber sie ertappte sich, wie sie sich wünschte, von ihrer Mutter wenigstens ab und an danach gefragt zu werden.
Sehnsucht nach Anerkennung durch die Mutter? Und das als aufgeklärte, emanzipierte, erfolgreiche Mittfünfzigerin? Ohne Zweifel eine Baustelle im Hause Mertens. Und nicht die einzige.

„Wenn du jetzt nicht kommst, hast du ein Jahr Eisverbot!“

Wem war dieser jämmerliche Erziehungsversuch unterlaufen? Einem Teilzeitvater, der das erste Mal mit dem grundschulpflichtigen Sprössling allein in den Urlaub fährt? Bereits bei der ersten Rast genervt, überfordert und drauf und dran, die Reise abzubrechen? Nein.

Dieser Satz war einer weithin geachteten, für ihr ausgleichendes Wesen geschätzten Mediatorin unterlaufen. Adressat: ihr Sohn. Sie erinnerte sich nur zu gut an diesen unrühmlichen, sackgasseweisenden Moment.

Schon grotesk. Da vermochte sie es in ihrem Berufsalltag, die erbittertsten Widersacher an einen Tisch zu bringen, Jahrzehnte schwelende Konflikte auszuräumen, doch zu Hause gelang es ihr nicht einmal, ein gemeinsames Abendessen halbwegs harmonisch über die Bühne zu bringen. Ihr nöhlender Nolan – Nomen est Omen – hatte aber auch das Talent, sie aus dem Stand an ihre Grenzen zu bringen.

Wie war das möglich? Nun, nach gründlicher Analyse stand eines fest: *Es lag nicht an ihr.* Sie musste schmunzeln. Das könnte auch so ein Satz zu Beginn einer Mediation sein:
*Eines steht fest, es liegt nicht an mir.*

Ja, einiges hatte sie gelernt durch die Ausbildung, aber auch durch die Verfahren, die sie geleitet hatte. Sie hatte an sich gearbeitet, was das Zuhören anbelangt, am Erkennen von unterschwelligen Botschaften, sie vermochte beizeiten zu deeskalieren, überhaupt war Kommunikation das A und O bei ihrer Tätigkeit, und da nahm sie für sich schon in Anspruch, ziemlich gut geworden zu sein. Aber sie hatte sich wohl damit abzufinden, dass das nicht automatisch dazu führte, dass in ihrem eigenen Leben alles perfekt lief. Rechtsanwälte sollten sich ja auch nicht selbst vertreten, Ärzte suchten in eigener Sache besser Rat bei Kollegen.

„Wie wäre es, wenn du deine Fähigkeiten als Mediatorin mal für uns, für unsere Beziehung einsetzt?", hatte ihr Ex in einer entscheidenden Phase ihrer Ehe an sie auf seine gekonnt gekränkte Art appelliert.

„Das habe ich getan“, hatte sie erwidert. „Deshalb verlasse ich dich ja.“

Ihr Sohn war da weit raffinierter: „Sollen wir nicht auch mal ne Mediation machen?“
„Warum?“
„Na ja, wir streiten uns doch dauernd.“
„Das geht nicht, ich kann nicht gleichzeitig Streitpartei sein und Mediatorin.“
„Du sollst ja auch nicht die Mediatorin sein.“
„Und wer dann?“
„Na, Oma natürlich.“

**Die meisten Gespräche funktionieren ganz ordentlich, weil jeder nur das hört, was er hören will.**

Beate Holtschmitt war eine faszinierende Frau, das machten nicht nur ihre feuerroten Locken, die mit dem passenden Lippenstift korrespondierten. Selbst Marion Helche hatte ihre Ankunft im Roten Ochsen mit einem anerkennenden Nicken in Richtung Kommissar Günda bedacht. Sie besaß ein gewinnendes Lächeln, eine ansprechende Figur. Überdies, wenn sie sich ihrer Vorzüge bewusst war, so ließ sie doch nichts dergleichen erkennen, sie besaß eine natürliche, unprätentiöse Freundlichkeit und wirkte in keiner Weise eitel. Obwohl sie allen Grund dazu hätte.

Beate Holtschmitt hatte lediglich einen, doch für Kommissar Günda einen gravierenden Makel, der sich an einem einzigen Wort festmachte: *genau*.

Jede Geschichte, jede Erzählung schloss sie mit diesen beiden Silben. Als wollte sie sich selbst des gerade Gesagten vergewissern. Zuvor gab es stets ein winziges, kaum merkliches Innehalten. Als müsste sie noch nachdenken über den Fortgang ihrer Erzählung, um sich dann doch für das Bewährte zu entscheiden: „Genau!“

Nachdem ihm das einmal aufgefallen war, konnte sich Kommissar Günda nicht mehr davon lösen. Er war auch gar nicht mehr in der Lage, sich darauf zu konzentrieren, was sie überhaupt sagte. Stattdessen wartete er nur noch auf jene Mini-Lücke und ihr… „Genau“. Damit war der Bogen geschlossen, das Thema beendet, die Geschichte auserzählt.

Diese winzige Auffälligkeit wäre nicht weiter von Relevanz, gälte es nicht für ihn, die großen Fragen des künftigen Lebens zu beantworten: Wie konnte man mit dieser Frau zusammenleben? *Genau.* Wie konnte man morgens mit ihr aufwachen? *Genau.* Wie des Abends den Tag zusammen Revue passieren lassen? *Genau.*

Wäre es hilfreich gewesen, sie hätte diese mit ihr so verwobene Vokabel bereits in ihrem Profil vermerkt? Hobbies? Leidenschaften? Vorlieben? *Genau.*

Doch womöglich war ihr das gar nicht bewusst. Er beschloss, ihrer nächsten Erzählung voll und ganz zu folgen. Wollte sich nun intensiv und ausschließlich dem Inhalt widmen. Und siehe da, es gelang. Sie berichtete von ihrem bevorzugten Urlaubsort, schilderte ausführlich die dortigen Vorzüge in klimatischer, kulinarischer und kultureller Hinsicht, senkte irgendwann ihre Stimme, und plötzlich war es geschehen. Unvermittelt war es aus ihm herausgebrochen. Vielleicht hatte er schon vorher die Versuchung verspürt, vielleicht war ihr Zögern dieses eine Mal ein wenig länger gewesen, jedenfalls entfuhr es ihm, kaum hörbar, doch mit Macht: „Gönau!"

*Bleed. Saubleed.*

Es machte überhaupt keinen Sinn von seiner Seite aus, es war unzweifelhaft alles, aber nicht sein Text. Wieso sollte er ihre Aussage bekräftigen? Es taugte nicht als Kommentar, ja nicht einmal als Füllwort. Vieles hätte er in diesem Moment sagen können, und sei es noch so unpassend: *Wie spät? Wie lang noch? Wie sehen Sie das politisch?* Aber nein, es musste dieses eine Wort sein: „Gönau."

Beate Holtschmitt stutzte. Ihr Blick verriet Verunsicherung, die sich sogleich auf ihn übertrug. Als hätte jemand diesen beiden Menschen an einem Tisch im Roten Ochsen eine kaum zu lösende Aufgabe gestellt, die alles entscheidende Quizfrage, und wer sie zuerst beantwortete, der gewönne.

Hier indes verloren beide. Hatte es je ein zartes Band zwischen ihnen gegeben, es war zerrissen. Kein Gespräch wollte mehr in Gang kommen. Mit einem Mal war alles… genau.

**Du kannst nicht alles haben.**
**Aber du kannst alles verliern.**

Er kam nicht dazu, lange über die letzte Begegnung nachzusinnen. Dank seines eingespielten Teams ging es im Roten Ochsen Schlag auf Schlag. Langsam drohte Kommissar Günda, den Überblick zu verlieren. Die Anzahl der Frauen, die er binnen Tagen kennengelernt hatte, überstieg vermutlich die in seinem ganzen bisherigen Leben. Obwohl, was hieß schon *kennengelernt*?

„Hea mol, Weize, du mol bissl langsoom, isch muss ärschda fa jedi soä klähnes Dossjee ooleje."

„Net needisch, Günda, des mescht schun mei Rossie fa disch. Fa dei Räänking."

„Hä?"

„Speeda, jetz mache mol schää weida, isch bring da glei mol die näggschd. Du wärsch disch freije."

Dem war tatsächlich so. Es tauchte endlich eine Frau auf, die so sprach wie er, das hörte er mit Freuden gleich an ihrer ersten Bemerkung, sie arbeite *uffm Roothaus*.

„Liejeschaffde[65]. Un Sie? Wu schaffen Sie?"

„Bollezei."

Er hatte gute Erfahrungen damit gemacht, mit dieser Information nicht hinter dem Berg zu halten. Manchmal hatte sich das Ganze an dieser Stelle bereits erledigt: „Bollezei."

„Oh. Das konnte ich nicht wissen."

Er vernahm sehr wohl die wahre Botschaft: *Obacht! Dea is bstimmt fagwed*[66].

*Soll mia rescht sei. Ähni wennischa.*

---

[65] Liegenschaften

[66] verquer

Auch nicht gerade verheißungsvoll war dieser Verlauf:
„Bollezei."
„Ach!"
Was er übersetzte mit: *Des heedisch net gedenkt.* Für sie sah er also nicht danach aus, für ihn bestand keine Veranlassung, diese Einschätzung zu korrigieren.

Spannend wurde es, wenn er mit der ganzen Wahrheit herausrückte: „Bollezei. Awwa mittlaweil in Pengzioon."
Die einen zuckten zurück – *Oh je. Den habe ich dann wohl den ganzen Tag an der Backe, bitte nicht!*
Andere wirkten aufgeschlossener – *Ab wann hat man eigentlich Anspruch auf Witwenrente?*
Einmal kam es sogar zu einer unmissverständlichen Nachfrage:
„Pengzioon."
„Wie viel?"

Diese Frau dagegen schien ernsthaft an ihm interessiert. Erwartungsvoll schaute sie ihn an, sie wolle mehr erfahren über seinen Berufsalltag.
Was sollte er ihr erzählen? Von spektakulären Fällen?
*Ähns nochem annare*: „Do hawwisch mei Birroo ghabt."
„Wie bidde? Bollezei? Innare Kneip?"
„Nää, net do in de Gaststubb, neewedroo im Neeweraum. Des waa sie, mei Sokodo."
„Sokodo? Sondakommissioon vun do! Brilla!"
Sie hatte nicht nur Humor, sie war zudem fix.
„Un was fa Sache? Mordd? Do, in Gliggabach? Des kannisch ma gaa net voastelle."
„Doch, doch. Oogfange hot des mim Schorle-Peda[67]. Denn hots vawischt."
„Un wea waas?"

---

[67] De Schorle-Peda, Erster Fall für Mister Nochdenkerles

„Ä Fraa. Awwa des waa net grad äfach. Bissl gombliziat, dea Fall. Die Blume-Fraa, die waas. Die hawwe mol was ghabt middenanna."
„Ä Affäa mit de Blume-Fraa vun Gliggabach? Sponnend. Grad wie im Kinno."

Unwillkürlich hielt Kommissar Günda inne. Aus dem Nichts tauchte die Erinnerung an diese Frau auf, die ihn damals so fasziniert hatte. *Gonz schää vaschosse waa isch dorttmols in die, isch alda Dabbes.* Noch heute gab ihm der Gedanke an sie einen Stich. Und dann geschah es, es entfuhr ihm einfach: „Gönau."
Augenblicklich fiel es ihm auf, und er bekam einen gehörigen Schrecken. Doch ehe er sich korrigieren konnte, fiel sie ihm schon ins Wort: „Oh liewi Zeit. Bisch du aa so ähna?"
„Wie?"
„Wie wie? Aa, des saare grad gonz viele, des dabbische *gönau.*"
„Äh…"
„Wie wenn sie sisch selwa uff die Schulda glopfe. *Was binnisch doch fan Held. Gönau!* Gonz ealisch, des heedisch net gedenkt vun dia."
Er setzte an zu einer Entgegnung: *Awwa des saarisch sunscht nie, des is aa net vun mia, des is vun derre Fraa voahihn.*
Doch er kam nicht mehr zu Wort: „Isch kenn des. Jedn Daag hawwisch dodemit zum du. Do kumme die Leit zu mia ins Gschäft, un isch frooch gonz äfach: *Was kann isch füa Sie tuhen?* Dann saare die, sie wolle ä Bscheinischung. Donn gugge sie wiä Kuh, wenns blitzt. Un isch sach *Bescheinischung? Oukey. Welli?*
Un was saare die donn: *Gönau!*" Sie schnaubte verächtlich. „Sei ma net bees, awwa middemme Genau-Monn, do kannisch net leewe. Weeschwassischmähn?"
Sprachs und ward nicht mehr gesehen.

Unterm Strich, so befand er, war das Gespräch ein voller Erfolg. Aber eindeutig unverdient.

## Wie lang noch?
## Und was dann?

Mitte der Sechzigerjahre hatte die Beatwelle auch Glickerbach erfasst. Etliche Bands waren entstanden, und eine existierte sogar immer noch, in Originalbesetzung: *The Pretty Flamingos*. Keine Vereinsfeier, keine Prunksitzung, keine Hochzeit, kein runder Geburtstag, kein Stadtfest kam aus ohne einen Auftritt der vier Männer in ihren rosafarbenen Anzügen, die ihr Publikum mit ihrer Musik begeisterten. Wenn auch die Hits, die sie spielten, im Verlaufe der Jahrzehnte Oldies geworden waren, wenn auch die Anzüge von Jahr zu Jahr mehr spannten – den Musikern ging es nun einmal gegen die Ehre, die Konfektionsgrößen ihrem Leibesumfang anzupassen; abgesehen davon gab es nirgendwo auf der Welt mehr solche Bühnenkleidung in einem derart intensiven, unverblassbaren Rosa, wie sie es in den frühen Siebzigern in der Kunstfaserabteilung von C&A aufgetrieben hatten.
Und nun stand ein Großereignis an, ein Jubiläumskonzert:

***55 Jahre The Pretty Flamingos***

Die Plakate waren gedruckt, die Veranstaltung längst ausverkauft. Doch der Auftritt drohte zu platzen. Aus irgendeinem Grund gab es Krach in der Band. Das war auch Marion Helche zu Ohren gekommen, in deren Biergarten das Konzert stattfinden sollte. Sie war verzweifelt und wusste sich nur einen Rat: Doktor Quitt.

Und so erschienen im Nebenzimmer vom Roten Ochsen:
de Matsches, Guitar and Vocals
de Guschtl, Guitar and Vocals
de Rottscha, Bassguitar and Vocals
sowie – wie immer als letzter – de Schorsch, Drums.

Inga Mertens war vorgewarnt, was die bereits erreichte Eskalationsstufe anbelangte, und hatte eigens die Resopaltische aus dem Raum entfernen lassen, damit die vier Männer mit ihren Stühlen einen Halbkreis bilden konnten mit genügend Abstand voneinander. Man kannte ja die Geschichten von Bands, deren Mitglieder nur mit größtem Widerwillen und unter der Bedingung separater Zugänge die Bühne für ein gemeinsames Konzert betraten; ansonsten lebte man streng voneinander getrennt, wenn möglich auf verschiedenen Kontinenten.

Ganz so dramatisch wirkte die Lage nicht, als die Männer schlendernden Schrittes Platz nahmen.
„Hogg disch."
„Selwa."
„Brauchsch ä Kisse?"
„Wisso?"
„Weje deine Hämmoridde."
„Bisch neidisch?"

Auf einem Flipchart hatte sie das aktuelle Plakat der Band angebracht, im Zentrum ein Bild aus den Anfangsjahren, schwarzweiß.
„Ein tolles Foto! Wer hat das gemacht?", fragte sie in die Runde, um die Stimmung ein wenig aufzulockern.
„Foddostudio Hess waa des, awwa bloß de Lealing. Weil de Scheff, dea hot sisch geweigat, weje de Hoa, weje de lange. *Die foddografia isch net, die Hibbii*[68]*, die Gommla*[69], hodda gsacht, dea Dabbes."
„Lange Haare? So lang sind die doch gar nicht."
„Iwwad Oare, des is gaa net gange dorttmols."
„Stimmt, des gedenkt mia aa noch. Weje de Hoa, do hawwisch

---

68 Hippies
69 Gammler

mol ähni gfange vun moim Alde."
„Isch aa."
„Des ware Zeide."
„Und wer ist wer?", hakte sie nach angesichts der unerwartet lockeren Atmosphäre.
„Des sieht ma doch!"
„De Mattsches zum Beispiel, dea hot sisch gaa net va-ännat. Blouß fuchzisch Killo mähna."
„Dodefoa hab isch glei mol abgenumme."
„Hea uff!"
„Doch! Bloß noch fuchzisch iwwarisch!"
„Killo?"
„Nää, Hoa. Insgsamt!"
Dröhnendes Lachen erschütterte das Nebenzimmer vom Roten Ochsen.

Inga Mertens witterte eine günstige Gelegenheit, zum Anlass des Besuches zu kommen: „Und was führt Sie nun zu mir? Wie ich höre, gibt es Probleme hinsichtlich des Jubiläumskonzerts."
„Jubiläumskonzärtt? Des fällt aus."
Schlagartig hatten sich die Mienen verfinstert.
„Des saare mia ab."
„Uff jedn Fall."
„Oohne misch."
„Do keende Sie mia ä Milljoon gewwe, isch deed net spiele."
„Du Sseftl, wie wenn dia ähna ä Milljoon gewwe deed. Pff. Höggschdens, dass du net singsch. Do deedisch glatt än Zähna druffleje."
„Vielleicht erst einmal eines nach dem anderen. Seit wann spielen Sie denn zusammen?"
„Vierefuchzisch Joa."
„Moment, ich dachte Sie wollten 55 Jahre feiern."
„Heare Sie net uff denn, dea kann net reschle. Dea is jo aa schun mol halwa bleide gange mit seinare Fiama."

„Des waa vleischt moin Liffarant. Dea hot Schwierischkeide ghabt zweeä-neinzisch, was kann ischn do defoa?“
„Jetz bisch du mol still. Weje dia hawwe mia mol kä Gaasche kriggt ähne-achtzisch, weil du so bsoffe waasch, dass du vun de Bihn gfalle bisch.“
„Dei Geduudl, des kamma jo bloß iwwaleewe mit zwee Bromill.“
„O! Weesch noch: Wa wa was?“
„Wa wa? Was fa wa wa?“
„Achde-sibbzisch, wie isch des Wah-Wah-Beddaal[70] uff Bäändkoschde kaafe gwott hab, do hot dea gsacht *Wa wa was issn des*?“
„Des vasteh isch net, denn Zammehang.“
„Du vastehsch jo eh nix.“
„Also nochmal wegen der 55 Jahre…“
„Do is die Idee uffkumme. Mia hawwe gezeldet…“
„Mit de Evangelisch Jugend…“
„In Tajanbach…“
„Do hots noch kä Zegge gewwe.“
„Awwa wohl, isch hab ähni ghabt.“
„Isch weeß. Die Ruth.“
„Do hosch rescht. Awwa die hawwe aa annare ghabt.“
„Hä? Wea? Demm steigisch uffs Dach.“
„Un donn hawwe mia bissl Mundoiigl[71] gspielt, am Lagafeia, un donn hawwisch gsacht, hea, wie wären des, mia wärre die neie Biedl[72].“
„Aha, Sie haben also vor 55 Jahren beschlossen, zusammen eine Band zu gründen.“
„Donn hots awwa noch ball ä Joa gedauat.“
„Weil Sie erst einmal üben mussten, klar.“

---

70 Wah-Wah-Pedal, Effektgerät für die E-Gitarre
71 Mundorgel, Liederbuch
72 Beatles

„Nää, weil mia hawwe noch kähn Noome ghabt. Ärschda wie de Mannes denn Hit ghabt hot."
„Mannes? Ihr Manager?"
„Nää, de Määns Mannes[73]. Briddi Flamingo. Kenne Sie des net? Voll de Hit."
„Die is zu jung."
„Awwa so jung jetz aa widda net."
„Du keentsch derre ian Ooba sei."
„Vleischt binnischs jo aa."

Sie wunderte sich, immer wieder schien die Stimmung gut zu sein. Aber leider war dieser Effekt nie von Dauer.
„Darf ich nun einmal direkt fragen, wo das Problem liegt? Musikalische Differenzen?"
„Gönau."
„Das verstehe ich. So etwas kommt ja bei den berühmtesten Orchestern vor. Aber so plötzlich? Nach über einem halben Jahrhundert?"

Nun, nicht ganz. Wie sich herausstellte, handelte es sich sogar um ein sehr altes Problem. Das jetzt erstmals auf CD gepresst werden sollte. Anlässlich des Jubiläums wollte man ein Album veröffentlichen. Mit allen großen Hits. Nach dreißig Jahren war man dazu wieder ins Tonstudio gegangen und hatte sich das einiges kosten lassen. Die Aufnahmen waren nach Wochen im Kasten, alle waren zufrieden. *The Pretty Flamingos* spielten wie immer ausschließlich fremde Titel. Eine Ausnahme allerdings gab es: *Walk like a Flamingo.* Ein Titel, der bei keinem Auftritt fehlen durfte. Eine von Anfang an ausgefeilte Choreographie hatte wesentlichen Anteil am Erfolg, alle spielten auf einem Bein stehend, selbst der Schlagzeuger.
Mittlerweile saß man und winkelte mit Mühe ein Bein ab.

---

[73] Manfred Mann

Mit ungebrochenem Elan wohlgemerkt und ebensolcher Resonanz. So weit, so gut. Doch nun galt es, im Booklet zur CD zu vermerken, von wem der Titel stammte, der ja nicht weniger war als das Herzstück der Produktion und das Markenzeichen der Band. Und da taten sich alte Gräben auf.
„Dea is vun mia."
„Nää, vun mia."
„Droom weida, denn hab isch dorttmols gschriwwe."
„Gschriwwe, wie wenn du Noode keentsch."
Die Diskussion wurde von dreien heftig geführt. Der vierte Mann indes schwieg beharrlich. Schon seit Beginn der Sitzung. Inga Mertens sprach ihn an: „Eines scheint damit zumindest klar, von Ihnen ist der Titel nicht."
Georg Vieler schaute irritiert: „Hä?"
„Dea heat nix, do misse Sie bissl lauda schwetze. Drummla[74] hald."
Sie wiederholte die Frage laut und deutlich: „WIR HABEN ES GERADE DAVON, VON WEM DER TITEL *WALK LIKE A FLAMINGO* IST."
„Des Lied? Wook laik ä Flamingo? Des kummt vun mia."
„O, hald doch die Gosch, du Dabbes. Wie isch des gschriwwe hab, do hosch doch du noch uff denne Oomo-Ooma[75] rumgebatscht. Du hosch jo nix ghabt. Net mol än Fihraschein."
„Un jetz isses noch schlimma, Fraa Doggda, seitdähm dass die demm de Labbe[76] widda abgenumme hawwe. Des is de ähnzische Drummla, dea wu mit de Strooßeboo zum Uffdritt fahre muss."
„Hä?"
„Kaaf da mol ä Hoisch-Roa, ä gscheides!"

---

[74] Trommler
[75] gemeint sind Omo-Waschmittelkartons
[76] Führerschein

Inga Mertens fand es an der Zeit, ein paar grundsätzliche Bemerkungen zu machen: „Also, um eines gleich klarzustellen, ich kann Ihren Streit nicht entscheiden. Erstens kenne ich den Titel gar nicht, so geht es schon mal los…“

„Des is glei gaa kä Probblähm. Mooment!“

„Sach bloß, du hosch des in Ai-Djuhns[77]. Isch glaab sgeht los, un donn wärdd dea aa noch Milljonäa. Uff mei Koschde.“

„Hea doch uff, des is bloß unsa Uffnahm.“

„So klingt des awwa net, do brauche mia ä rischdischi Oolag. Isch froog mol DScheffin.“

„Das wird nicht nötig sein, ich bin nicht sehr musikalisch. Abgesehen davon hilft uns das ja gar nicht weiter, wenn wir den Titel hören, damit lässt sich das Problem nicht lösen.“

„Langsoom! Isch hab vleischt ä Zeigin.“

„Ä Zeigin? Wenn? Dei Orschl?“

„Jetz heats awwa uff. So sprisch du net iwwa Meini.“

„O! Des mesch du doch selwa als.“

„Des is was annares! Isch deaf des. Hot sie selwa gsacht.“

„Sie, Frauä Kwidde!“

„Mertens.“

„A so, isch hab gedenkt…“

„Du Dabbes, des is derre ian Künschtlanoome. Du heesch jo aa net Mattsches Flamingo.“

„Uff jedn Fall hawwisch ä Zeigin, derre hawwisch des voagsunge dorttmols. Am Blausee in Neilusse. Des gedenkt mia heit noch.“

„Wie wenn du singe keentsch.“

„Also, ich muss wohl erst einmal klarstellen, wieso wir uns hier eingefunden haben. Frau Helche hat mich gebeten, für Sie tätig zu werden. Ich kann und will nicht entscheiden, von wem dieses Lied ist. Meine Aufgabe als Mediatorin ist es, Ihnen zu helfen herauszufinden, wie Sie künftig als Band zusammenarbeiten können.“

---

[77] i-Tunes

„Des kannisch Ihne saare: gaa net. Isch hea uff. Gonz äfach."
„Isch aa."
„Isch aa. Mit denne spiel isch nie mea. Des sin Gängschda."
„Selwa. Ende Gelände saarisch bloß!"
„Hä?"
„MIA HEARE UFF!"
„Habt ias vum Uffheere? Des willisch schun long. Seit dreiäsibbzisch."
„Eines nach dem anderen. Eben ging es noch darum, ob und wie Sie zu Ihrem Jubiläum auftreten, jetzt geht es plötzlich darum, dass Sie sich auflösen? Das verstehe ich offengestanden nicht."

Doch es war zu spät. Die Männer waren aufgesprungen und stoben erbost aus dem Zimmer, laut vor sich hinkrakeelend.

Konsterniert blieb Inga Mertens sitzen. Offenkundig hatte sich da einiges angestaut. Wer weiß, was alles dahinter steckte. Alte Rechnungen, Verletzungen, Eifersüchteleien auf und hinter der Bühne. Gut möglich, dass Frauengeschichten eine Rolle spielten. Die Wunden entpuppten sich jedenfalls als so tief, dass es für die Pretty Flamingos keine Zukunft mehr gab. Immerhin ein eindeutiges Ergebnis.
Dennoch, sie machte sich Vorwürfe. Sie hatte diesen Vorgang beschleunigt. Noch dazu zur Unzeit, kurz vor dem großen Jubiläum. Das würde Folgen haben für jeden einzelnen. Nicht zuletzt für den ganzen Ort. Nun hatte sie endlich einmal Glickerbacher Kunden gewonnen, schon hatte sie gepatzt. Es würde heißen, sie habe die Männer aufeinander gehetzt und auseinander getrieben.
Sofort dachte sie an Marion Helche. Ihr zuliebe hatte sie den Fall übernommen, und nun hinterließ sie einen Scherbenhaufen, das Konzert konnte sie sich abschminken. *Kneifen gilt nicht*, dachte sie. Wahrscheinlich wusste sie sowieso schon Bescheid.

Sie würde ihr die Situation erklären, soweit das möglich war, und die Verantwortung übernehmen. Vielleicht könnte sie ihr behilflich sein, Ersatz zu besorgen. Zerknirscht machte sie sich auf den Weg in den Gastraum.
„Frau Helche?"
Die stemmte die Hände in die Hüften: „Reschbeckt! Wie Sie des noogebrocht hawwe."
Die Aussage troff geradezu vor Ironie. Verständlich. Hatte sie doch alle Hoffnung in sie gesetzt.
„Ich habe alles versucht, Frau Helche, aber die Situation war derart verfahren…"
„Des hot ma gsehe. Die sin duasch mei Stubb gstoche wie die HaBee-Männlin[78]. Des waa ziagussreif[79]. Naus uff die Strooß un uffenanna gschrawwe[80]. Zwee Minudde speeda sin sie widda doo, hawwe än Korzze zamme gsoffe. Alda Schlabbe, Sie hawwes äfach druff, Fraa Doggda!"
„Wie? Das heißt…", setzte Inga Mertens ungläubig an. „Die Pretty Flamingos lösen sich nicht auf?"
„Nää."
„Und sie treten bei Ihnen im Biergarten auf?"
„Wisso net?"
„Ach."
„Odda hosch du was annares gheat, Ruddl[81]?"
An der Theke verlor sich ein älterer Mann.
„Hä?"
„Die Briddi Flamingo, die ware doch grad do."
„Hajo. Was is mit denne?"
„Die hawwe doch Händl ghabt."
„Sie wollten sich endgültig trennen", präzisierte Inga Mertens.

[78] HB-Männchen, Werbefigur *Wer wird denn gleich in die Luft gehen…*
[79] zirkusreif
[80] geschrien
[81] Rudolfs Rufname

„Oh liewi Zeit! So oft wie dass die sisch schun gedrennt hawwe, do kummisch schun long nimmie mit mim Zähle. Die hawwe sisch aa schun vaschlaare uff die Bihn, wie sie noch jinga ware. Des is wahrscheinz die Bäänd uff derre Welt, die wu sisch am meischde gedrennt hot. Zäh Minudde speeda saufe sie Bierle zamme. Awwa isch muss saare, des waa Räkkordd heit: So schnell hawwe die sisch noch nie widda vassööhnt."
„Die Hauptsach is, die dreede bei mia uff. Un des hawwe Sie gschafft, Fraa Doggda! Sie gonz alläää. Isch sach mol donge."

**Stammbäume neigen mittlerweile zu Heckenform.**

Wenn man im fortgeschrittenen Alter einen Partner sucht, weiß man, jeder hat sein Vorleben, sein Päckchen zu tragen. Die meisten sind geschieden, nicht wenige gleich mehrfach. Kommissar Günda war auch in dieser Hinsicht eine Ausnahme, seine bisherigen Beziehungen hielten sich in Grenzen, und man könnte auf den Gedanken kommen, er scheue Nähe grundsätzlich. Das sah er *annaschda.* Seiner Einschätzung nach hatte es sich einfach nicht ergeben. Verlieben, das war ihm schon gelungen, aber mehr? Gar für immer? Das war ihm wohl einfach nicht vergönnt.
Ein Thema hatte dabei immer eine Rolle gespielt: Kinder. Rückschauend kam er zu dem Schluss, er wollte wohl prinzipiell keine. *Muss jo aa net jedes, sgibt jo genung.* Müßig zu ergründen warum. Rum is rum. Oder etwa jetzt? Auf seine alten Tage? Nein, Großvater und Vater in einem Aufwasch, das war nun wahrlich keine verlockende Aussicht. *Joo net!* Abgehakt.
In jungen Jahren hatte ihn die Aussicht, Vater zu werden, abgeschreckt, eine enge Beziehung einzugehen. Später lernte er vorwiegend Frauen kennen, die bereits Kinder hatten, für ihn auch nicht gerade ein besonderer Anreiz, eine Beziehung zu vertiefen. Nun, im weiter fortgeschrittenen, um nicht zu sagen im weit fortgeschrittenen Alter ertappte er sich bei einem durchaus beruhigenden Gedanken: Kinder spielten nun keine besondere Rolle mehr. Sie waren groß, aus dem Haus, gingen ihrer eigenen Wege, standen auf eigenen Füßen. Gut, man würde sich gleichwohl arrangieren müssen, es mochte gewisse Reibereien, Eifersüchteleien geben, vielleicht auch die Sorge, da wolle jemand an das Erbe heran. Letzteres könnte er guten Gewissens zerstreuen. Also gab es doch tatsächlich die Aussicht, diese späte Lebensphase mit jemandem zu teilen ohne Verantwortung für den Nachwuchs. Nur für sich als Paar. So besehen, vielleicht die beste Zeit, eine Beziehung zu beginnen?

Er wunderte sich, wie er sich diesem Thema durch die Kornfelds *gonz annaschda* widmete, wie er es durchdrang und sich auf diese Weise selbst neu kennenlernte.

Und in diesem Bewusstsein saß er nun im Roten Ochsen Gerlinde gegenüber. Die war seiner Schätzung und ihrem Profil nach unwesentlich jünger als er und keine untypische Vertreterin im Ü50-Pool. Verwitwet, zwei erwachsene Töchter aus der ersten Ehe, eine aus der zweiten. Und dem Nachwuchsthema widmete sich Gerlinde ohne viel Federlesens, kaum hatten sie Platz genommen. Im Zentrum stand der überaus gelungene Werdegang ihrer drei Töchter, den sie in aller Ausführlichkeit schilderte. Kommissar Günda hatte Mühe zu folgen, denn sie führte zahllose Details aus dem Leben der erfolgreichen Akademikerinnen auf, bis hin zu kompletten Dialogen, stets unter Nennung des jeweiligen Namens – „Die Bärbel…“, „Die Bernadette…“, „Die Bibiane…“ –, als sei er schon lange vertraut mit ihnen. Gemeinsam war ihren Töchtern das ansprechende Äußere, das mustergültige Auftreten und der geradlinige, völlig unbeirrbare Lebensweg. Dass deren Vorgesetzte – durch die Bank missgünstige Geschlechtsgenossinnen – jede Menge Probleme mit diesen ehrgeizigen Frauen hatten, „das kannst du dir bestimmt vorstellen.“
„Klaro.“
Allerlei Widrigkeiten waren ihnen widerfahren, das hatte bereits im Studium begonnen, aber hatte sie nicht gehindert, ihren beeindruckenden Weg zu machen. Dabei konnte auch das Verhältnis zwischen Mutter und Töchtern als geradezu vorbildlich gelten, was auch dazu geführt hatte, dass die Mutter über sämtliche Einzelheiten bestens informiert war, was ihr nun die Gelegenheit gab, Kommissar Günda über alles ausführlich in Kenntnis zu setzen.
Er überlegte, ob er mitschreiben sollte, gerade bei mehreren Verdächtigen hatte er in seinem Berufsleben gute Erfahrungen

damit gemacht, eine Namensliste mit Stichworten anzulegen. Denn nun kamen auch die Schwiegersöhne ins Spiel, die selbstredend allesamt Gerlindes hohen Ansprüchen genügten, optisch wie monetär betrachtet. Kommissar Günda ertappte sich, wie er plötzlich ziemlich müde wurde. Es waren einfach zu viele Heldinnen und Helden, zu viele Triumphe, allesamt hochverdient, die sich durch Gerlindes Leben zogen. Wobei ihn kurzzeitig beschäftigte, wie es eigentlich um Gerlindes eigenes Leben bestellt war, lebte sie doch offenbar sehr mit ihren Kindern mit. Nun denn, dafür war es zu spät, er hatte sich damit abgefunden und beschloss, die größten Erfolge stumm an sich vorüber ziehen zu lassen, folgte den Schilderungen nur noch rudimentär, schnappte Begriffe auf wie *Eigentumswohnung*, *Aktienfonds*, *gehobenes Management* sowie *Saint Tropez* und *Montafon*.

„Aber das muss der Rüdiger selbst wissen, meinst du nicht auch?“

„Äh… uff jedn Fall.“

„Kennst du solche Männer? Das sind für mich im Grunde große Jungs. Nicht erwachsen geworden. Für mich ist eines klar: Dafür trägt sein Vater die Verantwortung.“

„Äh…“ Kommissar Günda fürchtete, nun könnte Gerlinde sich in ähnlicher Breite den Eltern ihrer Schwiegersöhne widmen, gewiss im diplomatischen Dienst oder im Vorstand von Dax-Unternehmen. Ein hilfloser Blick ging in Richtung Marion Helche, die allerdings, wohl ähnlich übersättigt, bereits das Weite gesucht hatte.

„Ich meine, ich wusste ja, auf was ich mich da einließ. Also auf wen. Ich kann dir sagen, ein Charmeur vor dem Herrn. Da war ich nicht die einzige, die weiche Knie bekommen hat.“

Nun schien es wider Erwarten doch noch interessant zu werden. Gerlinde hatte also ein Verhältnis mit dem Vater eines ihrer Schwiegersöhne?

*Sauwa!*

„Sehr männliche Ausstrahlung. Ganz anders als sein Sohn.“

Das war jetzt allerdings seltsam, soweit er sich erinnerte, waren doch auch alle Schwiegersöhne anbetungswürdige Yachtbesitzer und Brusthaarträger.
„Drei Jahre ging das mit uns, dann ist er gestorben. Herzinfarkt. Kein Wunder, bei dem Lebenswandel. Und jetzt habe ich Rüdiger."
„Tscha...", warf Kommissar Günda ein wenig lahm ein.
„Wir waren gerade wieder im Urlaub zusammen. Was soll ich machen, musste ich seinem Vater auf dem Sterbebett versprechen. Übrigens Sylt. Ferienhaus, Kampen. Immerhin."
„Ualaub? Awwa mit de Dochda nadialisch."
„Wie bitte? Bewahre! Meine Töchter, die können Rüdiger nicht ausstehen."
*Aldale!* Die Tochter stößt den Mann von der Bettkante, und da springt Mama Gerlinde in die Bresche, auf eindringlichen Wunsch des Schwiegervaters. Stoff für eine Seifenoper, wenn nicht für eine Krimiserie. Diese Wendung hatte den Effekt, dass unversehens sein kriminalistischer Instinkt geweckt wurde.
„Er ist übrigens im Auto."
„Wea?"
„Na, Rüdiger."
„Wu?"
„Draußen. So wie ich ihn kenne, sitzt er da treu und brav. Ich hab ihm gesagt, es kann dauern, ich treffe mich mit dir. Er soll sich die Beine vertreten, scheint ja ein ganz nettes Städtchen zu sein. Aber der ist so was von antriebsschwach. Überhaupt nichts von seinem Vater."
Langsam wurde ihm die Sache unheimlich. Gerlinde hatte ihren derzeitigen Liebhaber mitgebracht, der nebenbei auch der Noch-Ehemann ihrer Tochter war? *Puh.* Harter Stoff. *Bogglhardd.*
„Äh, wisso?"
„Wieso ich ihn mitgebracht habe? Na ja, ich finde, du solltest ihn kennenlernen, immerhin wohnen wir zusammen. Wenn das was werden soll mit uns, werdet ihr euch arrangieren müssen.

Sein alter Herr hat uns beiden ein hübsches Häuschen in der Eifel vermacht. Immerhin. Ich würde sagen, wir gehen raus, und ihr beschnuppert euch mal ein bisschen."
Ohne Umschweife schnappte sie seine Hand, und ehe er sich versah, fand sich Kommissar Günda vor dem Roten Ochsen. Gegenüber vom Gebäude saß in einem goldfarbenen Spider ein glatzköpfiger Mann, durch dessen massige Erscheinung der Wagen wie ein Karussellauto wirkte. „Darf ich vorstellen: das ist Rüdiger, mein Sohn."
„Hä? Doin Soohn? Isch hab gedenkt… Äh… wie alt?"
„Rüdiger? Fünf Jahre älter als ich. Tja, den hat eben mein dritter Mann in die Ehe gebracht. Die Enkel übrigens seine zweite Frau. Aber die lernst du erst beim nächsten Mal kennen. Eins nach dem anderen, sag ich immer. Meinst du nicht auch?"
„Äh… U-bedingt."

## Masterbabbler

An sein früheres Leben konnte sich Kommissar Günda kaum mehr erinnern. Daran, nicht zu arbeiten, hatte er sich unerwartet schnell gewöhnt. Was natürlich auch darin begründet war, dass er schon in der letzten Phase seines Berufslebens mit seiner Sokodo eine Sonderstellung innegehabt hatte. Insofern war der Kontakt zur Zentrale schon eine ganze Weile merklich dünner geworden, viele der jungen Kollegen kannten ihn nicht. Wenn er ins Präsidium kam, musste er seit Jahren seinen Dienstausweis zücken. Aber das war nun einmal der Lauf der Zeit. Zugegeben, er hatte schon damit gerechnet, dass ihn der eine oder andere gelegentlich um Rat fragen würde, dass er auch mal einen Vortrag halten sollte, aber es hatte nie jemand Anstalten gemacht. Irgendwann hatte sich ein Lokalreporter seiner erinnert und ein Porträt über ihn verfasst. Das fiel dann aber irgendeiner aktuellen Berichterstattung zum Opfer, wurde verschoben, dann auf unbestimmte Zeit auf Eis gelegt. „Vielleicht zum Siebzigsten, Herr Kommissar, aber ich kann nichts versprechen."

So blieb aus seinem alten Leben letztlich nur *de Weize*. Merkwürdigerweise. War das doch einer, mit dem er zu seiner aktiven Zeit wenig zu tun haben wollte, mit dem er ein ums andere Mal *gonz schää* aneinandergeraten war, den er im Grunde regelrecht gemieden hatte. Wegen seiner Großmäuligkeit, seiner Distanzlosigkeit. Auch wegen seiner Avancen gegenüber jeder Frau. Marion Helche könnte bestimmt ein Lied davon singen, schien aber nicht nachtragend zu sein. Und nun schickte sich eben dieser Weizen an, Kommissar Gündas ganzes Leben umzukrempeln.

Er hatte es zwar irgendwie geahnt, dass auch die Verbindung zu seinem früheren Assistenten Fritjof Freese einschlafen würde, aber er bedauerte es dennoch. Vielleicht hätte er sich mehr um ihn bemühen sollen. Doch war das wirklich angemessen? Er hätte schon erwartet, dass sein Assistent sich wenigstens gelegentlich mal melden würde. Dass der Karriere machen würde, war klar. War es an ihm, die alte, durchaus enge Verbindung aufrecht zu erhalten?

Würde Freese überhaupt noch gelegentlich an seinen alten Chef denken? Hatte er ihm etwas beibringen können? Etwas, wovon er heute noch profitierte? Eine bestimmte Herangehensweise, Denkart. Das Lösen eines Falles auch mit unkonventionellen Mitteln. Eine Portion Menschenkenntnis: Wem konnte man vertrauen, wer war *än Liejebeitl*[82]?

Nun, Kommissar Günda wäre überrascht gewesen, es gab tatsächlich etwas, das Fritjof Freese von seinem früheren Chef gelernt hatte, jedenfalls nach einhelliger Meinung seiner norddeutschen Kolleginnen und Kollegen: „Mann, du sprichst ja voll Dialekt!"

Das war nun wirklich kurios. In all den Jahren mit Kommissar Günda musste sich Freese herumschlagen mit dem Vorwurf, er spreche gestochenes Hochdeutsch, so schrecklich vornehm. Wenn er dagegen mal in Glickerbach einen Dialektausdruck verwendet hatte, hatte das nur für Heiterkeit und Kopfschütteln gesorgt: „Lass des![83]"
Dialekt könne man nicht lernen wie eine Fremdsprache, das hatte ihm sein Chef immer wieder tröstend, aber auch desillusionierend versichert. Und das hatte auch eindeutig seinen Erfahrungen entsprochen. Er war verlacht worden, geschmäht, gemieden, und er war vor allem miserabel verstanden worden. Seine Ausdrucksweise hatte als viel zu umständlich gegolten.

---

[82] notorischer Lügner
[83] So klingt es jedenfalls in Freeses Erinnerung, korrekt wäre: Losses!

Und nun, in seiner alten Heimat? Da musste er sich den Vorwurf gefallen lassen, er spreche Dialekt. Dabei war er sich dessen nicht bewusst. Wenn er nachfragte, präzisierte man das sogar noch: „Du singst so komisch beim Sprechen."

Irgendwie erfüllte ihn das schon mit Stolz, es war wie eine späte Genugtuung. In der Schule hatte er als außergewöhnlich sprachbegabt gegolten, und die Glickerbacher Schmähungen hatten durchaus an ihm genagt. Nun stellte sich heraus, sie waren unberechtigt. Wahrscheinlich mochten es sich die Kurpfälzer nur nicht eingestehen, dass sie ihren auswärtigen Meister gefunden hatten.

Der anstehende Besuch bei seiner Mutter böte eine wunderbare Gelegenheit für eine triumphale Rückkehr ins Glickerbacher Sing-Sing-Land.

**Es wird gegessen, was auf den Tisch kommt.**
**Gib mir mal die Speisekarte!**

Sein Wandeln auf Freiersfüßen blieb in seinem Bekanntenkreis nicht unentdeckt. Aufgefallen waren seine Ambitionen auch Wiebke Freese, der Mutter seines früheren Assistenten, die zu ihm ein ausgesprochen gutes Verhältnis hatte, und das ohne jeden Hintergedanken. Weder was die Karriere ihres Sohnes, noch was eine mögliche Liebesbeziehung mit dessen Chef anbelangte. Sie verstanden sich einfach sehr gut. Und sie musste sich über ihre Entdeckung wundern. Sie kannte den Chef ihres Sohnes als äußerst zurückhaltend, was Frauen anbelangte, sie hatte immer eine lang zurückliegende, tiefe Enttäuschung vermutet. Sie selbst war lebens- und abenteuerlustig und noch nie an einer dauerhaften Bindung ernsthaft interessiert gewesen. Das, so hatte sie es empfunden, das wiederum hatte Kommissar Günda nie so recht verstanden, ohne dass er sich je ablehnend geäußert hätte. Im Gegenteil, er schien bisweilen gar eine gewisse Bewunderung für ihren Lebenswandel aufzubringen. Wohlwissend, dass er dazu nicht in der Lage sein würde. Oder hatte ihm bisher nur der Mut gefehlt? Sie staunte nicht schlecht. Als sie in eines dieser Portale für die reiferen Jahrgänge geraten war – durch Zufall, das war nun nicht gerade ihr bevorzugtes Terrain –, hatte sie ihn entdeckt und musste feststellen, dieser Mann sprühte plötzlich geradezu vor romantischen Gefühlen, postete ständig neue Fotos, bevorzugt Sonnenuntergänge, Blütenmeere, wogende Weizenfelder. Das musste sie sich doch einmal genauer ansehen. Und richtig, ihr Misstrauen war berechtigt gewesen, da hing noch jemand dazwischen. Derlei kannte man, es gab immer mal wieder professionelle Agenturen mit irgendwelchen Lockangeboten, die die Arg- und Ahnungslosen ködern sollten. Gerne wurden dazu gutsituierte Chefärzte, Direktoren mit mondänem Grundbesitz und üppigen Lebensversicherungen aufgeboten, lechzend danach, jede noch so verarmte Aspirantin zur Prinzessin auf Lebenszeit zu machen. Auf der anderen Seite tummelten sich Diplomaten- und Zahnarztwitwen, die es leid waren, in ihren Goldschläppchen mit Diamantbesatz von Wellnessoase zu Wellnessoase zu schlurfen. Aber danach sah das eigentlich nicht aus. Es hatte schon etwas rührend Unbeholfenes. Gut gemacht, aber eben doch nur eine Masche, ein Falle. Eine langjährige Freundin wollte sich eingeschaltet haben. Raffiniert! Eine Vertraute, die ihrem unbeholfenen Freund zur Seite sprang, ihn unterstützte, aber auch schützte vor der bösen Welt. Vor Frauen, die ihn ausnutzen wollten. Weil er so gutmütig war, so vertrauensselig. Okay, an letzterem war etwas dran, sie hatte sich immer gewundert, wie naiv Kommissar Günda im Hinblick auf Frauen war. Wenn er sich schon mal verliebte, dann waren es am liebsten die Hauptverdächtigen in seinen Ermittlungen. Entsprechend unglücklich verliefen die Angelegenheiten denn auch.

Was sie besonders misstrauisch machte, sie hatte eigentlich den Eindruck gehabt, er sei ganz zufrieden mit seinem Single-Dasein. Ein feiner, eigenwilliger Mann, der sich mit seinem Leben und auch mit seiner zeitweisen Einsamkeit arrangiert hatte. Ungewöhnlich, aber absolut stimmig. Wieso sollte er ausgerechnet jetzt mit der Pensionierung aktiv werden? Vermutlich hatte ihn da jemand bequatscht, ähnlich wie bei windigen Bauherrenmodellen und todsicheren Anlagetipps. Seltsam und durchaus bedrohlich: Obwohl er so clever war in beruflicher Hinsicht, bei seinem Privatleben hatten skrupellose Geschäftsleute offenbar leichtes Spiel.

Wiebke Freese beschloss, sich diese professionelle Kupplerin genauer anzusehen. Nicht dass dieser in Liebensdingen doch eher unerfahrene Mann in falsche Hände geriet. Und so stellte sie eine Falle und antwortete auf das Angebot:

*Music was my first love*[84]*, you could be my last. Lady in Red*[85] *sucht für Saturday night fever*[86] *ihren Movie Star*[87]*. Mein Lebensmotto: Life is live*[88]*.*
In dieser Botschaft waren nun wirklich lauter Songs enthalten, die Kommissar Günda verabscheute. Sie konnte das beurteilen, hatten ihre wenigen Treffen doch stets mit ausführlicher Fachsimpelei zum Thema Rock- und Popmusik geendet. Wobei sie in ihren Einschätzungen regelmäßig Übereinstimmung erzielt hatten.

Keine fünf Minuten später bestätigte sich ihr Verdacht: Die ominöse Freundin nahm Kontakt auf, um ein Treffen zu arrangieren. Sie freue sich über die Zuschrift, sie sei ja wie gemacht für ihren guten Freund Schmusebär, der ein absoluter Musikliebhaber sei.
Damit war eines klar, Kommissar Günda hatte hier nichts, aber auch gar nichts zu sagen.

*Ach, sieh mal einer an*: Das Treffen sollte in Glickerbach stattfinden, im Roten Ochsen. War dort nicht der Sitz der Sokodo gewesen? Das roch nach einer feindlichen Übernahme.
Ein Grund mehr, sich diese „gute Freundin" einmal genauer anzuschauen.

---

84 John Miles
85 Chris de Burgh
86 Bee Gees
87 Harpo
88 Opus

**Ein Vertrag kann sinnvoll sein, wenn ich festlegen möchte, wie man eine Vereinbarung unterläuft.**

Im Roten Ochsen herrschte Hektik, Marion Helche hatte alle Hände voll zu tun, eine geschlossene Gesellschaft, Trauerkaffee. Den Verstorbenen hatte sie nicht näher gekannt, er war erst vor kurzem zugezogen. Dass man den Roten Ochsen als Lokalität gewählt hatte, lag einzig daran, dass der genügend Parkplätze bot, die meisten Gäste würden mit dem Auto anreisen. Die ersten trafen bestimmt bald ein. Eine Frau wartete bereits unentschlossen auf der gegenüberliegenden Straßenseite.
„Kumme Sie ruisch schun rei, wenn Sies net steat, dass isch noch bissl eidegge muss."

Sie wunderte sich zwar etwas über die gelbe Latzhose bei diesem ersten Trauergast, aber mittlerweile ging es ja bei Beerdigungen nicht mehr so streng zu: „Mei Beileid!"
„Wie bitte?"
„Moin Beileid!"
„Ich verstehe nicht."
„Kumme Sie net weje de Be-eadischung?"
„Beerdigung? Nein."
„A, versteh schun, weje de Fraa Doggda."

Eine Frau Doktor? Das wurde ja immer besser. Gut, dass Wiebke Freese eine Sonnenbrille trug. Da konnte sie das spöttische Spiel ihrer Augenbrauen verbergen.
„Ganz recht."
„Am beschde, Sie gehe duasch de Gaade, do hawwe mia än zwedde Eigang."

*Doktor Quitt, Mediatorin?* Sieh an, der Kuppeleibetrieb hatte also noch ein zweites Standbein: Mediation. Eine Freundin hatte das bei ihrer Scheidung mal versucht, es war zum Scheitern verurteilt. Ihr Mann hatte das anscheinend nur vorgeschlagen, um sie einzulullen und dazu zu bringen, ihm über Gebühr entgegen zu kommen.

*Wie praktisch*, dachte Wiebke Freese, erst verkuppelt man die Leute, und dann lässt man sich ein zweites Mal bezahlen, wenn man ihnen hilft, sich wieder zu trennen.

*Termine nach Vereinbarung?* Aber gerne. Sie hatten einiges zu besprechen.

**Hat man sein Leben gelebt,
wenn man anfängt, sich zu wiederholen?**

Sie, liebe Leserin, lieber Leser, könnten nach meinen bisherigen Schilderungen den Eindruck gewonnen haben, Kommissar Gündas Frauentreffen seien doch eher einseitig verlaufen, nur die Frauen hätten geredet, er dagegen sei weitgehend schweigsam geblieben. Dem war beileibe nicht so. Auch das Mitteilungsbedürfnis der Frauen hielt sich angesichts des verhaltenen Verhaltens unseres Helden in nicht wenigen Fällen sehr in Grenzen. Als typisches Beispiel sei die folgende Gesprächseröffnung wiedergegeben:
„Hi, ich bin die Beate.“
„Äh, isch bins, de Günda.“
„Schmusebär?“
„Ähä.“
„Sonnenblume.“
„Aha.“

Nach dieser vergleichsweise munteren Begrüßung geriet ein solcher Dialog gerne ins Stocken. Seufzer statt Sätze, Stöhner statt Wörter.
„Tscha…“
„Hm.“
„So gehts als.“
„Wie spät haben wir es denn?“
„Ou, doch schun…“
„Ja, dann würde ich sagen….“
„Alla!“
Letzteres einhergehend mit einem geradezu aus dem Stuhl schnellenden Kommissar Günda.

Manchmal brachte in besonders wortarmen Momenten Marion Helche unaufgefordert Getränke und bemühte sich, einen Dia-

log anzustoßen: „Letscht[89] hawwisch widda Foddoo geguggt vun Iare Abschiedspaadie do bei mia im Gaade. Gell, Tschief?"
„Ja."
„Fotos?", hakte die artige Tischdame nach.
„Net weidas wischdisch", pflegte Kommissar Günda sodann abschließend zu bescheiden.

Marion Helche war über einen deratigen Verlauf immer ganz unglücklich: „Sie misse mia saare, wennisch was mache soll."
„Weje mia nix."
„Vleischt was vazehle, Tschief?"
„Au ja! Ä Gedischtl! Des is die Idee, am beschde *Die Made*, Heinz Erhardt. Nää, hea doch uff, Marioon. Des is mia grad rescht, wenn des Gonze net so long geht."
„Awwa so kamma sisch doch net kennelärnne. Wie wäas middeme leggare Kocktehl?"
„Jo net, isch bin eh schun imma so mied."
„Odda bissl Spiele? Skrabble statt Babble. Odda bissl Puzzle."
„Marioon, bidde."
„Isch kann misch jo schlescht dezuhogge."
„Wisso net? Des wäa mia soggaa aiig rescht. Donn schweddsch du mit derre. Un am beschde hellsch du donn noch de Weize dezu, un ia kläat die Sach unna eisch. Isch bleib schää dehähm."
„Tschief, so wärdd des nix. Gfalle Ihne die Fraue net?"
„Doch doch. Gonz aiig. Desdaweje wäas mia worscht welli. In annare Gulduare[90] entscheide jo aa die Eldan, wea wenn heiat. Un in moim Fall, do seid des halt ia."
„Tschief?"
„Ähä."
„Deafdisch Sie mol was froore? Mähne Sie des ärnscht?
„Vollischt."

---

[89] Vor kurzem
[90] Kulturen

## Moralische Anstalten

*Wie schön!* So langsam entwickelte es sich. Ohne dass sie viel dafür tun musste. Inga Mertens freute sich, dass eine Journalistin von sich aus Interesse an ihrer Arbeit zeigte. Sie plane eine Reportage über Mediation und sei zufällig auf sie gestoßen.
„Über das Verfahren habe ich mich schon kundig gemacht, mich interessiert vor allem der Mensch dahinter. Wie sind Sie denn zu diesem Beruf gekommen, so lange gibt es das bei uns ja noch nicht?"

Ihr gefiel diese Herangehensweise. Die Journalistin wusste, was sie wollte, und sie war vor allem vorbereitet. Ein einziges Mal hatte Inga Mertens bislang ein Interview gegeben, fürs Radio. Ein ziemlich desinteressierter junger Mann hatte keinen Hehl daraus gemacht, dass es sich um eine Auftragsarbeit handelte, um nicht zu sagen eine Strafarbeit. Völlig lustlos war er mit ihr in ein Studio gegangen und hatte genau drei Fragen gestellt:
„Mediation, was muss man sich darunter vorstellen?"
„Was war Ihr schlimmstes Erlebnis?"
„Was war Ihr schönstes Erlebnis?"

Sie hatte sich prompt schon bei der Beantwortung der ersten Frage völlig verzettelt, viel zu weit ausgeholt, Beispiele genannt, sich verhaspelt, dann wieder vom Verfahren angefangen. Aufgehorcht hatte ihr Interviewer nur, als sie Scheidungen erwähnte. Das sei ein großer Bereich für Mediation, hatte sie betont, komme aber für sie nicht mehr in Frage. Sie hatte sich sogleich geärgert, dass sie das überhaupt erwähnt hatte, das ging ja niemanden etwas an. Bei ihrem schlimmsten Erlebnis musste sie passen, es fiel ihr nichts ein. Bei ihrem schönsten erging es ihr nicht anders.
„Dann irgendwas Lustiges", sagte der junge Mann, und sie hatte das Gefühl, seine Fragen hatten sich auch bereits bei Interviews

mit Diplomaten, Weitspringern, Metzgern und Fußpflegern bewährt. Damals war sie jedoch viel zu unerfahren und zu wenig selbstbewusst gewesen, um das Gespräch einfach abzubrechen.
Als sie den fertigen Beitrag hörte, nahm sie sich vor, nie mehr ein Interview zu geben. Mit näselnder Stimme erzählte ihr Fragesteller, dass sich die Menschen bei Mediator*innen versöhnten und dass es schon manchmal lustig zuging. Aber nicht nur. Von ihr selbst hörte man im Verlauf des Beitrages nur ein einziges Wort. Ganz am Schluss. Der junge Mann berichtete, dass man Mediation einfach überall machen könne, auf dem Schulhof, im Urlaub und im Büro. Unsere heutige Mediatorin, so schloss er seinen Bericht, habe sich aber auf etwas anderes spezialisiert, nämlich: „Scheidungen."

Sie wäre damals gerne in den Boden versunken, hatte inständig gehofft, niemand habe dieses Machwerk gehört, doch zu ihrer Überraschung blieb von diesem unerfreulichen Erlebnis in ihrem Umfeld ein bemerkenswertes Fazit: „Ich hab gehört, du warst im Radio."

Umso schöner, wenn sich jemand tatsächlich für sie interessierte und aufmerksam zuhörte. Was die Einwürfe und Nachfragen ihres Gegenübers unter Beweis stellten.
Sie erzählte von ihrem eigentlichen Beruf, ihrem Studium der Kunstgeschichte, was ihren Neigungen entsprochen habe. Ihr großer Wunsch, sich selbstständig zu machen, habe sich so aber nicht realisieren lassen.
„Es sei denn, man eröffnet eine Galerie", schlug die Interviewerin vor.
„Das stimmt, aber das ist ein hartes Brot."
„Mediation nicht?"
„Doch, natürlich auch."
„Was macht es denn so schwer, an sich ist das doch eine vernünftige Alternative, die Gerichte sind überlastet…"

„Stimmt. Prozesse sind außerdem teuer und langwierig…"
„Und am Ende ist man mit dem Urteil nicht mal zufrieden."
„Da braucht es einfach einen langen Atem, einen Bewusstseinswandel. Noch klagen viele lieber, weil sie gewinnen wollen. Weil sie die Bestätigung haben wollen, dass sie im Recht sind. Ein Urteil, das verkündet, wer Sieger ist und wer Verlierer. Bei mir kriegen sie das nicht. Sie müssen vielmehr offen sein für andere Lösungen, an die vielleicht noch keiner gedacht hat. Sie müssen sich vor allem mit ihrem Kontrahenten zusammensetzen."
„Und reden."
„Richtig, vor allen Dingen miteinander reden. Und immer selbst entscheiden, wie es weitergeht, nicht von oben entscheiden lassen. Das ist eine Herausforderung. Dafür besteht die Chance, dass es am Ende allen besser geht. Es ist schon interessant, wenn Sie die Leute fragen, viele finden Mediation toll, aber noch wagen den Schritt zu wenige. *Grundsätzlich ja, aber für mich ist das doch nicht das Richtige*, sagen sie."
„Braucht man also ein zweites Standbein?"
„Ich verstehe die Frage nicht."
„Muss man es sich leisten können, Mediatorin zu sein? Entweder man ist reich, oder man hat noch einen lukrativen Nebenjob?"
„Darf ich ehrlich sein?"
„Ich bitte darum."
„Bei mir läuft es ganz gut, ich bin zufrieden. Aber vorsorglich mache ich immer noch gelegentlich Führungen in Museen und schreibe für Fachzeitschriften."
„Ist doch ein schöner Ausgleich."
„Auch das", lachte Inga Mertens. Anfangs hatte sie den Eindruck gehabt, einer interessierten, aber durchaus kritischen Journalistin gegenüberzusitzen. Nun meinte sie, Wohlwollen zu spüren. *Sympathisch*, befand sie.
Dem war so, und die Sympathie beruhte aus Wiebke Freeses Sicht durchaus auf Gegenseitigkeit.

**Was will mir mein Körper sagen um 4 Uhr 52?**

Schweißgebadet wachte Kommissar Günda auf. Er hatte geträumt. Von Maikäfern. Die Krabbeltiere waren in sein Haus eingedrungen, hatten sich über alles hergemacht, seine Vorräte, sein letztes Toastbrot, und nun saßen sie dreist vor dem Fernseher. Sein erster Gedanke: Wilhelm Busch, *Max und Moritz*. Er sprang auf und suchte erst seinen Schlafanzug ab, dann sein Bett. Nichts. Er schnappte sich die Taschenlampe, die er vorsorglich immer auf seinem Nachttisch stehen hatte, und leuchtete in jede Ecke. Fehlanzeige. Selbst vor dem Fernseher schaute er nach, auch wenn ihm das reichlich albern vorkam. Er legte sich wieder hin, aber an Einschlafen war nicht mehr zu denken. Dafür an alles Mögliche. Wofür standen diese Maikäfer? Waren es nicht aller Wahrscheinlichkeit nach eher Maikäferinnen? Der Gedanke lag nahe, aber er mochte ihn nicht gelten lassen. Frauen waren doch keine Plage, im Gegenteil.

Wie weit war es mit ihm gekommen, dass er von Frauen als ihn drangsalierende Wesen träumte? Das musste doch alles mit diesem unseligen Partnervermittlungswahn zusammenhängen. Er war überfordert, und zwar hoffnungslos. Es waren einfach zu viele. Er brachte sie ja bereits durcheinander, die Yvonne, die Beatrice, die Dagmar, die Gerlinde, die Beate. Die Bilder verschwammen, die Frisuren, die Brillen, die Kleider, die Schuhe, die Nasen, die Lippen und Ohren.

Welche war das gleich, die ihn völlig aus dem Tritt gebracht hatte mit ihrer Frage: „Was erwartest du von einer Frau?“ Er wusste es nicht mehr. Weder welche Frau ihn das gefragt hatte, noch was die richtige Antwort gewesen wäre.

Seine war ein dahingestammeltes „Füasoiige, Vadraue?“ Mit einem vorsorglichen Fragezeichen versehen, denn das war doch im Grunde auch das, was man von einer Krankenschwester erwarten durfte. Oder von einer Kindergärtnerin. Oder von seiner Mutter. Entsprechend gut war es auch angekommen: „Da hast du ja Glück, dass es die Pflegeversicherung gibt."

Er stand auf, holte sich ein Bier und setzte sich vor den Fernseher.
„Unne?", fragte er sich und die imaginären Maikäferinnen. „Was wollema gugge? Losse ma uns iwwarasche!"
Er hoffte auf *Brennpunkt Brooklyn*, *Der Marathon-Mann* oder *Für eine Handvoll Dollar*.
Was kam?
*Tarantula*.

**Was du ererbt von deinen Vätern, erwirb es, um es zu verjuxen.**

Axel Kornfeld fand, es war an der Zeit, mit Kommissar Günda ein Gespräch von Mann zu Mann zu führen. Gegen 10 Uhr stand er vor dem windschiefen Haus am Hopfeloch und klopfte entschieden. Er vernahm ein Rumpeln aus dem Inneren, gefolgt von einem missmutigen „Oh leck, wea kannen des sei um die Zeit? Mooment, isch such grad mei Hos."

Ein sichtlich derangierter Kommissar erschien im Türrahmen.

„Unn, Günda, wie siehtsn aus? Hosch disch schun entschiede?"

„Morsche. Donge, mia gehts guud so weit."

„Allo, hosch disch schun entschiede?"

„Fa waas?"

„Als was du an Fasnacht gehsch. Nää, du Sseftl, drei Mol deafsch du roode. Isch sach bloß *Beebii, ai laaf juh tu wont mii*[91]. Schkummo[92] grad korzz mit nei."

Kornfeld war von ihm einiges gewöhnt, aber die Wohnverhältnisse hatten sich zugespitzt. Für dieses völlige Chaos fehlte weniger eine Frau als vielmehr ein brachial vorgehendes Putzkommando.

„Do deedisch mei Hos a net finne."

„Die Hos hawwisch."

„Un die rischdisch Fraa, wie siehts mit derre aus?"

„A so, nää."

„Als noch net?"

„Äh, isch bin so bissl u-sischa."

„Des vasteh isch net. Allo, mia hawwe jetz achdefärrzisch[93] ghabt."

„Ealisch?"

---

[91] *I love you to want me*, Lobo

[92] Ich komme mal, lautmalerisch ineinander verwoben

[93] 48

„Wisso?“
„Bloß achdefärrzisch? Isch hab gedenkt achthunnatfärrzisch[94], mindeschdens.“
„Isch mach ma bissl Soiige, Günda. So langsoom müschtsch[95] doch bessa klaakumme. Annaschda: wie waren des fa disch so insgsamt mit denne achdefärzzisch?“
„Fuaschbaa.“
„Hä?“
„Isch mähn fuaschbaa indressant.“
„Indressant? Des is alles?“
„Oukey: aiig indressant.“
„Un weida?“
„Wie weida?“
„Hots mol *TSUUM* gemacht?“
„Wie *tsuum*?“
„A, wie beim Lages Glaus: *Dausend Mol berüat, dausend mol is nix bassiat.*“
„Des stimmt, des kannisch bsteedische.“
„Wie?“
„Dass nix bassiat is.“
„A, Günda, des gibts jo net. Nix? Gaa nix?“
„Nää.“
„Net mol bissl rumgnuudsche?“
„Ä-ä.“
„Rummache?“
„Fa waas?“
„A, Günda, wenn du des in deim Alda net weesch, dann weeß ischs aa net.“
„Ähns nochem annare, Weize.“
„Ähä. Un was kummt zuärscht?“
„A, bissl babble.“

---

[94] 840

[95] müsstest du

„Oukey. Aleedischt. Un donn?“
„Guggemamol. Des kummt noch.“
„Wonn? In dreißisch, färzzisch Joa?“
„Isch kann doch net middare fremde Fraa was mache.“
„Des is jo a-schüddand mit dia. Hea mol, un do waa kähni, die wu gsacht hot *Auf, jetz browiare ma mol bissl was!*“
„Doch. Paa zwee.“
„Unne?“
„Nix unne. Do ware jo imma Leit debei. DMarioon…“
„Donn geht ma halt wuannaschda hie.“
„Wuä?“
„Günda, im Roode Ochse, do sin vleischt paa schääne Zimmalin?“
„Fa waas?“
„Jetz langts, Günda, isch glaab du nimmsch die Sach net ärnscht. Odda willsch du misch utze[96]?“
„Isch hab gedenkt, isch gugg bissl, ia aa, un donn entscheide mia zamme.“
„Wie zamme? Du entscheidsch. Des is doch dei Sach.“
„Des kannisch net. Außadähm, du bisch doch viel afahrena als wie isch.“
„Stimmt. Soll isch misch liewa mit denne Weiwa dreffe?“
„Des wäa ma aiig rescht, Weize, do deedsch du mia än grouße Gfalle due.“
„Jetzt langts awwa, Günda! Isch sach da mol ähns, folgendes: Mia sin so discht droo, so discht! Do wärsch du doch net uffgewwe wolle. Hoiisch zu, du strengsch disch mol bissl oo. Denn wenn des so net glabbt, misse mia annare Saide uffziehe. Donn misse ma die näggschde Dreffe wuannaschda mache.“
„Wuannaschda? Wuä?“
„Glei im Wöalpfuhl[97]. Mit oohne alles nadialisch.“

[96] auf den Arm nehmen
[97] Whirlpool

**Hoamzuus**[98]

Freeses erster Weg führte ihn zu seiner Mutter. Ein überraschenderweise eher unerfreulicher Besuch. Sie zeigte so gar kein Verständnis für seinen mittlerweile soliden Lebenswandel. Schon gar nicht für die Begeisterung, mit der er ihr davon erzählte: „Schön und gut, Fritti, aber wer weiß, wie das in einem Jahr aussieht, geschweige denn in fünf, zehn, zwanzig Jahren."
„Werd erwachsen, Wiebke!", schleuderte er ihr entgegen, woraufhin sie in schallendes Gelächter ausbrach.

Er beschloss, unter diesen Umständen die eigentliche, die große Neuigkeit erst einmal für sich zu behalten. Und Abstand zu nehmen. Eine gute Gelegenheit, sich auf die Suche zu machen nach seinem ehemaligen Chef. Der hatte sich immer ausnehmend gut mit seiner Mutter verstanden, über Musik hatten sie sich besonders gerne unterhalten, regelrechte Fachgespräche geführt. Freese hatte sich bei solchen Gelegenheiten immer ein wenig ausgeschlossen gefühlt, denn für Musik hatte er sich noch nie interessiert. Mehr war zwischen den beiden nie gewesen, dessen war er sich sicher. Er hatte immer den Eindruck, Wiebkes bekennend unsteter Lebenswandel habe seinen Ex-Chef nicht nur verwundert, sondern auch ein wenig geängstigt. Lange hatte er selbst geglaubt, er käme in dieser Hinsicht nach seiner Mutter, aber das war wohl doch nur eine temporäre Erscheinung gewesen und nun vorbei, da er die Liebe seines Lebens getroffen hatte: Stella.
„Mal wieder was von Günda gehört?"
„Nein, du?"
„Ewig nicht. Na ja, alles hat seine Zeit. Grüß ihn, wenn du ihn siehst, er kann sich ja mal melden, wenn es ihm passt."

---

[98] Nach Hause

Ganz so gelassen war Freese nicht. Bei seinen zahlreichen, zumeist sehr kurzen Beziehungen in seinem früheren Leben hatte er bewiesen, wie gut er loslassen konnte. Bei seinem ehemaligen Chef dagegen fiel es ihm schwer, ihn einfach abzuhaken. Nach dessen Verabschiedung hatte er ihn nicht mehr gesehen. Da nagte etwas in ihm, er war gekränkt. Immerhin hatte er ihm etliche Briefe geschrieben. Briefe wohlgemerkt, weil er ja um die altmodische Ader seines Chefs wusste. Liebevoll adressiert mit *An den Tschief*, Kommissar Günda war ja in der gesamten Region bekannt wie ein bunter Hund. Allesamt waren sie zurückgekommen. Beim ersten hatte er sich gewundert, er konnte den Stempel nicht lesen, hieß das etwa *Annahme verweigert*? Das konnte ja wohl kaum sein. Bei den nächsten stand da lapidar *Unbekannt verzogen*. Die Mailadresse funktionierte ebenso wenig, ein Anrufbeantworter meldete sich anfangs, aber beließ es bei einer abweisenden Meldung: *Des is de Oorufbeantwordda vun mia. Isch sachs glei, dea nimmt nix uff. Weil isch eh nie hea, was druff is.*
Unter seiner Mobilfunknummer – nicht zuletzt war es Freese gewesen, der ihm das Smartphone geschenkt hatte – unter der Mobilfunknummer hieß es, der Anschluss sei nicht vergeben. Allem Anschein nach hatte sich sein Ex-Chef also von der Welt verabschiedet. Sorgen hatte sich Freese nicht gemacht, er wusste, dass er einen Hang zum Verschrobenen hatte, bestimmt war der mit der Zeit nicht schwächer ausgeprägt. Er konnte sich auch vorstellen, dass er die Zelte ganz abgebrochen hatte, ein Häuschen irgendwo, Olivenbauer, Schäfer, Leuchtturmwärter. Wer wusste das schon. Schön und gut, aber hätte er nach dieser intensiven Zusammenarbeit nicht ein bisschen mehr verdient? Hätte er nicht wenigstens ein Lebenszeichen geben können? Eine Ansichtskarte hätte genügt: *Bin auf Weltreise. Viele Grüße vom Nordpol, dein Tschief.*
Aber nein. Gedankenlos, unaufmerksam.
Oder vielleicht einfach nur alt.

In den ersten Wochen hatte Freese ohnehin genug mit sich zu tun gehabt. Schlag auf Schlag war es gegangen. Man hatte ihm unmissverständlich klar gemacht, dass es für die Sokodo ohne Kommissar Günda keine Zukunft gäbe, er solle zurück in die Zentrale. Er hatte sich gefügt und war davon ausgegangen, dass er sich, wie bisher eigentlich immer, rasch akklimatisieren würde. Denn anpassungsfähig war er, das hatte er ja wohl in Kommissar Gündas sehr spezieller Abteilung genügend unter Beweis gestellt. Stellen müssen! Smart war er sowieso. Und ein guter Polizist, der seit Beginn seiner Ausbildung überall Erfolge vorzuweisen hatte. Überraschenderweise hatte er sich jedoch fern der Sokodo erstaunlich unwohl gefühlt. Ihm fehlte schlicht die Freiheit, die diese Sonderabteilung so unnachahmlich zu bieten hatte.
Und so hatte er seine Fühler ausgestreckt, und wie es sich manchmal im Leben fügte, wie zufällig hatten ihn frühere Kollegen kontaktiert und mit einem Angebot in den Norden gelockt. Der Abschied war ihm nicht sonderlich schwer gefallen, ihn hielt nichts mehr in der Region.

Nun war ein Jahr vergangen, viel geschehen, und es war an der Zeit, über seinen Schatten zu springen. Das entsprach im Übrigen auch seiner Reifung. Zeit also für einen souveränen Besuch in der zeitweiligen Heimat. Und zwar mit allem Drum und Dran.

Und da war es also: Glickerbach, für ein paar Jahre Zentrum seines beruflichen Lebens. Er spürte sofort, dass er doch eine erhebliche Distanz aufgebaut hatte. Gut, die Wege waren noch vertraut, die Gebäude. Ein Fahrradfahrer fuhr entgegen der Einbahnstraße. Freese drohte spielerisch mit dem erhobenen Zeigefinger: „Oha, dö ahna![99]“

---

[99] korrekt: Ou, de anna!

Der Mann wedelte mit der Hand vor dem Gesicht. *Nette Geste*, Freese reckte den rechten Daumen.

„Ach Gott do, demm Tschief soin Frischling. Was machen Sie do? Lang nimmie gsehe. Wie gehts?"
Marion Helche war im Biergarten vom Roten Ochsen aufgetaucht.
„Gut, gut. Besser gesagt: Saupa[100]."
„Sau was?"
„Sau-pa. So sagt man ja hier in der Region."
„Fa waas?"
„Na, wenn es zuppa laaft[101]. Ich bin ja jetzt in Norddeutschland, und wissen Sie, was die dort sagen?"
„Nää?"
„Ich spreche voll Dialekt. Mir war das gar nicht bewusst. Tja, die Jahre mit dem Tschief und Ihnen, die haben eben abgefärbt."
„Wie mas nimmt."
„Wo steckt der denn alze[102]? Mal wieder was von ihm gehört? Ich habe den Eindruck, der ist verschollen."
„De Tschief? Stimmt, awwa dea is jetz frisch widda uffgetaucht. Dea hot sisch vastecklt ghabt."
„Wissen Sie, wie ich ihn erreiche?"

Kommissar Günda horchte auf. Ein Motorengeräusch. Nein, Kornfeld war das nicht, dessen Auto kannte er. Er konnte nur hoffen, dass seine Beziehungsförderer den Frauen nicht seine Hopfeloch-Adresse weitergegeben hatten, das fehlte ihm gerade noch. Vorsorglich löschte er das Licht. Er würde einfach behaupten, er sei ein Angler und wisse von nichts.

---

[100] korrekt: Sauwa
[101] korrekt: subba leeft
[102] korrekt: als

Überdies sei er glücklich verheiratet. Überglücklich.
„Entschuldigung, können Sie mir sagen, wo hier Kommissar Günda wohnt?"
„Isch wärdd Härsch![103] Freese, bisch du des?"

Auch diese Begrüßung geriet unbeholfen. Kommissar Günda rätselte schon seit eh und je, wie man sich angemessen unter Männern umarmte. Bei ihm sah das immer aus nach *am beschde gaa net.* Dazu kam auf Freeses Seite der Groll, der bei ihm in diesem Moment wieder aufloderte. Was Kommissar Günda nicht entging. Diesen Gesichtsausdruck kannte er aus früheren Zeiten, den setzte sein Assistent gerne dann auf, wenn er wieder einmal auf dialektale Unzulänglichkeiten aufmerksam gemacht worden war.
„Is was, Freese?"
„Nichts, Tschief. Was soll sein? Ich freue mich, dass ich Sie gefunden habe."
„Isch aa. Mit dia heedisch jetz net geräschlt. Schää, dass do bisch. Kumm nei!"
„Sicher?" Freese zögerte.
„Hä?"
„Sind Sie sicher, dass Sie mich zu sich hereinbitten möchten?"
„Wie mähnschen du des?"
„Nun, Ihr Anrufbeantworter hat Sie verleugnet, Mails landen im Nirgendwo, Ihre Handynummer gibt es nicht mehr."
„Isch will halt bloß mei Ruh."
„Und meine Briefe haben Sie zurückgehen lassen."
„Was hawwisch?"
„Ich habe Ihnen etliche Briefe geschrieben, sie kamen allesamt zurück, Annahme verweigert, unbekannt verzogen, das übliche Spielchen, wenn man mit jemandem nichts mehr zu tun haben will. Ich weiß allerdings nicht, was ich Ihnen getan haben soll."

[103] wörtlich: Ich werde Hirsch! Ausdruck freudiger Überraschung.

„Nix. Null. Des isse Missvaständnis. Des is mia schun mol bassiat. On wenn hosch du die Brieflin gschriwwe?"
„Na, an den Tschief, den berühmtesten Tschief der Welt natürlich. Ich dachte, Sie freuen sich über die Anrede."
„Donn isses klaa, isch hab schun ä Weil nimmie moin alde Briefdräga, dea is aa in Pengzioon, un do kumme laufend neie, die kenne misch nadialisch nimmie. Donn schigge die äfach alles zrick. Net weidas schlimm, isch will eh am libbschde kä Poschd. Is eh bloß Weabung odda Reschnunge. Awwa des mit denne Brieflin vun dia, des is nadialisch bleed. Saubleed. Awwa wie heedisch aa ahne kenne, dass du mia Brieflin schreibsch? Du! Ausgereschnt. Du unnaschreibsch jo net mol mit de Händ. Isch hab gedenkt, dea kann wahrscheinz gaa net schreiwe, moin Freese."
„Von wegen. Gut, stimmt schon, kein Mensch schreibt heute noch mit der Hand, aber ich dachte, gerade Sie freuen sich über einen Brief. Einmal habe ich Ihnen sogar eine Postkarte geschickt, die ist wahrscheinlich auch nicht angekommen."
„Nää. Dud ma leid. Aiig."

Nachdem das Missverständnis endlich ausgeräumt war, zeigte Kommissar Günda seinem staunenden Assistenten sein neues Zuhause, infolge des Kornfeldbesuchs nun ein wenig mehr in Schuss. In der Mitte der Wohnstube stand ein großer Tisch, der sogleich die Aufmerksamkeit des Besuchers erregte: „Oh, Sie spielen Memory."
„So ähnlisch."
Freese besah sich die Bilder genauer und wunderte sich: „Stimmt, das sind keine Memory-Karten, das sind Fotos. Moment, das sind ja lauter Fotos von Frauen. Wo kommen die denn her?"
„Ausgedruckt."
„Oh. Dann störe ich Sie doch gerade."
„Wisso?"

„Nun, ein Glas Wein, Fotos von Frauen, das sieht aus, als wollten sie sich einen romantischen Abend machen.“
„Wie?“
„Manche der Damen sind ja in durchaus ansprechender Pose. Aber alles noch im Rahmen, da gibt es ja wahrlich ganz andere Motive.“
„Hä?“
„Sie erfreuen sich in Ihrer Freizeit ein bisschen am Anblick fremder Frauen. Die haben sich offenbar ganz gerne ablichten lassen und die Fotos ins Netz gestellt. Da ist ja nichts dabei. Ich verstehe das. Sie sind halt auch nur ein Mann.“
„Freese, des is kä Fagnieje[104], des is Äawett.“
„Das ist was?“
„Aabeit is des, un was fa.“
„Sagen Sie bloß, Sie arbeiten mittlerweile als Privatdetektiv.“
„Nää.“
Kommissar Günda druckste. Immerhin war sein Assistent bekannt als Frauenheld, da konnte er nicht mithalten. Dann gab er sich einen Ruck: „Was solls. Des sin Kandidadinne.“
„Für was?“
„Wie fa waas? Fa misch.“
„Äh… nochmal: Für was?“
„Drei Mol deafsch du roode. Isch hab gedenkt, des wäa dei Spezialgebiet, Fraue.“
„Sie suchen eine Frau?“
„Eigendlisch net. Awwa de Weize mähnt, isch sott[105]… swäa Zeit… un sei Rossie mähnt des aa un soggaa DMarioon.“
„Und Sie haben jetzt mal im Netz gesucht, einfach so, ins Blaue?“
„Nää. Isch bin im Sischdähm[106]. Voll.“

---

[104] Vergnügen
[105] sollte
[106] System

Er erzählte ihm von der Aufgabenverteilung und vom ausgeklügelten Ablauf des Ganzen. Freese schwankte zwischen Belustigung und Sorge, schließlich kannte er seinen ehemaligen Chef: „Haben Sie die Frauen denn schon getroffen?"
„Isch glaab, teils. Nää, des heeßt, des hawwisch."
„Und?"
„Was unn? Jetzt fängsch du aa noch dodemit oo. Nix unn. Hea mol, wie machsch du des als, dass du net duaschenanna kummsch bei denne viele Fraue?"
„Tschief, das ist lange her, ich bin ja mittlerweile fest liiert, wir erwarten unser erstes Kind."
„Ä Bobbele[107]? Vun ähnare?"
„Wie?"
„Isch mähn, du willsch mia saare, du hosch bloß noch ää Fraa, un vun derre griggsch du was Klähnes? Net vleischt doch vun mehrare?"
„So ist es. Hab ich Ihnen alles geschrieben."
„Wie kummtn des? Kennisch die?"
„Nein, aber das holen wir nach, versprochen. Jetzt kümmern wir uns erst mal um Sie. Frau Helche – von der habe ich übrigens Ihre Adresse –, Frau Helche meinte, Sie seien derzeit vielleicht ein wenig überfordert."
„Ein weenisch? Du bisch guud. Des leeft jo alles iwwas Gündanett. Die schidde misch zu mit Oogeboode. Do gugg, des aa noch! Halwa vagesse."
Er deutete auf den Bildschirm.
„Aus Irland? USA? Südafrika? Respekt, Tschief!"
„Isch wills als gaa net wisse."
Freese staunte. „Das sind ja Anfragen aus der ganzen Welt. Und viele heißen *Annie*. Interessant."
„Finsch? Freese, kannsch du mia net bissl helfe?"
„Klar, Tschief, was soll ich machen?"

---

107 Baby

„Nimm mia paa ab."
Freese schmunzelte: „Das geht nicht, wie gesagt, ich bin vergeben."
„Schun varrickt. Fria hosch du än Haufe ghabt un isch net, un jetz isses umgekeat. Folgendes: De Weize hot mia die mol ausgedruckt. Un jetz hawwisch aa noch vun demm ä Haus-uffgab. Isch soll mol ä Räänking mache. Awwa wie?"
„Hm. Also ich würde zum Beispiel… Darf ich?"
„Bidde."
Freese betrachtete die Fotos eingehend und begann, sie zu sortieren. Kommissar Günda bemühte sich gar nicht erst, die entstehenden Kategorien nachzuvollziehen, und ergab sich durchaus erleichtert in sein Schicksal. Er war froh, dass Freese die Regie übernahm, stellte ihm Stift und Papier zur Verfügung und war geradezu euphorisch, als er seinen Assistenten schon bald Punkte verteilen sah. Wofür auch immer. Bisweilen fragte Freese nach, aber Kommissar Gündas Antworten blieben wenig hilfreich: „Des weeßisch nimmie… Des kann sei… Welli waa des nochmol?"
Schließlich war es geschafft. Fein säuberlich von oben nach unten geordnet lagen vor ihnen die 48 Frauenfotos, jeweils versehen mit einer Gesamtpunktzahl. Nummer 1 hatte stolze zweiundneunzig, Nummer 48 lediglich drei Punkte."
„Wie beim Grang Brie[108]. Subba."
„Wollen wir es nochmal durchgehen?"
„Net needisch, Freese."
„Das heißt, es entspricht Ihrer Einschätzung, Tschief?"
„Voll. Bessa heedischs net mache gekennt."

---

[108] Grand Prix

**Der Klügere gibt Recht.**

Axel Kornfeld hatte sich auf eine weitere Nullrunde eingestellt, umso überraschter war er, als sein Schützling tatsächlich mit einer großflächig ausgearbeiteten Tabelle aufwartete, fein säuberlich ausgestattet mit Punktewertung und Erläuterungen.
„Hea, Günda, wie hoschen des uff ähmol gschafft?“
„Gonz äfach, Weize, isch hab misch mol bissl gonzendriat. Un donn waa die Sach klaa.“
„Alda Schlabbe[109], Reschbeckt. Un soggaa mit Bungde. Un indressant isses aa noch. Des heedisch net vamuut, des Agebnis.“
„Waas?“
„A dei Fafforiddin.“
„Äh…“
„Hoiisch, Rossie, hosch des mitkriggt, wea dass demm Günda sei Fafforiddin is?“
„Nää, vazehl!“
„Demm Günda sei Fafforiddin, des is die Gealinde.“
„Hea uff! Die mit denne drei Deschda un dem Soohn, dea wu noch älda is als wie sie? Des heedisch net gedenkt.“
„Isch aa net. Isch heed jo ähnda[110] DSabbl genumme.“
„Isch aa“, entfuhr es Kommissar Günda. Er biss sich auf die Zunge und spürte, wie er erblasste.
„Moomendemol!“, stutzte Kornfeld. „Was heeßtn des?“
„Äh, nix weidas. Die wäa nadialisch aa guud, DSabbl. Die sin jo alle guud.“
„Soll des heeße, du hosch gelost? Aare zu un mim Finga druffgedabbt?“
„Nää, uff kähn Fall! Des deedisch doch net mache bei soämme wischdische Thäämaa.“

---

[109] Wörtlich: Alter Schuh! Ausdruck von bewundernder Anerkennung.
[110] eher

„Dann isses rescht", erwiderte Kornfeld lauernd. „Aaba?"
„Alla guud, isch hab bissl gholfe kriggt."
„Vun wemm? Bstimmt vun de Marioon, des is net schlimm weidas, des geht in Orddnung."
„Net direkt."
„Rossie, kumm mol hea, sei so guud, sgibt ä Probblähm."

Nun, spätestens unter Rosie Kornfelds prüfendem Blick brachen die Dämme, kleinlaut räumte Kommissar Günda ein, dass sein ehemaliger Assistent ihm zur Seite gestanden hatte.
„De Annaschda[111]? Oh liewi Zeit! Des is jo de absolutt falsche Monn! Dea hots zwaa mit de Fraue, isch weeß des schun, awwa doch net fa disch, Günda! Du bisch doch grad än Oofänga uff demm Gebiet."
Kommissar Günda setzte zum Widerspruch an, versicherte dann aber doch, um Nachfragen zu entgehen, er habe großen Wert darauf gelegt, dass bei den Wertungen all seine Maßstäbe sorgfältig eingehalten wurden.
„Maßsteeb? Du hosch jo wahrscheinz gaa kähni."
„Awwa wohl."
„So? Auf! Saach mol paa! Isch höare!"
„Zum Beispiel die Hoa…"
„Unn? Was is mit denne? Wie misse die sei?" Kornfeld hakte unerbittlich nach: „Korzz, long, glatt, struwwelisch, groo[112], bloo[113], ffiolett? Auf!"
Reichlich bedröppelt zuckte Kommissar Günda mit den Achseln.
„Isch muss saare, isch bin enttäuscht, Günda. Schwea. Mia hawwe uns so viel Mieh gewwe, un jetz des. Isch mähn, was solle mia dodemit oofange. Des is u-brauchbaa. Des is demm

[111] Freeses Spitzname
[112] grau
[113] blau

Freese soin Schdeil, awwa doch net deina. Awwa isch hab mia des glei gedenkt. Null Iwwa-Eistimmunge mit uns. Null. Was saarisch, wennischa wie null."
„Wie, Iwwa-Eistimmunge mit eisch?"
„A, mia hawwe nadialisch aa ä Räänking gemacht, voasischtshalwa, un do basst nix. Günda, wenn du net mitschaffsch, donn gibt des nix. Awwa des is dei Leewe. Bidde."
Kornfeld schien ernsthaft gekränkt.
„Saarisch doch. Mia langts eh."
„Siggsch. Isch hab das gsacht, Rossie, dea is zu labil. De Günda, dea brauch kä Fraa, dea brauch ä Bobb[114] odda noch bessa glei ä Roboddariine. Die mescht demm soin Haushalt – Kadaschdroof ibbrigenz – un hält die Gosch. Des wäa obdimaal fa denn."

Normalerweise hätten ihn Axel Kornfelds harsche Äußerungen aufgebracht, doch das anhaltende Schweigen seiner Frau machte ihm ein schlechtes Gewissen. Er fühlte sich wie ein missratener Sohn mit seinen fürsorglichen, von ihm enttäuschten Eltern. Dazu passte es durchaus, dass Rosie Kornfeld nun ihre Hand mütterlich auf seine legte: „Günda, jetz mache mas so. Du hältsch disch mol raus, entsponnsch disch bissl. Mia stobbe die Beweabunge. Un mia iwwaleje uns was. De Axl, die Marioon un isch. Mia krieje des schun hie, Günda. Un weje mia nämme ma de Annaschda noch mit dezu. Hosch du grad demm sei Häändi?"

Und so geschah es. Man traf sich zum Krisengespräch im Roten Ochsen. Im Biergarten. Ohne Kommissar Günda. Zunächst überwog ein freundlich-unverbindlicher Austausch, dessen Tonlage durch Fritjof Freese bestimmt wurde: „Herr Weizen,

---

114 Puppe

schön Sie zu sehen. Da kann ich nur sagen: Und ö? Wie jö?[115] Ich weiß, was Sie darauf zu mir sagen wollen: Sölba[116]! Haha. Es ist wirklich so, als wenn ich nie weg gewesen wäre. Sie glauben gar nicht, wie ich dort oben in Norddeutschland aufgezogen werde. Nur weil ich völlig Dialekt sprechen tuhe. Oh! Alla Daale[117]!" Er deutete auf Rosie Kornfeld. „Das ist also die Ihrige."

„Gönau, des is Meini. Un do waa de Tschief schun mol aiig druff, awwa kä Schangs!"

„Hea doch uff, Axl."

„Was woa is, des muss woa bleiwe. Un mia babble doch do offe middenanna. Grad zu demm Thäämaa."

Marion Helche erschien mit Getränken, Freese spielte seine ganze Dialektroutine aus: „Oh, Marijonne! Kuck mal daher[118]!"

In der Sache allerdings verhärteten sich die Fronten schnell. Die Inaugenscheinnahme der Frauen – man hatte dafür eigens mit vereinten Kräften aus dem Gastraum einen größeren Tisch herbeigeschafft, damit man die Fotos übersichtlich verteilen konnte – löste einen erbitterten Disput aus.

„Die? Im Leewe net."

„Awwa die, isch glaab s-hackt."

„Die is mia gaa net uffgfalle, waa die iwwahaupt do?"

„Des waa doch die mit demm dabbische Hiidl."

„Also die sehe ich eher im unteren Mittelfeld. Als Ersatz."

„Härr Annaschda, seie Sie mia net bees, awwa vun Fraue, do hawwe Sie noch wennischa Ahnung als wie vun Gliggabacharisch."

„Das nehmen Sie zurück!"

---

[115] korrekt: Unne? Wie?

[116] korrekt: Selwa

[117] korrekt: Aldale

[118] korrekt: Guggemoldo

Jede der Aspirantinnen wurde auf den Prüfstand gestellt, die Meinungen gingen völlig auseinander, kein Konsens schien in Sicht, und so wurden die Kontroversen sehr bald laut. So laut, dass irgendwann Inga Mertens aus dem Nebenraum trat: „Was ist denn hier los? Krach in Glickerbach? Oder wird etwas gefeiert?"
Marion Helche war das unangenehm, sie bat um Entschuldigung für die Störung, hatte jedoch sogleich eine Idee: „Fraa Doggda, mia hawwe tatsäschlisch ä Probblähm, un mia kumme äfach net zuänanna. Isch sachs mol so: Mia bräuschde ä Mediazioon. Deede Sie des mache? Dauat aa bstimmt net long."
„Kä schleschdi Idee", lenkte Kornfeld ein. „Isch leg misch glei mol hie. Des geht guud uff denne Schesslong[119]."

Inga Mertens zögerte, das Umfeld war ihr eigentlich zu nah, aber wenn Frau Helche darum bat? Allerdings war da dieser impertinente Mensch involviert, der sie auf diese unmögliche Art zum Objekt seiner Kuppelei machen wollte.
Schlussendlich überwog bei ihr dann aber doch die Neugier, was wohl hinter dem Ganzen stecken mochte. Was für eine seltsame Konstellation, zwei Frauen, zwei Männer. Neben dem Möchtegern-Beziehungsmanager ein smarter Mittdreißiger, der sie an ihren Ex-Mann in einem späteren Stadium ihrer Ehe erinnerte. Durchaus gutaussehend, aber mit einem ersten Hang zum Weichlichen. Sie tippte auf eine Co-Schwangerschaft.

Indes, hätte Inga Mertens geahnt, worum es ging, sie hätte diese Aufgabe definitiv nicht übernommen. Hier hatten sich doch tatsächlich Menschen zusammengefunden, um für ihren Freund, Schrägstrich ehemaligen Kollegen eine ideale Partnerin aus einem Pool von 48 Frauen herauszufiltern. Wenn sie sich schon Scheidungen ersparte, musste das ja wohl nicht sein.

---

[119] Sofas

Andererseits, sie hatte die Aufgabe nun einmal übernommen. Sie appellierte an sich, dass es ihr nicht zustand, ein moralisches Urteil zu fällen. *Konflikt ist Konflikt*, dachte sie, und war es nicht ihr Job, um nicht zu sagen ihre Berufung, Konflikte jedweder Art beseitigen zu helfen? Außerdem wäre es bestimmt schwierig, ihre plötzliche Weigerung zu erklären, zudem atmosphärisch ungeschickt gegenüber ihrer Vermieterin.
Und womöglich schlicht zu spät, die Herrschaften hatten ihre Kontroverse mit Macht angefacht. Was ja mindestens ebenso viel Idiotisches hatte wie Rührendes.

„Also gut. Bin gleich wieder da."
Sie holte aus dem Nebenzimmer ihr Arbeitsmaterial, Flipchart, farbige Karten, Magnete, Eddingstifte.
Axel Kornfeld war begeistert: „Subba! Isch babb glei mol die Weiwa druff, kamma die viel bessa vagleische."
„Aber..."
„Nänää, kä Soiigg, kä Räänking, grad irgendwie druffgebabbt. Kä Voa-Entscheidung. Vasproche."
Er machte sich ans Werk, und noch während er die Fotos auf dem Flipchart befestigte, ging die Diskussion wieder los. Sie war perplex, mit welchem Einsatz, welcher Energie, welcher Entschlossenheit ans Werk gegangen wurde. Wäre es nicht so lächerlich, man könnte fast von einer regelrechten Fachsimpelei sprechen.
„Was mähnen Sie?" Marion Helche blickte ebenso treuherzig wie sorgenvoll.
„Ich? Ich kann und will dazu nichts sagen." Selten fiel es ihr so leicht, sich eines eigenen Urteils zu enthalten. „Um es besser zu verstehen: Sie sind also von Ihrem Freund mit der Suche nach einer passenden Frau beauftragt worden."
„Ja!"
„Wie mas nimmt."
„So kamma des net saare."

„Also ich bin eigentlich nur als Gast dabei."
„Ehe wir das vertiefen: Wie weit ist denn das Verfahren gediehen, ist es bereits abgeschlossen?"
„Ja!"
„Nää."
„Vorläufisch."
„Isch plädiere dafür, dass Rennen offen zu halten. Aber ich bin ja nur Gast."
„De Freese hot Rescht. Isch mähn, isch hab imma gsacht, isch gugg misch weida um, aa uffm freie Maiikt."
Immer wieder tat sich dieser massige Mann hervor, Inga Mertens verspürte das dringende Bedürfnis, ihm die Grenzen aufzuzeigen. Sie musste sich schwer beherrschen.
„Apropoo, isch weeß jetz gaa net, hawwisch schun mol mit Ihne gsproche, ob Sie aa Indresse heede? Isch bin ma net so sischa. Vorghabt hawwischs uff jedn Fall."
„Axl! Bidde!" Rosie Kornfeld klopfte mit der flachen Hand energisch auf den Tisch. „Des kannsch doch net mache."
Inga Mertens musste an sich halten, ein selten dreister Typ. Noch dazu ein Ignorant. Wollte er damit sagen, er könne sich nicht an ihr Gespräch erinnern? Er habe sie vergessen? „Doch, doch, Sie haben auch mich kontaktiert, aber wir waren uns wohl beide sehr schnell einig, dass das nicht in Frage kommt."
„Stimmt! Jetz a-inna isch misch widda. Sie hawwe jo glei die Gralle ausgfahre. Nänää, fa unsan Tschief, do brauche ma was annares. Jetz nix geje Sie, awwa isch stell ma mea soä Mischung voa vun Zussi Kwaddro[120] un Soffia Lorään[121]."
„Droom weida!" Der Einwurf kam von der Nebensitzerin. „Des heedsch du wohl gärnn."
„Nää, Schätzl! Isch, isch will bloß disch, des weesch du doch."
„Do hosch awwa Glick ghabt, grad noch die Kuaff griggt."

---

[120] Suzi Quatro
[121] Sofia Loren

Sie hatte schon die ganze Zeit darüber nachgedacht, wie sie aus dieser Nummer erhobenen Hauptes herauskommen könnte, nun, da hier endgültig Chaos auszubrechen drohte, hatte sie eine rettende Idee: Sie könnte die unwürdige Diskussion über einzelne Frauen ganz leicht beenden, denn es verstand sich von selbst, die Bewertung – so fragwürdig eine solche grundsätzlich war –, die Entscheidung konnte nur einer fällen: der *Bachelor*. Ja, zugegeben, das gehörte zu ihren heimlichen Schwächen. Nach einem langen, anstrengenden Arbeitstag schaute sie gelegentlich solchen Schwachsinn im TV. Mit der notwendigen Distanz, versteht sich.
„Darf ich Sie kurz um Ruhe bitten. Eine Mediation macht nur Sinn, wenn alle Betroffenen beteiligt sind. Mir stellt sich die Frage, ob dies hier der Fall ist."
„Wisso? Wea sollen fehle?"
„Vielleicht der Mann, um den es hier geht? Für den eine Partnerin gesucht wird? Den Sie ja bereits allerorten vollmundig angepriesen haben."
Sie erteilte Kornfeld einen unverhohlen tadelnden Blick.
„A so, jetz hawwischs vastanne. Des hot kähn Docht mit demm. Dea kann des net. Des hawwe mia schun browiat, awwa dea kummt äfach net weida. Dea kann des net beuadeile."
„Stopp, Axl! Donge, Fraa Doggda! Sie sehe des aa so wie isch. Dass des was gibt bei de Liebe, muss des so laafe: Ma sieht sisch, un donn meschts *TSUUM*."
„Des glaawisch net", widersprach Marion Helche. „Bei mia hots schun so oft *TSUUM* gemacht un späda bloß noch *Pfff*."
„Herr Annaschda…" Kornfeld suchte einen Verbündeten. „Sie sin die gonz Zeit so still, was mähnen Sie?"
„Ich muss gestehen, ich habe nicht alles verstanden. Was mich übrigens sehr wundert."
„Misch net. Allo, wie hawwen Sie des fria gemacht? Sie haben eine Freundiin un vleischt noch eine aandare. Un donn?"
„Ach, das meinen Sie. Das ist lange her, wie gesagt, ich bin ja

jetzt fest liiert. Für mich bestand damals immer die größte Gefahr darin, dass sich die Frauen begegnen, und ich steh mittendrin und soll mich entscheiden."

Und wieder war er da, dieser besondere Moment, mit dem Inga Mertens bei dieser sehr speziellen Mediation allerdings niemals gerechnet hätte.

„Des isses! Sie hawwe die Sach gönau uff de Punkt gebrocht!" Axel Kornfeld ging als erstem ein Licht auf. „Un Sie nadialisch aa, Fraa Doggda."
„Ich verstehe nicht ganz." Freese schien seine alte Rolle wieder gefunden zu haben.
„Gonz äfach: De Tschief muss entscheide. Awwa weila des mit ähnare net kann, mussa des mit mehrare, am beschde mit allene."
„Stimmt."
„Des isses."
„Mein Chef zusammen mit diesen 48 Frauen? Gleichzeitig? Aber das ist doch Wahnsinn." Freese schien sich gerade in dessen Lage zu versetzen.
Inga Mertens holte erleichtert Luft: „Das sind ja dann Detailfragen, dafür brauchen Sie mich nicht. Wir haben also ein Ergebnis."
„Uff jedn Fall."
„Do keende ma eigendlisch ähna druff lupfe!", strahlte Axel Kornfeld. „Obwoohl, ä klähnes Probblähm, des bleibt nadialisch: Was mache mia mit denne annare siwwenefärzzisch, die wu donn am End einsam, draurisch un valosse iwwarisch bleiwe? Isch habs, mit denne meditiat unsa Fraa Doggda!"

## Aufgedrängte Bereicherungen

Insgeheim beneidete Inga Mertens das Objekt der Bemühungen. Dieser frühere Kommissar hatte ohne Zweifel ganz besondere Freunde. Auch wenn das Ansinnen dieser Viererbande selbstredend indiskutabel war, sie meinten es gut mit ihm, machten sich Gedanken und waren bereit, sich für sein Glück ins Zeug zu legen. Ohne etwas dafür zu wollen.

Solche Freunde hatte sie nicht. Nicht einmal solche Freundinnen. Sicherlich auch ein Ergebnis ihrer lebenslangen Grundhaltung. Bei ihr musste alles ausgeglichen sein. Darauf kam es ihr schon immer an. Den einprägsamen Namen für ihre Kanzlei verstand man gerne und zu ihren Gunsten miss, man bezog ihn auf ihr ausgleichendes Wesen, ihr Gespür für Fairness, ihre Fähigkeit, Menschen sich aufeinander zu bewegen zu lassen. Deshalb war der Name ja auch so genial. Eine Werbeagentur hatte ihn ersonnen, als sie überlegt hatte, wie sie als Mediatorin auf sich aufmerksam machen könnte.
„Was sind denn Ihre besonderen Skills?", hatte sie der junge Mann in der Agentur gefragt, nachdem ihm das Prnzip der Mediation kurz erläutert worden war. Sie hatte von ihrem ausgeprägten Gerechtigkeitsempfinden erzählt. Wie sie das von klein auf begleitet hatte. Schon zu Schulzeiten sei sie bekannt dafür gewesen, sich um faire Lösungen zu bemühen.

In Wahrheit hatte sie es nie ertragen können, jemandem etwas schuldig zu sein. Deshalb hasste sie es bis heute, andere um etwas zu bitten. Sie verspürte sofort den Zwang, die Schuld baldmöglichst und vollständig zu tilgen. Selbst wenn sie etwas geschenkt bekam, setzte sie alles daran, umgehend etwas Gleichwertiges zurückzugeben. Wenn das aus ihrer Sicht gelungen war, hatte sie schon als junges Mädchen gerufen: „Jetzt sind wir quitt!"

So war es gekommen, dass sie in ihrer Schulzeit alsbald *die Quitte* genannt worden war. Eine nicht unbedingt schmeichelhaft gemeinte Bezeichnung. Sie hatte allerdings keine Veranlassung gesehen, den wahren Hintergrund diesem Werbefuzzi auf die Nase zu binden.
Der hatte kurz nachgedacht und dann vorgeschlagen, das sei doch ein prima Name für so eine Mediations-Praxis: *Quitt.*

Sie hatte in Anbetracht der tatsächlichen Vorgeschichte widersprechen wollen, aber dann hatte sie innegehalten. Ihr Mädchenname war Jablonski. Inga Jablonski, das hatte ihr noch nie gefallen, weshalb sie mit wehenden Fahnen den Namen ihres Mannes angenommen hatte. Und nach der Scheidung behalten. Verdientermaßen, versteht sich, es hatte in dieser Ehe genügend quälende Momente gegeben. Dazu gehörte auch, dass ihr Ex-Mann ihr in ihrer gesamten Beziehung immer irgendetwas geschenkt, besser gesagt aufgedrängt hatte. Ohne freilich etwas dafür haben zu wollen, wie er stets unerträglich unterwürfig betont hatte. Aus purer, selbstloser Liebe, so seine gerne gesäuselte Erklärung. Was für sie nur noch fordernder geklungen hatte: *Lieb mich gefälligst zurück!*

Wenn sie jetzt ihre Mediationspraxis unter dem Namen ihres Ex-Mannes führen würde, wäre das doch wie ein weiteres, wenn auch unfreiwillig gemachtes Geschenk. Das konnte und wollte sie nicht annehmen. Damit schied der Name Mertens endgültig aus.
„Okay, einverstanden: *Quitt.* Dann aber bitte mit Doktor."
„Ein Doktortitel macht sich immer gut. Sie sind also Mediationsdoktorin, interessant!"
„Nein, ich habe in Kunstgeschichte promoviert", korrigierte sie ihn.
„Das passt ja noch besser", hatte er befunden und sie keine Veranlassung gesehen, ihm zu widersprechen.

Inga Mertens ertappte sich dabei, dass sie nachsann, wie das in ihrem Leben mit der Liebe gewesen war. Hatte es je *ZOOM* gemacht? Oder wenigstens *Tsss*? Oder nicht doch zumeist bloß *ts ts ts*?
Waren ihre Ansprüche zu hoch? Geriet sie letztlich immer an die falschen? Müssten Mediatorinnen vernünftigerweise Mediatoren heiraten? Und dann Mediatorenkinder bekommen?
Zur Belohnung?

Anders gefragt, welchen Männertypus würden neutrale Beobachter wohl für sie wählen? Vielleicht sollte sie auf ihr Honorar verzichten und die vier Herrschaften stattdessen bitten, für sie tätig zu werden.

Und da war sie wieder in ihrem Element, die Quitte.

## Kennenlearning by Doing

Wären Kommissar Günda diese Gedanken zu Ohren gekommen, er hätte zumindest abgewiegelt. *De Weize, de Freese? Froind zu mia? Isch weeß net.* Mit diesem Begriff ging er schon sein Leben lang zurückhaltend um. Beide waren in erster Linie ehemalige Arbeitskollegen. Freese könnte zudem sein Sohn sein. Gut, das Verhältnis hatte sich im Laufe ihrer Zusammenarbeit sehr rasch positiv entwickelt. Aber es war nie über ein bestimmtes Maß hinausgegangen, was den Begriff *Freund* gerechtfertigt hätte. Und *de Weize*? Der hatte tatsächlich eine Wandlung durchgemacht, fast eine Verwandlung und sich jetzt erfolgreich in sein Leben geschlichen. Sofern man bei diesem massigen und immer noch nicht leisen Typ von *schleichen* reden konnte. Er erinnerte sich noch allzu gut, wie sich Kornfeld immer am Rande der Peinlichkeit bewegt hatte. Keine Gelegenheit ausgelassen hatte, Frauen anzubaggern. Bis ihn seine Rosie eines Tages vor die Tür gesetzt hatte. Das schien ihn nachhaltig geläutert zu haben. Kornfeld hatte ihm nicht vergessen, dass er sie auf irgendeine Art wieder zusammengebracht hatte. Auch wenn er zugeben musste, *Rossie un de Weize*, das blieb schon rätselhaft. Wo die Liebe eben hinfiel.

Natürlich war es rührend, wie sich alle um ihn kümmerten. Aber irgendwie ging es doch auch zu weit. Es kam doch genau betrachtet einer Entmündigung gleich.

In einem Anflug von Trotz schaltete er den Computer an. Schon seltsam, auf diesem Wege in Kontakt zu treten, Menschen kennenzulernen. Und dann? Es gab so vieles, was in der Liebe falsch laufen konnte. Wusste er? Ahnte er? Fürchtete er? Hatte er jedenfalls gehört…

Ihm kam ein Gedanke: Vielleicht fühlten sich ja die falschen Frauen angelockt durch dieses System einer Freundin, die für ihn aktiv wurde. Und wenn er sich nun ganz frech ein eigenes Profil zulegte? Sein Leben selbst in die Hand nahm?

Konnte ja kein Hexenwerk sein. *Auf! Browiare mas mol!*
Was war er denn? *Än Monn.*
Was suchte er? *Ä Fraa.*
*Hm. Bissl wennisch.*
Obwohl, gab es da nicht solche Portale, bei denen man gar nicht mehr Angaben brauchte? Wo man sich spontan und anonym für ein einmaliges Treffen verabreden konnte? Hatte er jedenfalls gehört.
*Lust auf ein Abenteuer? Dann los!*
Umsichtig, wie seine Beziehungsförderer waren, hatten sie auch diese Herangehensweise kurz in Erwägung gezogen, dann aber davor gewarnt. Eindringlich.
„Jo net, Günda, des is nix fa disch. Des is was fa absoludde Proffii."
Auch Marion Helche hatte abgeraten, Rosie Kornfeld sowieso. Einzig Freese hatte zu bedenken gegeben, das sei doch gerade für Anfänger – *Oofänga, isch? Pfff! Jetz nimmie!* – ideal, praktisch, weil herrlich unverbindlich.

In der Tat, er spürte gerade, es gab durchaus einen Reiz, eine Verlockung. Es war wie die verführerische Warnung bei kleinen Kindern: „Diese Tür, die darfst du auf gar keinen Fall öffnen. Versprich mir das!"
*Oukey, grad ä klää bissl gugge.*
Er klickte ein paar Mal, und siehe da, es schien alles ganz einfach. Keine umständlichen Profilangaben. Lediglich *Mann sucht Frau*, und wie sich prompt zeigte *Frau sucht Mann.* Und zwar überaus zielstrebig:
„Wann?"
„Jetzt."
„Wo?"
Tja, gute Frage. Hier am Hopfeloch? Zu nah, deshalb: „Heidelberg!"
„Geilo, ich kenne da ein romantisches Hotel."

*Hmpf*, dachte er. Das war wohl der übliche Ton. *Was solls. Korzz dusche, umziehe, hiefahre.*
„Treffpunkt alte Brücke? In einer Stunde?"
„Jabbadabbadu! Wie erkennen wir uns?"
Gute Frage. Sie brachte die Situation ganz schön *briggInd* auf den Punkt. Was taugte für solche Fälle als Erkennungszeichen?
„Ich trage einen Hut."
„Nur einen Hut? Hihihi. Das ist gut."
Ihm war gar nicht klar gewesen, wie zweideutig das zu verstehen war. Seis drum, so würde diese Frau schon nicht auf die Idee kommen, er täte dies hier zum ersten Mal.

Ein bisschen nervös war er schon. So etwas hatte er noch nie in seinem Leben gemacht. Gut, was sollte schon passieren, er konnte ja jederzeit gehen. Man traf sich auch nicht irgendwo im Geheimen, sondern in aller Öffentlichkeit.
Spannend. Nicht einmal ein Foto hatte er von dieser Frau gesehen, er wusste nichts von ihr, und sie nichts von ihm. Man würde sich sehen und dann… nahm das Schicksal seinen Lauf. *Odda aa net.*
Ein bisschen stolz war er auch, das würde ihm bestimmt niemand zutrauen. Tja, sie unterschätzten ihn eben doch alle. Wenns drauf ankam, war er ein Macher.

Die Parksituation in Heidelberg war gewohnt schwierig, es klappte erst in einiger Entfernung vom Ziel, am Ende der Uferstraße. Etwas gehetzt machte er sich auf den Weg. Endlich erreichte er die Alte Brücke.
Ihm fiel auf, sie hatten ja gar nicht festgelegt, wo genau sie sich treffen wollten. Die Brücke war lang und sehr belebt. Nun gut, er würde jetzt erst einmal seinen Hut aufsetzen. Vorher hatte das keinen Sinn gehabt, er hatte es auch als unpassend empfunden, mit einem Tirolerhut durch die Stadt zu laufen. *Bleed*, noch dazu so ein Tirolerhut mit Ansteckern und goldenem Wander-

abzeichen. Er hätte schwören können, irgendwo in der Hütte läge sein schicker Strohhut, den er fürs Angeln gekauft hatte, aber auf die Schnelle hatte er ihn nicht finden können. Und so hatte er sich eben diesen Tirolerhut geschnappt, der in der Hütte gleich neben der Tür an einem Haken hing. Vermutlich seit *fuchzisch Joa.* Den dazugehörigen Wanderstock hatte er wohlweislich zu Hause gelassen.
Sollte er Ausschau halten? Oder lieber irgendwo in der Mitte der Brücke stehen bleiben und einfach warten, bis er entdeckt werden würde?
*Net so äfach. Awwa des hot was.* Kein Wunder, dass sich dieses sehr spezielle *Dejding* so großer Beliebtheit erfreute. Das konnte er schon nachvollziehen. Er entschied sich für eine Kombination. Erst mal *gonz logga iwwa die Brick schlabbe.* Unauffällig und, wie er fand, gekonnt lässig schlenderte er über die Alte Brücke und besah sich die anderen Passanten. Pärchen – *die schun mol net* –, Asiaten – *wahrscheinz aa net.* Eine Gruppe Jugendlicher tauchte auf – *uff kähn Fall.* Keine alleinstehende Frau weit und breit.
Er postierte sich am Eingangstor zur Brücke.
*Net guud,* sogleich fanden sich kichernde Asiatinnen, die ihn fotografieren wollten – *des fehlt ma grad.*
Er änderte abermals den Standort. Dann halt schön mittenrein. Blick in die Ferne gerichtet, ins Neckartal. Elegisch, *ramondisch,* geheimnisumwittert, undurchschaubar und doch zu allem bereit.
„HALLO, FREMDA!“, ertönte es durchdringend. Die Stimme kam ihm gleich bekannt vor. Das konnte doch nicht…
Er tat, als hätte er nichts gehört und zog seinen Hut tiefer ins Gesicht.
„ISCH HAB GSACHT: HALLO, FREMDA!“
Er spürte, wie sich etliche Brückenbesucher umdrehten, zu schneidend die Stimme, als dass man sie weiter ignorieren könnte. Fieberhaft überlegte er, wie er dieser Begegnung entgehen könnte. Diese Stimme war unverwechselbar. Das musste Gertrud Menzlerschweikert sein, die ehemalige Gemeinde-

vollzugsbeamtin in Glickerbach. Aber war die nicht mittlerweile verheiratet?
„HOSCH DUS MIT DE OARE? ISCH BINS, DEINE GEHEIMNISVOLLE KUAFÜASTIIN. KUMM SCHÄÄ ZU MIA!"

Keinesfalls durfte er ihr in die Hände fallen. Diese Frau war zu allem fähig. Mehr als einmal hatte er das zweifelhafte Vergnügen gehabt, ihr zu begegnen. Nie hatte sie ihm verziehen, dass er auf ihre Avancen gleich zu Beginn seiner Tätigkeit in Glickerbach nicht eingegangen war. Sogar ein Buch hatte sie ihm geschenkt, *50 Shades of Grey*. Ohne Absender, aber ihm war gleich klar gewesen, woher das kam. Nie hatte er ein Wort darüber verloren. Was nicht zu ihrem Wohlwollen beigetragen hatte.

Er musste den Hut verschwinden lassen. Aufessen?
Oder doch lieber ein kurzer Sprint? Abhauen?
Aussichtslos, die Brücke war viel zu voll, sie würde ihn einholen, ein gellender Schrei wie im Film *Invasion der Körperfresser* würde genügen, und alle auf der Brücke würden auf ihn Jagd machen. Es gab nur eines: von der Brücke springen. Doch es war gerade ungünstig, ein Ausflugsdampfer ließ sich gemächlich unter ihnen durch den Neckar treiben.

Da, ein Martinshorn! Polizei. Er könnte sie des Stalkings bezichtigen. Überhaupt, es könnte ein Irrtum vorliegen, Männer mit Hut gab es… selten bis *gaa nimmie*. Wieso hatten die Männer die Wertschätzung für solch eine feine Kopfbedeckung verloren?
„AUF! DU HUTSIMBL! UFF WENN WAATSCHN, UFF DE FRIHLING, UFF DIE KÄAWE? ISCH WÄA BEREIT. FA ALLES! LEZ GET REDDII ZU RAMMBL![122]"

---

[122] Let's get ready to rumble!

Er atmete tief ein. *Sei ein Mann*, sagte er sich. Er würde sich umdrehen und dann ganz locker sagen: *Ach so, Sie sin des? Schad, kä Indresse.*
Die Polizei kam näher. Vielleicht hatte sie jemand angezeigt? Wegen Ruhestörung. Oder Sachbeschädigung, bestimmt wies die Brücke bereits Risse auf infolge der Schreierei.
„Hände hoch!"
Geschahen tatsächlich noch Zeichen und Wunder?
Selbst wenn sie es nicht war, die da verhaftet wurde, in dem entstehenden Tumult könnte er sich bestimmt unauffällig verdünnisieren.
„Ja, Sie, der Mann mit dem komischen Hut! Hände hoch. Nicht umdrehen, Freundchen." Er spürte, wie er gegen die Brüstung gedrückt wurde: „Keine falsche Bewegung, das Spiel ist aus!"
„AABA DES IS MOINA! DENN HUTSIMBL HAB ISCH MIA RESSAFIAT!", gellte es aus dem Hintergrund.
„Gehen Sie bitte weiter, meine Herrschaften, alle! Auch Sie, junge Dame, es gibt hier nichts zu sehen. Wir suchen diesen Mann schon lange. Dringender Haftbefehl, nach ihm wird in ganz Europa gefahndet."
Hände tasteten ihn ab. So froh er über die unerwartete Wendung war, aber Opfer einer Verwechslung, am Ende Untersuchungshaft, das musste denn doch nicht sein. „Isch…"
„Kein falsches Wort", flüsterte jemand an seinem Ohr. Auch diese Stimme kam ihm bekannt vor. Dann spürte er, wie seine Hände gepackt wurden, Handschellen klickten, jemand drückte ihm den Hut tiefer ins Gesicht: „So Froindschen, das Spiel ist aus! Einsteigen!"
Man bugsierte ihn zu einem Einsatzfahrzeug, er konnte nichts Genaues sehen durch den Hut, jemand schob ihn auf den Rücksitz des Wagens.
„Hea, was sollen des? Ich bin bei de Bollezei, also fria, un isch hab nix gemacht."
„Isch weeß, Günda, zum Glick."

Der Mann auf dem Vordersitz drehte sich um, und er blickte in das ernst-konzentrierte Gesicht von Axel Kornfeld: „Aldale, des waa gnabb[123]. Was hawwisch dia gsacht? Mach des nie mea bidde! Do kannsch du so was vun neifalle. Grad du, Günda, du hosch jo kä Ahnung. Du hosch uns soän Schregge eigjagt, mia hawwe uns so Soiige gemacht. Vaspreschl des, nie mea!"
Die andere Tür wurde geöffnet, sein ehemaliger Assistent ließ sich in die Polster fallen.
„Kennsch denn noch? Deafisch voastelle? Mia sins, die ES EE GE, die Sonda-Einheit Günda."
„Nichts wie weg hier", japste Freese. „Ich glaube, sie hat mich erkannt."
„Wuhea hebbda denn Kaiisch[124]? Escht odda ä Addrabbe?"
„Isch hab halt noch mei Gondaggde. Die hawwisch bissl spiele glosst. Hea mol, wie bischn bloß uff die dabbisch Idee kumme?"
„Hm."
„Saach bloß, du heedsch des tatsäschlisch druff ookumme glosst."
„Uff waas?"
„Uffs Äußaschde nadialisch. Jetz du net so, du hoschs jo fauschtdick hinna de Oa. Bei uns imma so schennant: *Isch weeß net, Fraue, was muss man do mache?* Un donn des."
„Wie hebda misch iwwahaupt gfunne?"
„Leischde Iiwung, Günda, du hoschn Tschipp[125]."
„Än Tschipp hawwisch? Wuä?"
„Des varrodisch dia liewa net. Vleischt brauche ma denn nochmol."
„Un wu bringda misch jetz noo, ins Glooschda[126]?"
„Abba. Zua Eisatzleidariin."

---

[123] knapp
[124] Auto
[125] Chip
[126] Kloster

„Du machst ja vielleicht Sachen!“ Erleichtert legte ihm Wiebke Freese die Hände auf die Schultern und zog ihn an sich, was Kornfeld mit einem anerkennenden Nicken registrierte. „Ist dir was passiert, Günda?“
„Nää.“
„Sei ehrlich. Hat sie dich angefasst?“
„Nää, schlimma!“
„Oh nein!“
„Doch: oogebrillt. Un des is bruddaal bei derre. Isch bin ma zimmlisch sischa, isch weeß, wea des waa.“
„Wer?“
„A demm Bürgameischda Seini.“
„The Voice of Glickerbach“, präzisierte Fritjof Freese. Da haben Sie aber wirklich Glück gehabt, Tschief.“
„Des kamma laut saare. Alladings net so laut wie die des druff hot. Jetz machisch des ähmol, un wenn mussisch vawische? Denn Schrubba. Ausgereschnt.“
„So läuft das eben, Günda, und ich kann dir sagen, da tummeln sich einige, vor denen du dich in acht nehmen solltest.“
„Isch hab gedenkt, uffbasse, des muss ma bloß als Fraa weje de Männas.“
„Von wegen.“
„Sach mol Wibbge, jetz fällt ma des ärscht uff. Gheasch du jetz aa dezu? Weesch du aa schun Bscheid, was die mit mia voahawwe? Hängsch du am End do aa mit drin?“
„Das war nun wirklich purer Zufall, Günda. Ich stöbere gerne ein bisschen rum, hab ja einen großen Bekanntenkreis, da sind etliche, die sich in solchen Single-Börsen tummeln…“
Fritjof Freese bedachte seine Mutter mit einem irritierten Seitenblick.
„Da habe ich doch tatsächlich deine Anzeige entdeckt. Und da musste ich mich sehr wundern. Du und eine Kontaktanzeige? Noch dazu eine ominöse Freundin, die dahinter stecken sollte? Ich hatte Sorge, du bist in irgendwelche Fänge geraten, in die

Hände von Betrügern gefallen. Bin aber jetzt beruhigt, seit ich erfahren habe, dass da dein Freund hier und seine Frau dahinterstecken. Das Ganze in enger Abstimmung mit dir, wie sie sagen.“
„Enge Abstimmung? So kamma des aa nenne. Ibbrigenz, doin Friddi, dea hängt jetz scheinz aa mit drin.“
„Beratend, Tschief, rein beratend.“
„Nicht zu vergessen, eure ehemalige Vermieterin in dieser Gastwirtschaft.“
„DMarioon, gönau. Un mit allene hosch du gsproche weje mia?“
„Ja, und das war auch gut so. Ich hätte ja fast die Polizei eingeschaltet. Ich sage nur *Life is live…*“
Kornfeld schüttelte verständnislos den Kopf.
„Aber zum Glück hat sich ja dann alles aufgeklärt.“
„Des hawwisch jo gaa net mitkriggt. Vazehlt mol!“ Kommissar Gündas Wissensdurst war nicht annähernd gestillt.
„Völlig unwichtig, bei anderer Gelegenheit.“
„Mooment“ meldete sich Kornfeld zu Wort. „Isch vasteh des net, was mit demm *Laif is laif* sei soll. Was issn mit demm Lied? Isch find des subba. Un mei Rossie aa. Du etwa net, Günda?“
„Hea ma bloß uff, des is grausam. Des Schlimmschde vun de Schlimme.“
„Wisso? Du bisch doch soän Rockfähn, hawwisch gedenkt.“
„Eewedrum. Awwa des is jo worscht, Weize, Gschmacksach. Mit Mussisch hosch dus halt net so. Awwa DWibbge! Die hots druff, die kennt sisch aus. Genau moin Fall.“
„Apropoo, guude Idee! Isch denk schun die gonz Zeit, des wäa des Äfachschde. Wenn des so subba is mit derre“, er deutete auf Wiebke Freese, „donn nämm doch glei die!“ In seinem unermüdlichen Bemühen, eine Partnerin für ihn zu finden, kannte Axel Kornfeld keine Grenze, kein Tabu.
Kommissar Günda war diese Wendung peinlich. Er fürchtete, das könnte man sogar an seiner Gesichtsfarbe ablesen: „Äh, Weize, sei ma net bees, awwa…“

„Wir sind gute Freunde“, erlöste ihn Wiebke Freese. „Und das wollen wir auch bleiben, stimmts, Günda?“
„Gönau.“
„Da fällt mir ein, ich habe auch eure Nachmieterin im Roten Ochsen kennengelernt. Gefällt mir übrigens, die Frau.“
„Welli?“
„Entschuldige, ich vergaß, du kommst ja durcheinander, Günda. Diese Mediatorin. Kennst du sie?“
„Bissl“, erwiderte Kommisssar Günda unbestimmt.
„Und?“
„Ach Gott…“
„Die hoddn glei mol zalegt, unsan Günda. So ähni kamma net brauche, gell Günda? Do finne mia paa annare. Un weida gehts!“

Mit diesem abschließenden Appell machte sich Axel Kornfeld auf den Heimweg. Fritjof Freese, der immer mal wieder mit sich gerungen hatte, aber einfach nicht zu Wort gekommen war, zog sich in seine alte Wohnung im Haus seiner Mutter zurück. Übrig blieb Kommissar Günda, dessen Aufbruch Wiebke Freese zu verhindern wusste: „Bleib doch noch ein bisschen, mein Lieber. So oft sehen wir uns ja nun wahrlich nicht.“
Diese Einladung zu einem aller Voraussicht nach stress-, weil flirtfreien Plausch nahm er nur zu gerne an. Endlich konnte er sich entspannt zurücklehnen, er wusste um ihre *Diskräzioon*: „Un sunscht, Wibbge?“
„Alles gut, ich mache mir nur ein bisschen Sorgen um meinen Fritti. Ich erkenne ihn gar nicht wieder. Wir hatten früher nie Probleme…“
„Des hot misch jo anfangs gewunnat mit eisch zwee, wie dea zu mia kumme is un vazehlt hot, ea deed noch bei seinare Muddi woohne. Dass des glabbt?“
„Völlig problemlos, lange Zeit. Aber du weißt, ich habe irgendwann drauf gedrungen, dass er auszieht. Wurde einfach Zeit. Als du aufgehört hast, stand eh ein Ortswechsel an. Aber

seitdem er in Norddeutschland ist… Er hat sich sehr verändert. Ich glaube, dein guter Einfluss fehlt."
„A wa, des hot mit mia nix zum du."
„Na ja, er hat ja jetzt prompt angeblich die Frau fürs Leben kennengelernt. Ich hab schon gedacht, ob er mich damit nur provozieren will. Wenn er so weitermacht, könnte ihm das sogar gelingen. Er hat ein solches Mitteilungsbedürfnis, so kenne ich ihn gar nicht. Er erzählt von Hochzeitsplanern und Schwangerschaftskursen. Ich hab schon angeboten, seine alten Benjamin Blümchen-Kassetten aus dem Keller zu holen. Aber Humor hat er eben auch keinen mehr."
„Kennsch du sie?"
„Seine große Liebe? Nein. Da macht er ja auch so ein Geheimnis drum. Als hätte er Angst vor mir."
„Des hodda jo vleischt aa."
„Wieso sollte er? Ich finde es nur völlig unnötig, den Rest seines Lebens so zu zementieren."
„Zeit wärdds jo langsoom fa denn."
„Findest du? Nun, das muss er wissen. Für mich ist das kein Lebensentwurf. Ich dachte, für dich auch nicht, Günda."
„Schweeß", antwortete Kommissar Günda wortkarg und fragte sich, ob er schon unter Verfolgungswahn litt, weil er sogleich fürchtete, sein Liebesleben könnte wieder ins Zentrum des Interesses geraten.
„Wie kommt bei dir der Sinneswandel? Torschlusspanik? Baust du vor? Hast du Angst um deine Beerdigung? Ich komme auf jeden Fall. Und kümmere mich um die richtige Musik."
„Des wäa ma aiig rescht, Wibbge. Do hawwisch jo die meischd Ängscht, dassisch do ligg, un donn leeft *Taim tu see guddbei*[127]."
„Du willst aber noch nicht abtreten, oder?"
„Nää. Uff kähn Fall!"

[127] *Time to say good-bye*, Andrea Bocelli und Sarah Brightman

Kommissar Günda erzählte ihr von seinem letzten Jahr, von der Ruhe, die er geliebt hatte, und von der Unruhe, die ihn jüngst erfasst hatte. Wie ihn die letzten Wochen durchaus aufgewühlt hatten, nachdenklich gestimmt. Und wie er zu seiner eigenen Überraschung diesen Crashkurs in Sachen Weiblichkeit durchaus genossen hatte.
„Und, war eine dabei?"
„Kä Ahnung. Wuhea soll ischn des wisse?"
Wiebke Freese stand auf und machte sich am Plattenspieler zu schaffen.
„Besondere Wünsche?"
„Nänää. Mach du ruisch."
Gleich darauf war er überrascht: „Du hoschs äfach druff, Wibbge. Dodemit heedisch jetz net gereschlt."
„*Hard-headed Woman*, Cat Stevens. Hab ich auch ewig nicht gehört. Aber der Gedanke ist interessant, oder?"
„Weesch, was isch imma gedenkt heb, wie isch des fria gheat hab? Haat, des heeßt Härzz."
„Ging mir auch so. Ist aber viel besser, nicht dieses Klischee von der sanften, mit dem Herzen denkenden Frau. Sondern *hard-headed*, eigensinnig, manche würden sagen nüchtern."
„Un wisso is dia des grad eigfalle? Mähnsch du, isch bräuscht so ähni?"
„Keine Ahnung. Nur ein Gedankenanstoß. Hast du mal so eine Frau gehabt?"
„Ealisch gsacht, isch glaab, isch hab bloß so welsche ghabt. Die Fraue bei mia, die hawwe imma genau gewisst, was sie wolle."
„Und du nicht."
„Stimmt."
„Du hast das Gefühl gehabt, du musst dich den starken Frauen anpassen. Und dann haben sie dir vorgeworfen, du hättest gar keinen eigenen Willen, gar keine Persönlichkeit, du seist eben noch unreif, nicht erwachsen. Und das wars dann."
„Wuhea weeschn du des? Waasch du debei?"

„Nur so ein Gefühl. Ich hab mich immer gefragt, ob dir die Frauen in deinem Leben wirklich gut getan haben. Du weißt übrigens, es gibt noch einen Song, der so heißt."
„Nää, denn kennisch net."
„Hab ich auch nicht in meiner Plattensammlung, ist nicht so ganz mein Fall musikalisch. Deiner, glaube ich, auch nicht."
Kommissar Günda war immer wieder beeindruckt von Wiebke Freeses Musikgeschmack und ihrer Repertoirekenntnis. Meist waren sie sich einig in der Einschätzung.
Mittlerweile war der Cat Stevens-Titel fast zu Ende. Sie ging zum Plattenspieler.
„Stobb mol! Des is doch die Longspielblatt vun demm, odda[128]?"
„Selbstverständlich."
„Dann loss laafe, isch weeß, was glei kummt. Aiig guud."
Sie holte sich ihr Smartphone und suchte die zweite *Hard headed Woman.* Derweil genoss Kommissar Günda sichtlich den nächsten Cat Stevens-Titel: *Wild World.* Das Schöne bei dieser Musikfachfrau war, er konnte sich darauf verlassen, selbst wenn sie auf ihrem Smartphone fündig geworden war, sie würde niemals den laufenden Titel vorzeitig ausblenden, geschweige denn abbrechen. Erst als Cat Stevens vollständig verklungen war, sang Elvis Presley *A hard headed woman and a soft hearted man been the cause of trouble ever since the world began.*
„Wie du hörst, er sieht die Sache anders."
„Alladings. Stimmt vleischt aa. Des mit denne Gejesätz, die wu sisch so fuaschbaa ooziehe, des is am End doch net so die beschd Idee. Vleischt hot des deshalb nie so rischdisch geglabbt bei mia. Ich hab bei jedare imma gedenkt, langsoom, isch muss ärschda wisse, was isch iwwahaupt will. Du weesch, wie beim Tschou Tschäcksen[129]…"

---

[128] gemeint ist das Album *Tea for the Tillerman*
[129] Joe Jackson

„Gute Idee! Kommt sofort! In den 50ern waren die Titel ja immer schön kurz…"
Mit dem Schlussakkord startete Wiebke Freese *You can't get what you want (till you know what you want)*. Beide lauschten sie. Dann hakte Kommissar Günda nun seinerseits nach: „Wie machschn du des als, Wibbge? Awwa jetz kumma net mim Schdillze Schdiefn[130], dass ma äfach die nämme soll, die wu grad rumsteht, wemma die anna net hawwe kann, die wu ma eigendlisch hawwe will[131]."
Sie fischte die nächste Platte aus dem Regal.
„Meine Antwort gebe ich dir musikalisch, nicht spicken…"
Kommissar Günda erkannte den Titel sofort: *I know what I like and I like what I know*, Genesis.
„Wibbge, des is so schää mit dia! Imma. Mia keende uns stundelang Mussisch voaspiele, mia missde gaa nix babble, die Lieda deede alles vakläare[132]. Awwa isch muss jetzat hähm. De alde Sseggl is mied."
„Musikmüde?"
„Nie."
„Frauenmüde?"
„Manschmol. Awwa net bei dia!"
„Schon klar. Dann fahr ich dich jetzt nach Hause."

Auf dem Weg schlief Kommissar Günda schon nach der ersten Kurve ein und wachte erst wieder auf, als sie den Motor abstellte. Zum Abschied drückte sie ihm noch eine CD in die Hand.
„Ou? De Tom Weets[133]? Du bisch imma faä Iwwaraschung guud. Hawwisch fria oft gheat. "

---

[130] Stephen Stills
[131] *Love the one you're with*
[132] erklären
[133] Tom Waits

„*Rain Dogs*. Fürs Zubettgehen. Track 9, bitte."
„Wibbge, isch sach mol donge. Un dei Mussischstund, des is bessa als wie jedi Therapie."
„Das ist ein schönes Kompliment, das nehme ich gerne an. Hast du schon mal eine gemacht, eine Therapie?"
„Nää. Nie."

Sie hatte ihn zu seinem alten Zuhause gebracht, vom Hopfeloch hatte er ihr ja noch gar nicht erzählt. Hätte er sie lieber dorthin dirigieren sollen? Nein. Das passte besser. Denn auf diese Weise endete dieser Tag mit einer eindeutigen und wichtigen Erkenntnis: So vertraut ihm hier alles war, er fühlte sich in seinem alten Heim fremd. Die Zeit war *äfach rum*. Und das lag nicht an den paar Einrichtungsgegenständen, die fehlten. Es war eine neue Lebensphase, die begonnen hatte. Dies war nicht mehr sein Zuhause, er brauchte ein neues. Immerhin in dieser Hinsicht wusste er also, was er wollte. Und sonst? Eines nach dem anderen. *Narre net huddle*. Er legte Wiebkes CD ein, holte sich eine Flasche Metaxa, goss sich einen großzügigen *Absagga* ein und ließ sich auf sein *Schesslong* fallen.
*Schää*. Und jetzt noch *bissl meditiere*. *Mim Weets*. Er startete die CD per Fernbedienung. Nicht ohne Stolz – *Gell, do glotsch, des Neischde vum Neie*. Und er musste grinsen. Er kannte den Titel gut, einer seiner Lieblingssongs von Waits: *Time*.
Früher hatte er ihn oft gehört, ohne sonderlich auf den Text zu achten. Sein Englisch war nicht annähernd gut genug, und ihm ging es immer mehr um das Gesamtkunstwerk eines Songs, da war die Sprache oft nur lautmalerischer Bestandteil. Jetzt jedoch gab er sich Mühe, und ihm war schon beim ersten Hören klar, worauf Wiebke Freese abzielte:
*It's time, time, time that you love…*

*Awwa des langt aa mogge. Odda iwwamogge.*

**Des is ä Single-Welt, wu jeda mache muss, was ihm gfällt.**

Auch *beis Kornfelds* hatte der Abend Spuren hinterlassen.
„Isch hab mia iwwalegt…"
„Des is schun schlescht." Rosie Kornfeld fuhr ihrem Mann in die Parade. „Isch weeß, was du voahosch: schnella, heescha, weida, als noch mähna vun denne Fraue. Axl, du hosch doch de Günda alebt, dea is duasch. Driwwa."
„Isch sehs jo ei, des is äfach net de Tipp fa so was."
„Im Unnaschied zu dia, isch weeß schun."
„Des stimmt nadialisch."
Dieses Gespräch hätte früher an den Rand des Abgrunds führen können, aber mittlerweile war alles anders. Die beiden hatten sich in ihr Wohnmobil verkrochen, das auf dem Stellplatz vor ihrem Haus stand, und saßen traut auf der Eckbank im Heck, eine Flasche Grauburgunder vor sich, während sie das Tagesgeschehen besprachen.
„Des stimmt nadialisch – net! Des wolldisch saare. Isch hab mia iwwalegt, kä neie Fraue fa de Günda."
„Des is schummo guud. Mit denne alde kummda jo schun net klaa, do stehda defoa, wie de Ochs voam Beiig."
„Eewe drum. Isch hab ä Idee. Folgendes: De Günda, des is jo än Ronzetipp."
„Hä? Was sollen des sei?"
„Än Bauchmensch. Ronzetipp. Net schlescht, odda? Un donn issa aa noch ä Driilback[134]. Dea brauch fa alles long. Gooonz long. Desdaweje, dea muss die Fraue gonz in Ruh vagleische kenne. Mia misse de Günda gonfrondiare."
„Ähä."
„Mit allene. Uff äh mol."

---

134 Lahm-A…

„So weit ware mia doch schun bei derre Mediatooriin. Jetz kumm mol endlisch uff de Punkt! Wie mache mas? Willsch die all uffmaschiare losse? Wie ä Paraad, un donn leeft unsan Günda voabei un bleibt stehe: *Zeig mol schää doi Zäh, dreh disch mol rum!* Un donn spielda sisch uff wie die Klum bei de Topfmoddl un sescht *Du musch ärschda fuchzisch Killo runnamache, donn deeds vleischt gehe.*"
„Nää. Gonz äfach, mia mache ä Paadie fa de Günda un sei gonze Fraue. Noch paa annare dezu, du, DWibbge, de Freese, demm sei Neiji. Vleischt noch paa Tubbaleddies. Des wärdd bstimmt subba."
„Un was soll des bringe?"
„Des kannisch da saare: Des is fa de Günda die Gelegenheit, die alle mol zamme zum sehe. Uff ähm Haufe kwassi. Gonz zwanglos, bissl rumgugge, bissl vagleische – heimlisch –, und vleischt kummda donn druff welli un welli net."
Rosie Kornfeld war nachdenklich: „Än Vasuch wäas jo weat. Isch hab eh grad bissl Probblähme, was isch denne Fraue schreiwe soll. Die froore als wejem zwedde Dreffe. Monsche jednfalls. Isch sach bloß Gea-lin-de."
„Siggsch."
„Awwa kä Paadie beim Günda dehähm. Odda mähnsch du im Hopfeloch?"
„Nää. Am End mache die Weiwa Ef Ga Gaa[135], un de Günda griggt än Härzzkaschba[136]. Am beschde liewa im Roode Ochse. Isch schwätz glei mol mit de Marioon."
„Alla guud. Donn binnischmo gspannt, was die mähnt. Die kennt denn jo guud. Wie ibbrigenz jo aa demm Freese sei Muddi. Die hot jo scheinz än rischdisch guude Draht zum Günda. Des fällt schun uff, wie guud dass die middenanna kenne. Desdaweje brauche mia die nadialisch aa debei."

---

135 FKK

136 Herzinfarkt

„Äh, Rossie, deedsch du liewa mit derre spreschle?"
„Wisso?"
„Unna uns, sollisch da mol was saare?"
„Hm?"
„Mia is die schun so bissl u-heimlisch, selli Wibbge. S-heeßt jo, die hot so viel Männas ghabt un hot sie als noch."
„Do gugg noo. Die Männas deafe des, awwa die Fraue net, odda wie? Die weeß halt, was sie will. Un demm Günda gfällt sie."
„Jo. Awwa so jetz aa widda net. Leida."
„Schweess. Schun net so äfach mim Günda."
„Do hawwe mias leischda, mia zwee."
Er zog sie näher an sich heran.
„Des stimmt."
„Nochn Absagga?"
„Wisso net."
„Un donn?"
„Guggemamol."
„Alla! Broschdada!"
„Un schun – isses rum."

Axel Kornfelds Vorschlag fand im Roten Ochsen Anklang, Marion Helche war sofort bereit, ihren Biergarten zur Verfügung zu stellen.
„Des find isch subba, die Idee! Ä Paadie, do bei mia, ä rischdisch schääni. Do fällt ma ei, isch kenn aa noch ä Bäänd, ä guudi. Die hawwe eh ball än Uffdritt bei mia, donn kenne die glei mol bissl browiare."
„Kennisch die?"
„Vleischt. Des sin die *Briddi Flamingo.*"
„Die gibts noch? Isch hab die mol gsehe, voa dreißisch Joa rum, do sin sie sisch glei mol an die Wesch. Uff de Bihn. Isch hab gedenkt, die hawwe sisch donn bstimmt uffgelööst."
„Nää. Des is bei denne wie bei de alde Ehepaare. Die kumme

nimmie vunenanna."
„Jetz bissl obacht, Marioon!"
„Nää, isch mähn des possitief. Die feiare bei mia Jubiläum: fimfefuchzisch Joa. Hoffisch jednfalls."
„Donn bereidisch misch voasischtshalwa mol bissl voa."
„Uff was?"
„A, wenns widda Hibb gibt uff de Bihn, spring isch ei un mach de DiiTschej[137]. De Tschief waa jo mol mit mia im Ualaub am Gaddassee[138]."
„Isch a-inna misch."
„Un do waa dea aiig begeischdat vun moim Musikgschmock. Isch saach bloß *Mittnaitleddie*[139], *Laaf höats*[140], *Laif is laif.*
„Sie, des gfällt mia aa."
„Un nadialisch DHelääne[141]."
„Uff jedn Fall. Isch muss ibbrigenz mol saare, Herr Weize, Sie hawwe sisch schun bissl gemacht. Geje fria."
„Isch weeß, do waa isch teils bissl varrickt. Awwa seitdähm dass isch widda mei Rossie hab, is des alles annaschda."
„Des find isch guud."
„Un wie mache mas mim Tschief?"
„Wie?"
„Saare mia demm des mit derre Paadie mit soine gonze Fraue?"
„Nää, jo net, sunscht kummda net voa lauda Ängscht. Mia saare demm bloß, sgäb ä klähnes Feschdl weje ihm. Weje de alde Zeide. Donn solla denge, die alde Kollege kumme odda halb Gliggabach. Awwa jo nix vun Fraue. Isch glaab, do hodda grad genung."

---

137 DJ

138 siehe 6. Fall für Mister Nochdenkerles: Mord beim Männerballett?

139 *Midnight Lady*, Chris Norman

140 *Love hurts*, Nazareth

141 Helene Fischer

**Menschen suchen Nähe. Nicht jedoch zu ihren Nachbarn.**

Mediationsanfragen aus Glickerbach hielten sich weiter in Grenzen, dafür gab es für Inga Mertens eine überraschende Einladung aus dem Nachbarort Fußheim. Der dortige Bürgermeister würde sich freuen, sie kennenzulernen. Sie nahm das wohlwollend zur Kenntnis, wunderte sich aber auch ein wenig darüber.

„Dea? Des issn Gängschda, isch weeß, was dea voahott", unkte Marion Helche, als sie ihr davon erzählte.

„Oh, Sie meinen, er könnte sich mir irgendwie unsittlich nähern? Ist das ein bekannter Schwerenöter?"

„Nää, so net. Wisse Sie, die driwwe vun Fußheim, die sin so was vun groonisch[142] neidisch uff uns. Alles, was mia in Gliggabach hawwe, des wolle die aa. Un ä Mediatooriin hawwe die eewe net. Isch sach Ihne ähns, dea will Sie abweawe. Dodebei, dea weeß wahrscheinz gaa net, was Sie mache. Dea will bloß widda gwählt wärre, un do mussa bissl was voaweise. Un do hodda gheat, mia hawwe was Neies. Alla hopp, browiare sies. Awwa Sie bleiwe mol schää do bei uns un bei mia."

„Keine Sorge. Dann verschiebe ich das erst mal. Ich fahre sowieso demnächst in Urlaub. Dann können Sie übrigens gerne über das Nebenzimmer verfügen. Sie haben ja bestimmt Anfragen für Familienfeiern oder Vereinssitzungen, die können Sie gerne annehmen, ich habe ja nicht viel Mobiliar, das können wir für die Zeit einfach irgendwo verstauen."

„Ualaub?" Marion Helche horchte auf.

„Ja, wird Zeit. Ich dachte, ich sage es Ihnen rechtzeitig, damit Sie über den Raum verfügen können."

„Des is nadialisch guud. Un wonn?"

„Ich habe am kommenden Freitag noch einen Termin, aber das wird keine große Sache, es geht nur darum zu überprüfen, ob

---

[142] chronisch

sich die bei mir getroffenen Vereinbarungen bewährt haben. Vielleicht komme ich am Montag los. Meine Gerätschaften kann ich gerne vorher rausräumen, dann können Sie am Samstag schon den Raum vergeben."
„Ähä. Fahre Sie bissl weg?" Marion Helche gab sich Mühe, nicht zu neugierig zu erscheinen.
„Nein. Obwohl… vielleicht. Mein Sohn ist zwei Wochen bei meinem Ex. Und da will ich mich ein bisschen treiben lassen, wenn Sie verstehen, was ich meine."
„Voll."
„Sie sollen übrigens wissen, ich fühle mich sehr wohl bei Ihnen. Ich kann das nicht oft genug betonen Das war ein Glücksfall, dass wir uns getroffen haben."
„Des sehe mia aa so."
„Wir?"
„Äh, isch. Un de gonze Roode Ochse."

Die gerade erlangte Information beschleunigte die Partyplanung erheblich. Für Marion Helche stand der Termin damit fest: der kommende Samstag musste es sein. Umgehend informierte sie Rosie Kornfeld, hatte die sich doch um die Einladung der *Hot Achdefärzzisch* zu kümmern, wie ihr Mann Kommissar Gündas Frauen nunmehr zu bezeichnen pflegte.
„Die annare, mei Tubba-Weiwa, die sin sowisso Schtäändbei[143], mach da kä Sogge, isch kimma misch." Kornfeld schaltete sofort in den Macher-Modus.
Auch seiner Rosie war der baldige Termin recht, sie hatte gegenüber den Frauen ein schlechtes Gewissen, es war nicht ihre Art, alles in der Schwebe zu halten. Und sie wollte denen gegenüber auch mit offenen Karten spielen. Jedenfalls weitgehend. Ihr schüchterner Freund, so teilte sie ihnen mit – *des hawwe Sie jo*

143 Standby

*gemeiikt* – habe sich über die Resonanz total gefreut und die Gespräche und Begegnungen genossen. Zum Dank wolle er für alle, die er bei der ganzen Aktion kennengelernt habe, eine große Party geben. Ganz zwanglos, gute Musik, leckeres Essen, feine Getränke. Sie würde sich freuen, wenn *blablabla. Leischde Iiwung.*
„Du hosch des äfach druff, Schätzl", bemerkte Kornfeld anerkennend.
Er seinerseits informierte Freese, der wiederum in Anbetracht der günstigen Gelegenheit seine Frau zu einem Spontanbesuch überreden wollte, ein lange fälliger Abstecher zur künftigen Schwiegermutter inbegriffen.
Kommissar Günda, die Hauptperson, erlangte wohlweislich zunächst überhaupt keine Kenntnis vom Vorhaben. Man war sich weiter einig, das könnte sonst das gesamte Projekt gefährden.
„Uff kähn Fall!" Kornfeld malte ein Schreckensszenario an die Wand: „Dea deed sisch fabrunze[144], un isch steh donn allää do mit denne *Hot Achdefärzzisch.*"

So übernahm jeder im Günda-Team begeistert seine Aufgaben. Auch Marion Helche war ganz in ihrem Element, Organisieren, das beherrschte sie, und es machte ihr zudem große Freude. Zu einem solchen Anlass umso mehr. Ein paar Anrufe galt es noch zu tätigen, vor allem einen überaus wichtigen, geradezu entscheidenden. An ihm hing aus ihrer Sicht letztlich nicht weniger als das gesamte Projekt.

---

[144] aus dem Staub machen – Sie ahnen es, eine derbere Übersetzung wäre treffender.

## Mach doch de Babbe net struwwelisch!

Während sein Team überaus emsig war, genoss Kommissar Günda seine frauenfreien Tage. Der ganze Stress fiel von ihm ab. Der Druck, die Erwartungen von allen Seiten. Er wollte niemanden sehen und hören. Einzig zu Wiebke Freese nahm er Kontakt auf, ihm waren noch ein paar weitere Songs zum Thema *Entscheidungen* eingefallen: „Isch sach bloß *Muuf ouffa*[145], *Gou jua oun Weh*[146]…“.
Die jedoch hatte gerade keinen Kopf dafür: „Später, Günda. Ich finde bestimmt auch noch ein paar. Gerade ist es ungünstig, bin im Stress. Ich melde mich. Bis bald.“
„Kä Probblähm.“

Wenn er für etwas volles Verständnis hatte, dann für das Bedürfnis nach Ruhe.
*Apropoo…* Er schnappte sich seine Angel und verzog sich auf seinen Steg am Hopfeloch. Manchmal tauchte ein Reiher auf, wohl in der Hoffnung, er könnte leichte Beute machen.
*Hea, Roija, des kannsch vagesse.*

So konnte er sehr gut die Gedanken schweifen lassen. Über die zahllosen Entscheidungen, die er in seinem Leben schon gefällt hatte. Denn entscheidungsschwach hätte ihn sein berufliches Umfeld wohl kaum genannt. Im Gegenteil. Zaudern, Zögern, Verschieben, Abwarten, das gehörte nicht zu seinem Wesen. Er galt in Kollegenkreisen eher als ungeduldig. Oft genug ging es ja in diesem Beruf um schnelles Handeln. Und was setzte das voraus, wenn es von Erfolg gekrönt sein sollte? Einen kurzen, effektiven Prozess der Abwägung, gefolgt von einer eindeutigen Entscheidung.

---

145 *Move over*, Janis Joplin
146 *Go your own way*, Fleetwood Mac

Positiv wie negativ. Hätte die Zusammenarbeit mit Freese nicht funktioniert, er hätte sich das eine Zeitlang angeschaut, aber dann dafür gesorgt, dass der versetzt wird. Genau besehen war er also selbst so ein *Hard Headed Man.* Jedenfalls beruflich.

*Priffaat?* Da vermochte er wenigstens, sich gegen etwas zu entscheiden: *Willischnet, brauchischnet, oohne misch.*
*Ia griggt misch net.*

Und wie sah es in diesen vertrackten, verschlungenen, vermaledeiten Liebesdingen aus?
Da war er ein äußerst, vielleicht ein zu anpassungsfähiger Teamplayer. Nur, dass man ihn sehr oft nicht im Team haben wollte. Jedenfalls nicht auf Dauer. War der grundlegende Fehler der, dass er um jeden Preis in ein Team aufgenommen werden wollte, statt selber eines zu gründen? Bekamen das nicht gerade seine Kuppelanten zu spüren, sie mussten scheitern, weil er *priffaat* einfach kein Alpha-Tier war und es auch gar nicht sein wollte?

Nun war er schon wieder bei diesem leidigen Thema. *Des hot doch kähn Docht.* Das hatten ja nun endlich wohl auch seine Koutschis[147] eingesehen. Wahrscheinlich hatte Wiebke ein Machtwort gesprochen. Die konnte so was. Die hatte eine natürliche Autorität, und er musste grinsen, wenn er daran dachte, *wie de Alpha-Weize so klää mit Hut waa* in ihrer Nähe.

*Abhaken, des Thäämaa! Endgültig!* Wie wäre es, sich Erfreulicherem zuzuwenden, beispielsweise der Wohnsituation? Ein Wohnmobil wie die Kornfelds, das war nichts für ihn. Aber wie wäre es mit so einem *Tiny House?*
*Schää klää, fa misch deeds lange.*

[147] Coaches

„Bisch du alläää, Günda?“
Der Verwalter vom Hopfeloch war aus seiner Hütte gekommen.
„Hajo. Was sunscht?“
„Unne? Schun was gfange?“
„Nadialisch.“
„Än Hescht?“
„Nää. Än Hennessy.“
„Noch bessa. Kriggisch aa ähna?“
„Alla hopp, hogg disch!“

## Ausgelacht

Eigentlich passte ihr dieser Termin überhaupt nicht so kurz vor ihrem Urlaub, auch noch an einem Samstag, aber Lars zuliebe hatte sie ihn angenommen. Ihr Assistent hatte inständig darum gebeten, es handele sich um sehr enge Freunde von ihm, und es stünde einiges auf dem Spiel. Schnelles Handeln sei dringend geboten, und es würde auch bestimmt nicht viel Zeit in Anspruch nehmen.
„Na gut, ausnahmsweise“, hatte sie eingewilligt, und ihre Nachfrage im Roten Ochsen hatte ergeben, mit den Räumlichkeiten bestünde kein Problem. Man erwarte eine größere geschlossene Gesellschaft, aber das Nebenzimmer würde dafür nicht benötigt, Beginn der Veranstaltung sei ohnehin erst gegen 18 Uhr.

Als sie in Glickerbach eintraf, herrschte Trubel und Hektik. Im Garten waren Stehtische aufgereiht, eine Bühne aufgebaut, ein Techniker stellte die Lautsprecheranlage ein: „Tescht, Tescht! Ähns, zwee, drei! Des klingt heit widda wie ä Gaaß[148], wenns reat[149].“
„Des gibdä Paadie, Fraa Doggda, un was fa ähni!“, teilte Marion Helche ihr voller Begeisterung im Vorbeirennen mit. „Sie kenne gärnn mol speeda voabeigugge.“
*Warum nicht? Aber erst, wenn die letzte Amtshandlung erfolgt war.*

Ihre Mediänden warteten bereits auf sie. Sie war nicht überrascht von den Freunden ihres Assistenten. Bestimmt Juristen! Ein bisschen hüftsteif, ein bisschen unlocker, dafür krampfhaft bemüht um eine arrogante Ausstrahlung.
Worum mochte es wohl gehen? Ärger in der gemeinsamen Kanzlei, eine anstehende Neuausrichtung? Derzeit war ja viel die

---

[148] Ziege
[149] regnet

Rede von Computerprogrammen, die selbstständig Fälle bearbeiteten. Streitpunkt also Online-Angebote? Oder der Klassiker: Expandieren oder Konsolidieren?
Sie führte die beiden in das Sitzungszimmer. Flipchart und Stühle standen bereit, Getränke ebenso, sehr aufmerksam von Frau Helche.

Inga Mertens erläuterte kurz das Verfahren, die Spielregeln, die Kosten. Es gab freundliches Nicken, keinen Widerspruch, keine Fragen. Wahrscheinlich hatte ihr Assistent schon entsprechende Vorabinformationen gegeben, umso besser.
„So viel zu mir, wenn Sie sich nun auch kurz vorstellen würden?"
Wie sie es sich gedacht hatte. Beide Männer waren Anfang 30, der eine Fachanwalt für Verkehrsrecht, der andere für Baurecht. Sie grinste innerlich. Mit Juristen hatte sie es immer gerne zu tun. Die waren so schön überfordert, wenn man sie nach Dingen abseits von Paragraphen und Vertragsklauseln fragte. Etwa nach Gefühlen, Befindlichkeiten, Bedürfnissen. Ja, sie war schon ein wenig in Urlaubslaune, denn sie freute sich schon insgeheim auf die fragenden Blicke: *Wie Gefühle? Wo? Wann?*
„Nun, meine Herren, was kann ich für Sie tun?"
„Es geht um unseren Urlaub."
„Entschuldigung?" Sie stutzte. „Mein Assistent hat mir mitgeteilt, es sei dringend, dass wir uns heute treffen. Es gebe einen intensiven Konflikt, den sie nicht alleine lösen können. Verstehe ich Sie richtig, bei diesem großen Problem handelt es sich um Ihren Urlaub? Ich erlaube mir zu erwähnen, ich befinde mich auch bereits im Urlaub, und nur weil mein Assistent sich für Sie stark gemacht hat, habe ich mich zu diesem kurzfristigen Termin bereit erklärt. Aber es gibt ja wohl kaum derart existenzielle Konflikte zum Thema Urlaub, oder? Da stimmt man sich einfach ab. Ich nehme an, Sie sind in einer gemeinsamen Kanzlei."

„Nein. Äh, ja."
„Also Sie arbeiten zusammen."
„Ja. Äh, nein."
„Aha. Und was hat es dann mit dem Urlaub auf sich?"
„Wir können uns einfach nicht einigen, wie wir Urlaub machen."
„Hm?"
„Wohin wir fahren und wie lange."
„Meine Herren, mit Verlaub, mein Assistent hat Sie hoffentlich schon in Kenntnis gesetzt, was wir hier bei einer Mediation machen."
„Ja, wir sind befreundet, und er meinte, Sie können auf jeden Fall alle Probleme lösen."
„Das ist sehr schmeichelhaft, aber verstehen Sie mich recht, für alles stehe ich nicht zur Verfügung. Vielleicht setzen Sie sich einfach vor den Computer, oder Sie gehen in ein Reisebüro. Das scheint mir wesentlich erfolgversprechender. Verzeihen Sie, wenn ich nun etwas unhöflich werde, ich muss noch packen. Dann würde ich gerne unsere kleine Zusammenkunft hiermit beenden. Kostenfrei. Stecken Sie das Geld lieber in eine vernünftige Reiseberatung."
Diese einfache Lösung schien unwillkommen: „Das geht nicht."
„Wie bitte?"
„Ich meine, es ist schon ein Problem, ein großes."
„Stimmt, es gibt so viele Möglichkeiten, Europa…"
Inga Mertens holte tief Luft. Selbst die beiden Männer, die sie erst seit kurzem kannten, spürten, es könnte ein *Brilla* in der Luft liegen. „Also nochmal in aller Deutlichkeit, falls Sie mich nicht richtig verstanden haben: Wie ich das sehe, gibt es kein Problem, für das ich Ihnen zur Verfügung stehe."
„Doch."
„Wir… wir leben nämlich zusammen", platzte es aus dem einen heraus.
„Was?", entgegnete der andere.
Offenbar herrschte auch in dieser Hinsicht keine Einigkeit.

„Sie sind…“
„Wir sind ein Paar, genau.“
„Äh…“
„Ach so. Das ändert die Situation. Damit will ich natürlich nicht sagen, dass mich das überrascht.“ *Ich hätte es aber auch nicht erwartet*, dachte sie. „Aber das tut ja jetzt nichts zur Sache. Darf ich fragen, seit wann Sie schon zusammen sind?“
„Fünf Jahre.“
„Drei.“
„Die Übereinstimmungen scheinen sich bei Ihnen generell in Grenzen zu halten…“
„Also seit drei Jahren sind wir fest zusammen, davor eher…“
„Auch. Genau.“
„Gut.“ Inga Mertens sog ein weiteres Mal geräuschvoll die Luft ein. „Und Sie sind auch schon früher zusammen in Urlaub gefahren.“
„Segeln.“
„Golf.“
„Aber das wollen Sie nicht mehr.“
„Doch.“
„Und wo liegt das Problem?“
„Äh… Beim Mietwagen!“
„Genau. Wer fahren darf. Er lässt mich nie.“
Die letzte Bemerkung wirkte wie ein Startschuss. Aus dem anderen brach es heraus: „Weil du ein miserabler Autofahrer bist, alle Dellen an unserem Cabrio stammen von dir, selbst in unseren Golf-Caddy hast du schon Kratzer gemacht.“
„Unser, unser, ich höre immer unser. Und wer hat es bezahlt?“
„Nun fang nicht damit wieder an.“
Aus dem Nichts nahm die Auseinandersetzung Fahrt auf, und Inga Mertens musste zugeben, es hatte Unterhaltungswert, auch wenn sie noch immer nicht wusste, was sie davon halten sollte. Sie stand auf, um für Struktur zu sorgen: „Ich darf feststellen, dass Sie gemeinsam in Urlaub fahren, darin besteht Eingkeit.“

„Ja."
„Nein."
Wieder entwickelte sich ein munterer Schlagabtausch, es wurde aufgerollt, was man alles nicht mehr einsehe und was sich unbedingt ändern müsse in der Beziehung.
Übereinstimmung: null.
„Das ist unfair!"

Schon ein Weilchen hatte Inga Mertens auf diese in Kinderkreisen so beliebte Formulierung gewartet. Bevor bei ihrem Sohn die Phase der rückhaltlosen Kommunikationsverweigerung eingesetzt hatte, war ihr dieses *Das ist unfair* häufig entgegengeschleudert worden. Was immer sie gefordert, bestimmt oder auch nur angeregt hatte: Hausaufgaben? *Unfair.* Hände waschen? *Unfair.* Toilettendeckel schließen? *Unfair.*
Die unvermittelt sehr vitale Erinnerung daran ließ sie spontan dazwischenfahren: „Stopp! In welchem Verhältnis stehen Sie zu meinem Assistenten?"
„Er ist äh…"
„Unser Trauzeuge!"
„Genau."

*Das ist unfair*, lag es ihr auf der Zunge.

## **Wemm gheaschn du?**[150]

Samstag, 17 Uhr 45, allgemeines Aufatmen: Wie aus gut unterrichteten Kreisen verlautete, war die Hauptperson unterwegs zum Roten Ochsen. Und es gab kein Entrinnen. Nicht gerade ein Kinderspiel für die beteiligten Akteure, sondern vielmehr das Ergebnis eines akribisch vorbereiteten Vorgehens.

Erst zwei Tage vor der großen Party hatte man Kommissar Günda über das bevorstehende Großereignis in Kenntnis gesetzt. Ursprünglich hatte Axel Kornfeld diese Aufgabe übernehmen wollen, aber da die Information möglichst beiläufig erfolgen sollte, kam er aus Sicht der anderen dafür nicht in Frage, dauereuphorisiert, wie er nun einmal war. So erklärte sich schließlich Marion Helche bereit, die Aufgabe zu übernehmen. Sie spielte das Ganze ihm gegenüber herunter, erzählte von einem kleinen *Feschdl*, das man ihm zu Ehren geben wolle. Nichts Aufregendes, *bissl grille, bissl babble, bissl feiare.*
Kommissar Günda hatte erwartungsgemäß verhalten reagiert, fand das ganze überzogen: „Net needisch, weje mia net.“
Aber Marion Helche hatte auf ihn eingeredet, es würden sich so viele freuen, ihn wiederzusehen, immerhin sei sein Abschiedsfest genau ein Jahr her – „Des is doch schun mol än schääne Oolass!“ –, und nicht zuletzt würde er bei der Gelegenheit auch die zukünftige Frau seines Assistenten kennenlernen, die eigens zu diesem Fest aus Norddeutschland anreise.
„Alla guud, vun mia aus, kummisch halt.“

Weil man die nicht unberechtigte Sorge hatte, er könnte auf den letzten Drücker doch noch kneifen, hatte man beschlossen, ihn abholen zu lassen. Wiederum war es Axel Kornfeld gewesen, der sich als erster erbot. Einmal mehr waren die übrigen dagegen.

---

150 Wem gehörst denn du?

Marion Helche war zu eingespannt, Freese verfügte nicht über die nötige Autorität, und Rosie Kornfeld würde sich um die Inempfangnahme der *Hot Achdefärzzisch* zu kümmern haben. Und so hatte sich zur allgemeinen Erleichterung Wiebke Freese erboten, diese verantwortungsvolle, nicht unheikle, sehr viel Fingerspitzengefühl erfordernde Aufgabe zu übernehmen.

Bei dieser Gelegenheit, so hatte sie es mit dem Nichtsahnenden vereinbart, könne sie doch auch wunderbar sein neues Refugium am Hopfeloch in Augenschein nehmen – und ihn behutsam auf den besonderen Abend einstimmen, so ihr Hintergedanke. Entsprechend nahm sie sich fürs Abholen Zeit.

„Gonz schää vaschroowe, mähnsch net, Wibbge?“, klagte sich Kommissar Günda nach einem ausgiebigen Rundgang über das Hopfeloch-Gelände an.
„Ach was, du bist halt ein Individualist.“
„Einzelgänga keent ma aa saare.“

Wie nicht anders zu erwarten, unternahm er noch einen letzten Versuch, der Party zu entgehen: „Wibbge, unna uns, isch froog misch, was sollen des? Bleiwe ma doch liewa do, heare schääne Mussisch un babble bissl. Was sollischn im Roode Ochse mit denne gonze Leit? Die kenne misch doch gaa nimmie. Un die kenne[151] bstimmt oohne misch viel bessa feiare.“
Wiebke Freese sah ihn unerwartet ernst an: „Das stimmt nicht, Günda. Die freuen sich auf dich. Alle. Die warten auf dich. Die kommen nur wegen dir. Und ich verspreche dir, wenns dir zu viel wird, halte dich an mich. Gibs zu, du freust dich doch auch.“
„Bissl.“
„Eben.“

---

[151] können und kennen liegen nah beieinander

Nichts, aber auch gar nichts sollte ihn bei der anschließenden Fahrt in ihrem Cabrio an das heikle Thema *Partnersuche* erinnern. Frauen sollten keine Rolle spielen, nicht einmal Liebe durfte Erwähnung finden. Das stellte Wiebke Freese bei der Auswahl der passenden Musik für den Transfer nach Glickerbach vor eine Herausforderung, der sie sich nur zu gerne gestellt hatte. Vier Songs hatte sie ausgewählt, die zeitlich exakt für die Fahrtdauer ausreichten:
*Albatross*, Fleetwood Mac
*Braver than you are*, Ezio (die Live-Version)
*Take me bak 'ome*, Slade
*Life's what you make it*, Talk Talk.

Sie sprachen die Fahrt über kein einziges Wort, aber sie spürte, wie seine Anspannung mit jedem Song wich und wie sehr ihm ihre Auswahl gefiel. Beim letzten Titel grinste er zu ihr hinüber, was sie zu einem Ellenbogenstubser veranlasste.
*Alles richtig gemacht. Bis jetzt jedenfalls.*

Dann trafen sie beim Roten Ochsen ein. Viele Autos säumten die Straße, sie mussten um die Ecke parken.
„Gonz schää viel los. Hoffentlisch kähni vum Brässidium, höggschdens vun de Kantiin. Was weeß isch, was fa Sseftl de Weize alles eiglade hot."
„Abwarten. Ich denke, du kannst dich freuen. Dann kann es ja losgehen. Und denk dran, ich bin bei dir."
„Des wäa ma aiig rescht."

Aus dem Garten drang der Duft nach Grillgut und Musik: *I'm Your Yesterday Man*, Chris Andrews.
Wiebke Freese fing seinen missbilligenden Blick auf.
„Für jeden muss bei so einem Anlass was dabei sein, Günda. Nachher darfst du dir was wünschen. Jetzt stürzen wir uns erst mal ins Getümmel."

Kaum hatten sie den Garten betreten, wurde die Musik leiser und eine Stimme dröhnte über das Gelände:
„Liebe Froindinnen und Froinde, isch sehe gerade, soeben ist unsare Hauptperssoon eingetroffen. Ihm zu Ehren veranstalten wir ja diese Wahnsinns-Paadie! Abblaus fa unsan Tschief! Glatscht mol! LAUDA, ISCH HEA NIX!“
Kommissar Günda war nicht wirklich überrascht: *de Weize, voll in soim Element*. Das fing ja schon mal gut an.
„Un glei mol ä Rakeet: STUFE OINS… STUFE ZWAHII… UN STUFE DRAAAHIIII! Do misse ma awwa noch bissl iiwe, Leit, awwa mia hawwe jo Zeit. Jetz ärschda mol bissl Mussisch. Eckschdra fa de Günda singt de Roolond Kaissa *Manschmool möschde isch schoon mit dia…*“
Der so Bedachte senkte den Blick. *Isch habs gewisst. Nix wie weg!*
Eine strahlende Marion Helche kam auf ihn zugestürmt: „Schää, dassie do sin, Tschief. Mia freie uns alle gonz aiig!“
„UN ALLE: MANSCHMAAL MÖSCHDE ISCH SCHOON MIT DIA…“
Sogleich stimmten die Umstehenden ein, Marion Helche machte keine Ausnahme.
Sein Blick wanderte wieder angestrengt in Richtung Boden. Auffallend wenig Männerbeine. Merkwürdig. Doch, da! Gleich zwei, direkt vor ihm.
„Tschief, wie schön Sie zu sehen! Darf ich Ihnen Stella vorstellen? Stella, das ist mein früherer Chef, Kommissar Günda. Er ist dafür verantwortlich, dass meine Sprache so sexy klingt.“
Kommissar Günda war nicht überrascht von Freeses Wahl, eine sehr ansprechende Erscheinung, ein frisches, offenes Lachen, blonder Pferdeschwanz.
Wölbte sich da ein Bäuchlein über dem blau gepunkteten Sommerkleid? *Ob des schun DWibbge weeß?*
„Ich habe schon so viel von Ihnen gehört. Sie müssen uns unbedingt mal besuchen.“
„Gärnn. Äh…“

Kommissar Günda war irritiert. Hinter Stella stand eine Frau, die ihm bekannt vorkam, er musste überlegen. Dann war es klar, das war eine der Frauen gewesen, die er durch Rosie *gedejded* hatte. Wie kam die hierher? Das wollte er lieber nicht vertiefen.
Zu spät, sie winkte ihm zu. Er winkte halbherzig zurück. Sie beorderte ihn zu sich, er bedeutete ihr *Jetz net, bissl späda*, sie machte eine bedauernde Geste und formte mit den Lippen ein *Oohhh* und mit den Händen ein Herz.
Jemand tippte ihm auf die Schulter. Er drehte sich um.
„Das ist ja mal eine tolle Idee, eine Single-Party. Das hätte ich dir gar nicht zugetraut. Gibs zu, da hat deine Freundin mitgeholfen, von der stammt bestimmt die Idee, oder?"
„Äh… Was fa Zingles-Paadie?"
Auch sie eine Frau aus dem Kreis seiner flüchtigen Bekanntschaften. Sein Blick wanderte unruhig weiter, und wenn er sich nicht sehr täuschte, gab es noch mehr von ihnen.

**Es steht immer irgendwer im Weg. Sich damit abgefunden zu haben, das nennen wir *Teamfähigkeit*.**

Im Nebenzimmer vom Roten Ochsen nahm man den Lärm im Garten kaum wahr. In Anbetracht der unversöhnlichen, mittlerweile robust vorgetragenen Standpunkte fiel der nicht weiter ins Gewicht.
Inga Mertens kam aus dem Staunen nicht heraus und hatte es längst aufgegeben, der Auseinandersetzung Einhalt zu gebieten. Zwischendurch hatte sie den Verdacht, ihr Assistent hätte Schauspieler beauftragt, die sie mit einer erheiternden Posse auf den Urlaub einstimmen sollten. Andererseits, was war prädestinierter, Absurditäten hervorzubringen, als das trügerische, launische, wankelmütige Liebesleben? Nicht zuletzt deshalb scheute sie es ja. Nicht nur in beruflicher Hinsicht.
Gerade taten sich neue, umso tiefere Gräben auf, die ganze Beziehung schien auf der Kippe zu stehen.
Somit hatte sie nun genau das, was sie vermeiden wollte, ereilt: Beziehungskram und -krampf. Was ihren Verdacht mit den Auftrags-Beziehungskillern nur nährte, ihr Assistent wusste ja um ihre Striktheit, was dieses Thema anbelangte.
Lars sollte an seinem Humor arbeiten.
Es war an der Zeit, dem Spiel ein Ende zu machen: „Ich fasse zusammen, und bitte korrigieren Sie mich, wenn ich etwas falsch formuliere oder übersehe: Die Hauptkonfliktfelder für Sie beide lauten…“
Ein Brummen ertönte, es kam aus der Hosentasche des einen Mannes. Der förderte sein Smartphone zutage und wandte sich diesem zu. Auf solches Verhalten reagierte sie stets allergisch, das war jetzt nicht anders, selbst wenn das Drama inszeniert sein sollte: „Ich erwarte schon“, appellierte sie streng, „dass wir bei der Sache bleiben.“
„Tut mir leid, aber da muss ich ganz kurz einen Blick drauf werfen.“

Unpassenderweise erklärte sich die Gegenseite einverstanden: „Das soll er ruhig, stört mich nicht. Vielleicht ist es wichtig."
Spätestens jetzt geschah etwas Verblüffendes: Der eine besah sich sein Smartphone, nickte und zeigte seinem Nachbarn sogleich die offenbar gerade eingegangene Nachricht. Der nickte ebenfalls. Die Mediatorin schien plötzlich außen vor.
„So", begann der eine.
„Genau", ergänzte der andere. „Ich glaube, wir wissen jetzt Bescheid, wir kommen klar. Das war eine Superleistung von Ihnen."
„Ja, das haben Sie toll gemacht. Schicken Sie uns die Rechnung, oder noch einfacher, Sie geben sie Lars."

Sie hatte ja schon viel erlebt, die verblüffendsten Wendungen, aber das war nun doch fast unheimlich. Was spielte das Smartphone für eine Rolle? Ein Ordnungsruf von der Rechtsanwaltskammer? Oder der Einflüsterer des Improtheaters?
„Äh… und… was ist jetzt mit dem Urlaub?", setzte Inga Mertens argwöhnisch an.
„Urlaub? Ach der…"
„Wir schauen mal. Vielleicht eine Kreuzfahrt."
„Oder wir zelten."
„Oder ein bisschen Wellness, da findet sich schon was. Oder, Schatz?"
„Genau."
„Ist ja auch nicht so wichtig. Ich meine, wieso soll man sich deswegen streiten?"
„Wir lieben uns, und nur darauf kommt es an."
„Eben."
„Wir werden dann mal gehen. Die Versöhnung feiern. Nochmals vielen lieben Dank!"

**Die Oma hat gekifft. Die Mama hat gekifft. Da willst du ja wohl nicht aus der Reihe tanzen.**

Inga Mertens zuckte mit den Achseln. Vielleicht doch keine Schauspieler? Nur normal Gestörte? In jedem Fall würde sie nach ihrem Urlaub mit ihrem Assistenten ein Wörtchen reden. Ob das nun wirklich nötig war?
Draußen schien es hoch herzugehen. Vielleicht sollte sie sich zur Feier des Tages ein Getränk gönnen, um den Urlaub einzuläuten. Ihre Sachen könnte sie bestimmt stehenlassen, sie wusste ohnehin nicht, wo die zu verstauen waren, und Marion Helche hatte bestimmt gerade anderes im Kopf. Sie schnappte sich also ihre Jacke und machte sich auf den Weg zur Party. Auf den ersten Blick viele Frauen ihres Alters, nicht alle willens, dazu zu stehen. Sie schmunzelte und hielt auf der zweiten Stufe am Haus inne. Den Typen, der da gerade auf der Bühne schwadronierte, kannte sie: Es war dieser selbsternannte Gigolo-Verticker. Okay, diese Peinlichkeit würde sie sich gönnen. Passte zum skurrilen Nachmittag.

„Un jetzat, seid ia bereit? Unsan Tschief, weje demm dass ia do seid, solla mol ruffkumme, dea Sseggl? Isch hab gsacht, SOLLA MOL RUFFKUMME UFF DIE BIHN?"
„Jjjaaa." Die Reaktion war freundlich, aber eher unausgegoren, viele schenkten Kornfeld gar keine Aufmerksamkeit, konnten mit dem Begriff *Tschief* ohnehin nichts anfangen. Doch als der Name der Hauptperson genannt wurde – „Donn deedisch mol saare: GÜNDA, KUMM RUFF!" – regte sich Applaus, nicht zuletzt angefacht durch eine begeistert johlende Marion Helche.

Kommissar Günda spürte, wie er Richtung Bühne geschoben wurde. Widerstand zwecklos. Seine Gefühle waren zwiespältig.
*Schun schää. Bissl.*
*Schun dabbisch. Voll.*

*Sieh an*, dachte Inga Mertens, *Käpt'n Iglo ist also auch da.* Heute mal in zivil, sie hätte ihn beinahe nicht erkannt. Und wie es schien, gab es im Publikum etliche Haremsdamen, die sich nun willfährig zu seinen Füßen scharten.

„Des is ä Iwwaraschung, Günda, hä?“, tönte es von der Bühne. Kornfeld legte jovial den Arm um die Schultern des Neuankömmlings. „Heedsch du dodemit gereschlt? Sei ealisch!“
Er hielt ihm das Mikrofon unter die Nase.
„Hmpf.“
„Alle sin sie do.“
„Wie alle?“
„Fascht. Mei Rossie hot alle eiglade. Alles fa disch. Die hoddeschde vun de owwahodde. Die *Hot Dreiäfärzzisch* sin do, paa hawwe abgsacht, denne is de Günda wohl *zu* hot, hä? Klähna Witz, awwa net schlescht.“

Kommissar Gündas Blick wanderte über das Publikum, und es wurde ihm schlagartig unbehaglich. Er ahnte, wer sich hier versammelt hatte. Erwartungsvoll blickten ihn die Frauen an.
„Leit, ia wisst jo, ia habt denn jo alebt, unsan Günda, dea dud sisch bissl schwea mit de Kommunikazioon, des hebda schun gemeiikt, dea kann sisch so schlescht entscheide in Liebesdinge. Gonz annaschda als wie isch ibbrigenz, isch hab mei Entscheidung gedroffe. Un zwaa schun long! Gell, Schätzl? Awwa unsan Günda, dea kann des äfach net. Ia seid halt DE HAMMA! All middenanna! Zu schää, zu hot. Desdaweje mache mia des annaschda. Folgendes: Wenn de Günda sisch net entscheide kann, entscheide halt die Fraue. Wie imma. Wie iwweraal. Isch sach bloß ähns: VASTEIGARUNG!“

Inga Mertens musste die Luft anhalten. Nichts wie weg hier. Das war ja eine unwürdige Veranstaltung. Am Ende gab es auch noch Männer-Strip.

„Kä Ängscht, klähna Witz. Des mache mia nadialisch net. Heit wärdd bloß noch gfeiat, all middenanna. Un los gehts, Meedls! Unsan Günda will bstimmt nix saare."
„Doch!"
Entschlossen nahm Kommissar Günda dem verduzten Kornfeld das Mikrofon aus der Hand.
„Hoppla! Do binnisch jetz awwa vun de Sogge!"
„Kamma misch heare?", setzte Kommissar Günda zaghaft an.
„Des schun, awwa net vastehe! Subba, Günda, des langt schun. Mach, dass nunnakummsch!"
Doch der blieb hartnäckig.: „Äh..."
War da im Publikum verstohlenes Gekicher zu vernehmen?
„Äh, ärschda mol: Donge! Donge, dass ia all do seid. Un des, obwoohl dass ia misch kenneglärnnt habt."
Lacher im Publikum, nun eindeutig.
„Isch hab jo kä Ahnung ghabt, wea heit alles do is. Die hawwe misch null infoamiat. Un des waa in ledschda Zeit gonz oft so, dass isch kä Ahnung ghabt hab. Vun nix. Isch weeß, mei Leit, die Rossie, de Weize do newa mia, DMarioon do drunne, ia mähnt des guud mit mia. Ia mähnt, de Günda, dea alde Sseggl, dea muss doch mol ähni finne uff sei alde Daag, fa de Endspuat im Leewe. Un ia habt eisch dodefoa mäschdisch ins Zeig glegt, gemacht un gedu, des un sell un jähnes, dass isch Fraue kennelärnn. Nämmlisch eisch do drunne. Mähna Fraue als wie isch je in moim Leewe kennegelärnnt hab. Un eisch alle hawwisch do gedroffe, im Roode Ochse, wu isch fria gschafft hab, mit moim Assischdent, mim Freese. Dea is heit ibbrigenz aa do, un des freit misch gonz aiig. Was wolldischn jetz saare...?" Er schüttelte den Kopf. „Leit, s-hot awwa leida kähn Docht mit mia. Isch weeß des, ia Fraue do drunne, ia wisst des jetz wahrscheinz aa. Un des is gaa net schlimm weidas. Isch bin in moim Leewe schun gonz viel allää gewest. So rischdisch hots halt nie gebasst, jednfalls uff Daua. Awwa swaa drotzdähm ä guudes Leewe, was isch ghabt hab. Ä gonz aiig guudes Leewe.

Un des is aa noch net rum. Isch hab noch bissl was voa, bissl reise – *Hatte er tatsächlich reisen gesagt?* –, lese, Mussisch heare, bissl feiare, bissl schloofe. Un nadialisch gonz viel Sportt mache... Was gibtsn do zum Lache? Bloß net wandare, des is nix fa misch. Höggschdens uff de Köönigstuhl. Sgibt noch so viel fa misch uff derre Welt. Un nadialisch wäa des schää, isch wäa net alläa debei. Awwas is wies is. Fria, wie isch jung un knuschbrisch waa, do hawwisch gedenkt, des mit derre Liebe, des muss gonz äfach sei. Des isses awwa net. Un isch hab aa oft geglaabt, jetz hawwisch sie vawischt. Awwa die waas donn doch net. Sbassiat halt, odda sbassiat net. Un wenn irgendwonn doch nochmol ähni kummt, wu isch denk *Ua! Des isses!*, un die denkt des aa, subba! Un wenn net? Aa rescht."

Still war es geworden im Garten vom Roten Ochsen. Die ungeteilte Aufmerksamkeit galt diesem Mann, der sich gelegentlich mit der Rechten durch das schütter gewordene Haar fuhr und der zur Überraschung vieler gar nicht so in sich gekehrt auftrat, wie er auf sie gewirkt hatte.

„Isch hab in de ledschde Woche so viel indressande, adragdiefe Fraue gedroffe. Manschmol waas bissl *hä*, des mussisch zugewwe. Manschmol waas luschdisch, manschmol dabbisch. Manschmol hawwisch gedenkt, was will soä schääni Fraa vun soämme alde Sseggl? Isch hab viel gelärnnt iwwa misch in derre Zeit. Un dodedrum gehts doch im Leewe, odda net?"
Lautlose, aber spürbare Zustimmung aus dem Publikum.
„Seid ma net bees. Isch bin halt, wie isch bin. Schää, dassa do seid, isch winsch eisch, dass du, du, du un du de Rischdische finsch. Ia alle. Un vleischt hawwisch jo aa noch bissl Glick. Guggemamol."
Es könnte das Schlusswort gewesen sein, zaghaft regte sich Beifall.
„Ähns noch: Weize?"

Er drehte sich zu seinem Bühnennachbarn, der ihn nicht aus den Augen gelassen hatte und der weiterhin ungewohnt andächtig lauschte. „Du un dei Rossie un die Scheffin do vum Roode Ochse, DMarioon, was ia alles uff die Bähna[152] gstellt habt fa misch, isch weeß des zum schätze. Awwa ähns is mol klaa: Ia habt än Knall! Awwa än goldische. Donge fa alles! Un ia do drunne, feiat jetzat schää! Des hawwe mia nämmlisch druff, do in Gliggabach. Alla hopp! Un nix fa u-guud!"
Dem nun regelrecht aufbrausenden Beifall begegnete er mit einer ungelenken Verbeugung, das Mikrofon konnte er gar nicht schnell genug Axel Kornfeld in die Hand drücken. Der hatte Mühe, wieder in seine Spur zu kommen: „Äh… än Abblaus, än fedde, fa de Günda! Was fan grasse Ramondigga! So waa dea fria net, des liggt alles bloß an eisch do drunne, ia habt denn gonz schää duaschenanna gebrocht. Sauwa! Soot… Des langt, jetz wärdds Zeit fa Mussisch, un isch hab nadialisch gönau des rischdische Lied, passend fa demm Günda sei Redd: *Ai will sö weif*[153], uff deitsch: Isch will kä Weib!"

An der Bühnenrampe wurde Kommissar Günda empfangen von Marion Helche, die ihn in ihre Arme schloss und gar nicht mehr loslassen wollte. Und von Freese, der ihm ebenso ausdauernd die Hand drückte. Rosie Kornfeld wischte sich eine Träne aus dem rechten Auge: „Isch weeß, wisso dass die alle uff disch stehe, Günda."
Der reagierte so, wie man ihn kannte: „Äh, was annares: Gibts do eigendlisch aa mol was zum Esse?"
„Isch kimma misch, Tschief! Bissl Fleisch?"
„Gönau, Marioon."
„Un aa was dezu?"
„Sempf!"

---

152 Beine
153 *I will survive*, Gloria Gaynor

„Tolle Rede. Selber geschrieben?"
Inga Mertens nickte ihm fragend zu.
Kommissar Günda grinste: „Nää, die hawwisch aussm Jutuub."
„Ich muss mich bei Ihnen entschuldigen für mein Verhalten neulich. Ich hatte ja keine Ahnung. Jetzt verstehe ich. Man hat Sie quasi zum Jagen getragen."
„So kammas saare, Fraa…"
Jemand tippte ihm auf die Schulter, bestimmt Marion Helche, er drehte sich um.
*Hm. Gerlinde? Beate? Sigrun?*
„Ich wollte Ihnen nur sagen, das fand ich rührend, wie Sie gerade geredet haben, so unbeholfen, so unmännlich. Tut mir leid, dass ich bei unserem Treffen so garstig zu Ihnen war. Aber als Sie erzählten, dass Sie Klavier spielen, da konnte ich einfach nicht anders. Wissen Sie, mein erster Mann war auch so ein Hobbyklavierspieler, und seitdem ist dieses Instrument für mich ein rotes Tuch."
„Äh, isch? Klaffiaa? Des wüssdisch awwa."
„Oh, sagen Sie bloß, ich hab Sie verwechselt, das ist jetzt aber peinlich. Nicht, dass Sie denken, das ist hier ein plumper Annäherungsversuch…"
„Nänää. Grad än Moment, isch will bloß weje derre Fraa, derre annare…"
Er drehte sich um, doch da war Inga Mertens bereits in der Menge verschwunden.
„Oder Orgel? Spielen Sie Orgel? Normalerweise habe ich ein gutes Gedächtnis."
„Nää."
„Wissen Sie, wenn man ein Instrument ausschließlich mit negativen Erfahrungen verbindet, dann ist einem das für alle Zeiten vergällt. Können Sie sich vorstellen, wie das ist, wenn einer nach jedem Streit *Heinzelmännchens Wachparade* spielt? Zu spielen versucht, besser gesagt, denn er hat es kein einziges Mal fehlerfrei geschafft. Darf ich mal Ihre Hände sehen?"

Er hatte nicht die Gelegenheit zu einer Antwort, sie packte einfach zu. „Nein, das sind wahrlich keine Pianistenhände, ich wette, Sie können auch mit einer Rohrzange umgehen. Meiner konnte nicht mal einen Nagel gerade in die Wand hauen, ohne sich zu verletzen."
„Äh…"
„Sie haben recht, Schluss mit der Vergangenheit, wollen wir tanzen? Sie haben ja etwas gut bei mir. Hihi."
„Donze?" Hilfesuchend schaute er sich um. Marion Helche war beschäftigt, Rosie Kornfeld außer Sichtweite, dafür entdeckte er Inga Mertens, gut fünf Meter entfernt. Sie winkte ihm zu und signalisierte mit beiden Händen, sie drücke ihm die Daumen.
„Äh… Akkodeoon."
„Bitte?"
„Isch, äh, spiele Akkodeoon."
Die Miene seiner Gesprächspartnerin versteinerte sich schlagartig. Es kam ihm vor, als fröre sie regelrecht ein.
„Ich wusste es! Tja, das tut mir leid."
Sie hauchte ihm einen mehr als flüchtig zu nennenden Kuss auf die Wange, drehte sich um und murmelte: „Klimperer bleibt eben Klimperer!"

„LAIF! NANAA NAANANAAA! LAIF IS LAIF! Wu sie rescht hawwe, hawwe sie rescht, die Opussums. Soot! Moine Dahamen und Herren!"
In guter, alter DJ-Manier spielte Axel Kornfeld mit der Lautstärke der Musik, während er seine Moderation fortsetzte: „Isch höare gerade, große Ereignisse werfen ihre Schatten voraus. Wir haben keine Kosten und Mühen gescheut, für diesen besonderen Abend eine subba Bäänd zu engaschiaren. Demmnäckschd feiare sie ia großes Jubiläum. Und schon heute sind sie hier. Sie sind nicht mea jung, aaba sie brauchen das Geld. Isch sach bloß ähns, isch sach Bühne frei fa die BRIDDI FLAMINGO!"

Mit großer Geste verließ Kornfeld die Bühne, doch die Band ließ auf sich warten. Aus der Gaststube drangen Fetzen eines lautstark geführten Gesprächs:
„Des? Des spiel isch net."
„Dass disch dei Fraa valosse hot, des wunnat misch net."
„Fäab du dia ärschda mol dei Hoa rischdisch, des kann jo net so schwea sei, des sin doch bloß noch zwee."

Entschlossenen Schrittes stob Marion Helche in den Roten Ochsen, in der Folge hörte man ein paar wenige *Brilla*.
„DIE FRAA DOGGDA IS AA DO! WENN IA NET GLEI UFF DIE BIHN GEHT, ISCH SACHS DERRE! DONN RUUSSTS!"
Kurz darauf erschien sie mit den Musikern, die erkennbar widerwillig die Bühne erklommen.
„Alla guud. Awwa des is des ledschde Mol."
„Un zwaa des allaledschde Mol, des gelobe isch. Hoch un heilisch!"

Rosa die Anzüge, hochrot die Gesichter.
*Zornesröte oder Selbstbräuner?*, rätselte Kommissar Günda.
Kaum auf der Bühne angelangt, strahlten sie jedoch um die Wette: „DU JUH FIIL OOLRAID? SEID IA AA SO GUT DRUFF WIE MIA?"
„Ja...", erscholl es vereinzelt aus dem Publikum.
*Awwa nimmie lang!*, dachte Kommissar Günda und widmete sich endlich den drei Steaks, die Marion Helche für ihn besorgt hatte.
Doch er hatte den Musikern Unrecht getan. Das Publikum, das zum großen Teil aus Menschen bestand, die die Flamingos nicht kannten, reagierte zwar zunächst noch zurückhaltend, aber die Band spielte ihre ganze Erfahrung aus, und das trug bald Früchte. Von den Kinks – *Lola* – über Manfred Mann – *Mighty Quinn* – bis zu den Who *My Generation*.
Kommissar Günda musste einräumen: *Die hawwes druff.*

Inga Mertens fand es ganz interessant, die streitlustigen Herren in Aktion zu sehen, hielt aber doch an ihrem Entschluss fest aufzubrechen, als sie in der Menge unversehens ihren Assistenten entdeckte. Verwundert bahnte sie sich den Weg zu ihm: „Lars? Sie wollen mich aber nicht abholen, oder? Da hätten wir uns missverstanden, ich bin mit dem Taxi hier, ich habe ja dann Urlaub. Tut mir leid, wenn Sie jetzt umsonst gekommen sind."
Ein hellblonder Kopf tauchte neben ihrem Assistenten auf. Inga Mertens war irritiert, sie kannte die Frau.
„Ich äh… bin… mehr privat hier", stotterte Lars Christiansen.
„Das sehe ich", erwiderte Inga Mertens belustigt. Und wir kennen uns ja auch."
„Schön, Sie zu sehen, Inga. Sie haben einen sehr netten Mitarbeiter."
Sie musste sich wundern. Sie selbst hatte ihren Assistenten nie als Mann wahrgenommen. Für sie war und blieb das ein Bub, um nicht zu sagen ein Bubi. Und jetzt das? Er tauchte hier mit dieser sehr sympathischen Jounalistin auf? Eine Frau, die eher noch älter war als sie? Oder war das vielleicht seine Mutter? Die hatte in seinen Erzählungen vom Elternhaus nie eine Rolle gespielt. *Ja, das wäre eine Erklärung.*
Als hätte sie ihre Gedanken gelesen, gab es von seiner Begleiterin einen wenig mütterlichen Kuss für Lars auf die Wange, was diesen zart erröten ließ.
„Lars hat mir nämlich einen großen Gefallen erwiesen."
„Wiebke! Was machst du hier?"
Der Ton aus der Menge klang scharf und vorwurfsvoll. Offenbar gab es vor Ort noch einen Nebenbuhler.
„Wo kommst du denn her, Fritti?"
„Nenn mich nicht Fritti! Und wer ist dieser Typ?"
*Das kann ja heiter werden*, dachte Inga Mertens. *Passend zum Dorfgasthof gibts hier womöglich gleich eine zünftige Rauferei.* Hilfesuchend hielt sie Ausschau nach der Wirtin und fand sie schließlich beim Ausschank: „Frau Helche? Sie müssten mal schnell kommen, ich

habe das Gefühl, es könnte gleich eine körperliche Auseinandersetzung geben."
„Uff de Bihn?"
„Wo?" Die laute Musik erschwerte die Verständigung.
„Bei de Flamingo?"
„Nein, nein. Mein Assistent ist da wohl in etwas hineingeraten. Es geht um eine Frau von der Presse, das tut jetzt aber nichts zur Sache. Sie gehört offenbar zu einem anderen Mann. Sie kennen den auch, dieser Typ von neulich, der immer betont hat, er sei nur Gast. Jetzt rastet er dafür aus. Reichlich merkwürdig alles. Sehen Sie? Dort drüben? Es geht ziemlich aggressiv zu."
„Des? Des is doch de Freese. Dea is bei de Bollezei."
„Polizei? Im Dienst scheint er mir nicht gerade zu sein. Umso schlimmer, dann ist er am Ende bewaffnet. Wenn bei jungen Männern Eifersucht ins Spiel kommt, weiß man nie."
„Des stimmt alladings. Dea is jo mit seinare Fraa do. Un die is ibbrigenz schwanga."
*Schwanger? In dem Alter? Wahrscheinlich künstliche Befruchtung.* „Auf jeden Fall hat sie hier offenbar einen anderen, und zwar ausgerechnet meinen Assistenten."
„Mia gugge glei mol."
Beide Frauen bahnten sich den Weg zum Ort des Zwists.
„UN JETZAT: BOLONJEESE!", tönte es von der Bühne, die Flamingos zogen wirklich alle Register.
„Des is die Sooß, du Dabbes! Wie oft mussisch da des noch saare. Lärnn mol endlisch gscheit Englisch!"
„Spiel du liewa mol dei Giddaa gscheit. Die Leit wolle kä Genuudl fa ia Geld."
„Des nimmsch du zrick. Odda isch spiel kähn Toon mea. Null."
„Des mescht nix, des meiikt eh kähns. BOLONJEESE! ZWEE, DREI, FFIA! WAILD ZING[154]!"

---

154 *Wild Thing*, The Troggs

Derweil hatten sich Marion Helche und Inga Mertens zum Dreiecksverhältnis vorgearbeitet.
„Schäm dich!"
Noch waren offenbar der Vorhaltungen viele.
„Jetz is mol Schluss!" Entschlossen zog Marion Helche Freese zurück. „Was ischn lous mit Ihne? So kenn isch Sie jo gaa net!"
Auch die Mediatorin schlüpfte sogleich in ihre Rolle: „So, jetzt beruhigen wir uns erst einmal alle. Frau Helche hat völlig recht, es ist so ein schönes Fest, da brauchen wir keinen Ärger." Teilnahmsvoll wandte sie sich an Wiebke Freese: „In Ihrem Zustand sollten Sie sich sowieso auf jeden Fall schonen."
„Wie bitte? Was ist los? Sag bloß, du bist schwanger! Etwa von dem?" Freeses Stimme überschlug sich fast.
Der Assistent errötete erneut, diesmal ein wenig intensiver: „Ich schwöre, damit habe ich nichts zu tun."
„Mooment!" Marion Helche bemühte sich, die Wogen zu glätten. „So viel dassisch weeß, is do niemand schwanga."
„Doch, ich!", erklärte Freese trotzig.
„Awwa bloß halwa. Weil dea wärdd jo Vadda", unterrichtete die Wirtin die Runde.
„Ach… Ich habs ja geahnt." Wiebke Freese musterte ihren Sohn mit einem spöttischen Lächeln.
„Das wollte ich dir ja die ganze Zeit sagen, aber du musstest ja mit diesem Würstchen rumknutschen. Ja, du wirst Oma! Oma Wiebke!"
Klang das ein wenig schadenfroh?
Inga Mertens war verwirrt. „Was ist sie denn nun? Mama oder Oma?", murmelte sie mehr zu sich.
„Des ähne mea, des annare wennischa", flüsterte Marion Helche und konnte sich ein Grinsen nicht verkneifen.

**Was ist das Schöne am Älterwerden?**
**Ich muss keinem mehr etwas beweisen.**
**Zumal der Beweis keinen mehr interessiert.**

Die zukünftige Frau Freese saß auf der Bank in einer Ecke des Gartens und atmete durch, sie war für erste dem Trubel entronnen. Der Kopf eines stadtbekannten Rentners lugte vorwitzig hinter ihr über den Zaun, ein zweiter folgte, dann ein dritter.
„Sie?!"
„Ja?"
„Ä Paadie?"
„Ja. Eine tolle Party. Ich muss mich leider etwas ausruhen."
Stella deutete auf ihren Bauch.
„Sie sin net vun do, odda?"
„Du musch hochdeitsch schwetze mit derre. Sie sind aaba nischt von hia, ooda?"
„Nein, wir sind gerade aus Norddeutschland gekommen. Zu Besuch, mein Mann und ich." Sie deutete auf Freese, der sich im Gedränge in einem wichtigen Gespräch zu befinden schien.
„Dea? Des is Iara?"
„Daas ist Ian Monn?"
„Ja."
„Denn kennisch."
„Isch aa."
„Isch net."
„Awwa wohl! Des is doch de Frischling vum Tschief, de Voanehmbabbla."
„Das ist ein Fest zu Ehren vom früheren Chef meines Mannes", weihte Stella die Männer nicht ohne Stolz ein.
„Vum Tschief?"
„Kommissar Günta."
„Dea? Dea is doch in Pengzioon."
„Lebt dea iwwahaupt noch?"

„Isch hab denn schun eewisch nimmie gsehe. Kää Wunna, dea is jo aa nimmie de jingschde."
„Geschdan hawwisch denn noch gsehe."
„Des kann manschmol gonz schnell gehe. Äh, was annares, is Ian Monn als noch soän Strooma[155]?"
„Ob mein Mann was?"
„Pscht, des muss die doch net wisse, sunscht drennt die sisch am End, un mia hawwe denn donn widda do bei uns."
„Was meinten Sie, was ist mit meinem Mann? Kennen Sie ihn gut?"
„Voll. Wea kennt denn net. Voa allem die Wei…"
Der Sprecher erhielt einen *Bumba*, der ihn augenblicklich verstummen ließ.
„Er hat mir erzählt, dass er hier so viele nette Leute kennengelernt hat und dass er sich in diesen Ort verliebt hat und deshalb prompt den hiesigen Dialekt angenommen hat. Aber er ist sowieso so sprachbegabt, mein Fritjof."
„Was hodda?"
„Die mähnt, wie dea babblt."
„Koomisch halt, genau wie sie aa."
Freese hielt nunmehr energisch auf sie zu und japste bei seiner Ankunft: „Ich hab dich schon gesucht, Schatz. Es ist passiert! Meine Mutter! Sie hat es durch Zufall erfahren. Jetzt musst du unbedingt kommen, damit ich dich Wiebke vorstellen kann. Sonst gibt es eine Katastrophe."
Sein Blick fiel auf die drei Rentner: „Oh, die Herren Äh, Anda und Herta. Ihr habt euch schon bekannt gemacht, wie ich sehe."
„Ach, das sind Kollegen von dir?" Stella drehte sich um. „Sie sind also auch bei der Polizei, toll!
„Bollezei? Nää. Mia kenne uns vum Männaballett, vun de Houli Haxe[156]."

---

[155] Herumtreiber

[156] Männerballett des Fasnachtsvereins *Glickerbacher Grunzer*

Stella sah ihren Mann fragend an: „Männerballett? Davon hast du mir gar nichts erzählt."
„Dea wärdd so monsches net vazehlt hawwe."
„Weils bessa is."
„Unn, wissda schun wasses wärdd?"
„Waas ees wihad?"
„Wie?"
„Des do: Krutze odda Krott?"
Alle drei deuteten auf Stellas Bäuchlein.
„Ach so, das meinen Sie. Wenn alles klappt, wirds ein Fisch."

Kommissar Günda plagte ein schlechtes Gewissen, er hatte sich viel zu wenig um seinen Assistenten und dessen Frau gekümmert. Immerhin war Stella ja eigens seinetwegen angereist. Er machte sich auf die Suche und entdeckte sie schließlich mit Freese auf einer Bank am Rand des Biergartens, im intensiven Austausch mit den drei Rentnern. Was hier gerade vor sich ging, davon hatte er eine Vorstellung, und er beschloss, die beiden zu erlösen: „Unn? Männas? Ia habt jo gaa nix zum dringe, ia hoggt jo uffm Droggene. Wie kummtn des?"
„Ou, de Tschief! A, mia sin jo aa net eiglade."
„Wie bidde? Des gibts jo net!"
„Mia hawwe uns aa gewunnat."
„Wemm sei Paadie issn des eigendlisch?"
„A, meini. Desdaweje däaft ia nadialisch nei. Auf, Männas, isch kanns jo net mit oosehe, wie ia am Vadorschde seid. Macht, dassa nei kummt!"
Was sich die drei Rentner nicht zwei Mal sagen ließen.
„Iwwan Zaun?"
„Liewa net."

„Danke, Tschief." Sein ehemaliger Assistent wirkte erleichtert, aber noch immer angespannt. Die jüngste Begegnung mit seiner

Mutter steckte ihm noch in den Knochen.
„Gärnn gschehe. Die kenne babble, hä?“
„Er meint gerade, reden können die, die alten Herren“, machte Freese seiner Stella klar.
„Das stimmt, und ich habe eigentlich nichts verstanden, aber zum Glück hat mein Fritjof mir alles übersetzt.“
*Un des wahrscheinz falsch*, dachte Kommissar Günda. „Jetz vazehlt mol, wie habt ia eusch kennegelärnnt?“
„Das war sehr romantisch, ich habe eine Wohnung gesucht, und sie war die Maklerin. Am Schluss habe ich zwar die Wohnung nicht genommen, aber dafür sie. Liebe auf den ersten Blick.“
„Ich hätte nicht gedacht, dass es so etwas gibt.“
„Und ich habe gedacht, ich finde nie die Frau fürs Leben.“
„Zu Anfang war das etwas schwierig, weil ich noch in einer Beziehung war, aber Fritjof hat mir sehr schnell offenbart, dass er klare Verhältnisse braucht. Er ist so empfindsam, offen, treu. Er hat um mich gekämpft.“
Kommissar Günda musste sich wieder mal wundern. War das sein Freese, der Frauenjäger und -sammler?
„Bestimmt, weil er so lange vorher allein war“, schob Stella verständnisvoll nach.
„Genau. In Norddeutschland war ich schon ganz schön einsam, bis ich sie fand.“
Er fing den flehentlichen Blick seines früheren Assistenten auf. *Ja, ja, in Norddeutschland…* Nun, das mussten die beiden unter sich ausmachen. „Un DWibbge?“ Die Frage hatte er bewusst offen gestellt.
„Die ist natürlich froh. Einerseits.“
„Weje de Ooma…“
„Das war auch ein wichtiger Grund, hierher zu kommen. Ich glaube, wir sollten uns jetzt unbedingt auf die Suche nach ihr machen. Sonst zieht sie ab, ich kenne sie.“
„Alla hopp! Macht, dassa forttkummt zu derre!“

Und so befand sich Kommissar Günda nun alleine auf der Bank am Rande des munteren Geschehens. Von Ferne hörte er die durchdringende Stimme *vum Weize*: „Nochmol än donnande Abblaus fa die BRIDDI FLAMINGO. STUFE OINS.... STUFE ZWAAHII.... UN STUFE DRAAHII.... Sauwa! Die Flamingo, die mache jetz ä klähni Paus, un es iwwanimmt widda eian DiiTschej Weize. Un wenn eian DiiTschej Weize fa die Mussisch soiigt, donn deaf gedonzt wärre. Un los gehts mit moim Erkennungslied: Let mii bii joa Teddiibeaaaaaa[157]! Awwa ia wisst jo, isch gehöre nua oina: Moina. Moina Rossie! Wu steckt sien als? Do! Isch seh sie: Bussi, Bussi Bussi!"

Schon erstaunlich, lauter Verwandelte um ihn herum. Nur er schien der Alte geblieben zu sein. *Apropoo, des wäa eigendlisch ä guudi Gelegeheit fan Abgong…* Er wollte sich gerade heimlich aus dem Staub machen, da tauchte unversehens Marion Helche auf: „Do stecke Sie, isch hab schun gedenkt, Sie sin fortt. Des deede Sie awwa net mache, odda?"
„Nää", log Kommissar Günda. „Nadialisch net. Uff kähn Fall!"
„Donn is jo guud, Sie deafe net gehe, befoa dass Sie net mit mia gedonzt hawwe. Vasproche?"
„Vasproche. Isch ruh misch bloß bissl aus."
„Genieße Sies, Ia Feschtl! Genieße Sies, Tschief!"

Natürlich war das alles nett, die Leute amüsierten sich, die Musik kam gut an, Essen und Getränke fanden reißenden Absatz, und er konnte sich nun auf seine drei Lieblingsbeschäftigungen konzentrieren: *Uffm Benggl hogge, bissl gugge, bissl sinniere*[158].

---

157 Teddybear, Elvis Presley
158 nachdenken

**Du musch gfunne wärre!**

„Ich mache mich dann auf den Weg, Frau Helche, danke, dass ich noch ein bisschen auf Ihrer Party bleiben durfte."
„Schaad, des is awwa aiig schaad. Net noch ä Värddelzistund[159]?"
„Nein, Sie wissen doch, wenns am schönsten ist…"
Marion Helche setzte zu einer Entgegnung an, überlegte und nahm sie kurzentschlossen bei der Hand: „Bloß noch ähns, Fraa Doggda, donn deafe Sie springe. Des muss jetz awwa sei…"
„Was haben Sie mit mir vor?"
„Isch bring Sie noch korzz zu wemm. Do wollt Sie nämmlisch wea noch was Wischdisches froore."
„Also gut, aber ganz kurz."
Sie bahnten sich den Weg durch die Menge.

„DÄDDI, DÄDDI KUUL[160]! DÄDDI, DÄDDI KUUL!"

„Soot, do wäre ma. Tschief?"
Kommissar Günda war erstaunt, als er Marion Helche mit Inga Mertens vor sich stehen sah.
„Äh…"
„Sie wollde doch noch was vun de Fraa Doggda."
„Isch?"
„Tschief… weje de Mediazioon. Sie wollde doch mol wisse, wie des geht, stimmts?"
„Also…"
Der Angesprochene wirkte verwirrt. Entweder, so dachte Inga Mertens, entweder war der Mann vergesslich oder ganz in Gedanken. Irgendwie rührte sie diese Unbeholfenheit.
„Die Fraa Doggda hot jo heit aa noch schaffe misse. Gell, Fraa

---

159 Viertelstunde
160 *Daddy Cool*, Boney M.

Doggda? Des is bstimmt net oohne, soä Mediazioon. Des hawwe Sie jo aa schun zu mia gsacht, Tschief. Stimmts? Isch deed saare, Sie hogge sisch mol bissl hie, sie hawwe jo noch gaa net viel gebabblt zamme. Und des, obwoohl dass des jo kwassi Ia Nachfolgariin is."
Sanft, aber entschlossen schob sie Inga Mertens *zum Tschief uffs Benggl*. Die ließ es geschehen. Etwas verwundert, doch nicht ohne Belustigung nahm sie Platz.

Es war offensichtlich, so ganz wohl fühlten sich die beiden nicht. Auf einer Bank. *Newananna*, wenn auch mit gehörigem Abstand.
„Mhm", bemerkte Inga Mertens treffend.
„Pfff", ergänzte Kommissar Günda, nicht weniger überzeugt.
„Sie haben das Recht zu schweigen."
„Bidde?"
„So heißt das doch bei Ihnen, bevor Sie einen Verdächtigen in die Zange nehmen."
„Manschmol deedisch mia winsche, sgäb net bloß des Rescht zum schweige, sondann aa die Pflischt."
„Ich verstehe."
„Nää, so hawwisch des jetz net gemähnt. Net weje Ihne. Mea so allgemein."
„Aha."
„In derre Welt."
„Hm."
„Un iwwahaupt." Er stöhnte: „Un schun widda voll neigedabbt."
„Wie meinen Sie das?"
„A, Sie hawwe jo eh soän koomische Eidruck vun mia. Des basst wahrscheinz grad."
„Das stimmt nicht. Ich hatte lediglich ein paar, sagen wir mal irreführende Informationen über Sie. Durch Ihren Freund."
„Froind? Wella?"

„Na, die Stimmungskanone auf der Bühne."
„WAI ÄM TSII EE[161]!"
„Dea. Des is bloß de Weize. Mia ware Kollege fria. Dea bei de Spuresischarung. Awwa seitdähm dassa pengzioniat is, mähnda bletzlisch, ea wäa moin Koutsch. Awwa dea kennt misch jo eigendlisch gaa net."
„Das ist für einen Coach gar nicht verkehrt. So ist er unvoreingenommen."
„Subba Konzept: kä Ahnung, awwa alles bessa wisse."
„Da haben Sie recht. Das hat mich damals auch gestört, als ich überlegt hatte, eine Coaching-Ausbildung zu machen."
„Ou? Des aa noch? Oder statz Mediazioon?"
„Das wäre die Alternative gewesen. Aber mir widerstrebt das. Schon der Begriff *Coach*, *Berater*. Wie Sie sagen, alles besser wissen, aber nie Verantwortung übernehmen. Am Ende kann man immer behaupten: *Schade, dass es nicht so geklappt hat, wie ich mir das gewünscht hätte. Aber es haperte eben an deiner Umsetzung. Dein Fehler, dein Pech.* Schon ist man aus dem Schneider und macht sich aus dem Staub."
„Mhm. Deafdisch Sie mol was froore?"
„Bitte."
„Is des wiaklisch so annaschda bei soare Mediazioon?"
Sie schaute ihn prüfend an.
„Kennen Sie das Mediationsverfahren? Hatten Sie jemals damit zu tun?"
„Bissl. Theoräädisch."
„Sagen Sie bloß, Sie wollten auch mal die Ausbildung machen."
„Nää."
„Schlechte Erfahrungen?"
„Wie mas nimmt. Mia hawwe mol ä Forttbildung ghabt zu demm Thäämaa."
„Von der Polizei aus? Wieso das?"

161 *YMCA*, Village People

„Tääda-Opfa-Ausgleisch."
„Oh."
„Mache Sie des aa als?"
„Nein."
„Des hawwisch mia gedenkt."
„Ach ja? Warum?"
„Hm." Kommissar Günda fahndete nach einer unverfänglichen Antwort. Vergebens. „Äh, was annares, misch deed mol gärnn indressiare, wie finne Sie des iwwahaupt?"
„Eine Mediation mit Opfer und Täter?"
„Ähä."
„Ich finde den Gedanken bestechend. Da wurde jemandem etwas angetan, vielleicht Gewalt zugefügt. Die Bestrafung ist das eine. Aber damit ist ja nicht alles aus der Welt geschafft. Wie steht es um die Verbindung zwischen den beiden, die ist ja eine ganz besondere und hat Folgen. Auf Dauer."
„Beim Opfa."
„Beim Täter doch ebenso. Ein schlechtes Gewissen, das man nicht los wird."
„Immahiin stehe sisch die zwee voa Gerischt geje-iwwa. Langt des net?"
„Aber da geht es darum zu klären, was passiert ist, ob und wie das bestraft wird. Aber neben der Strafe gibt es vielleicht noch etwas, das Täter und Opfer gemeinsam aufarbeiten können. Verstehen, warum etwas passiert ist."
„Un donn aa noch die Absoluzioon a-deile: *Dud ma leid, dass dus so schwea ghabt hosch, dass du mia ähni neihaue muschtsch. Do, deafsch glei nochmol, wenn das guud dud.* Subba!"
„So ist das nicht gedacht. Das Opfer kann vielleicht auf diesem Wege seinen Frieden machen mit dem, was passiert ist und mit dem Täter. Und der kapiert wirklich, was er angerichtet hat und tut so was nie wieder."
„Isch weeß net."
„Die Idee ist auf jeden Fall gut."

„Hm. Un warum mache Sie des dann net, de Tääda-Opfa-Ausgleisch?"
„Ganz ehrlich?"
„Ähä."
„Ich traue mir das nicht zu. Mir fehlt die Menschenkenntnis, was Straftäter anbelangt. Sie haben als Kommissar über die Jahre Erfahrungen mit solchen Leuten gesammelt, ich nie."

„AI ÄM SE DÄÄNZING GWIIIN[162]!"

„Deafdisch Sie noch was froore?"
„Weißweinschorle."
„Hä?"
„Die Antwort lautet *Weißweinschorle*. Oder wollten Sie mich gar nicht fragen, ob Sie uns was zu trinken holen sollen?"
„Doch, doch."

Die Gäste unterhielten sich so gut, dass der eigentliche Anlass des Festes in den Hintergrund zu geraten schien. Nur ab und an schnappte Kommissar Günda im Vorbeigehen *Dejding*-Analysen auf.
„Oder kennst du den?"
„Ja, klar, wer kennt den nicht, diesen Schöngeist."
„Wenn du mich fragst, mehr schön als Geist."

Als er an der Bühne vorbeikam, winkte ihn Axel Kornfeld heran:
„Hea, Günda, leeft do was?"
„Hä?"
„Mit derre Kwidde. Isch habs gönau gsehe, wie die disch oogeguggt hot. Voll fagnallt."
„Isch weeß gaa net, was du mähnsch, Weize."
„O!"

---

162 *Dancing Queen*, Abba

Kommissar Günda fühlte sich gerade wie ein Vierzehnjähriger, der einem Altersgenossen Rede und Antwort zu seinem ersten Rendezvous stehen soll.
„Hea uff, Weize! Alles bloß Gerüschdales."

„Marioon? Zwee Weinschorle, bidde."
„Die hot was, gell?"
„Wea?"
„Tschief, die Fraa Doggda nadialisch."
„A so, die hosch du gemähnt. Hmpf."
Normalerweise hätte ihn so etwas veranlasst, von dieser Frau Abstand zu nehmen, aber er musste sich eingestehen, das Gespräch mit ihr war angenehm gewesen. Wie ihre Gesellschaft überhaupt. Überraschend. Unverhofft.
Er freute sich auf die Fortsetzung.
*Bissl.*

Als er zurückkam, fand er die Bank verwaist. Sollte sie etwa die erstbeste Gelegenheit genutzt haben, sich aus dem Staub zu machen? War er ihr zu nahe getreten? Hätte er nicht so offen über seine Sicht der Mediation reden sollen?
Er ließ seinen Blick schweifen und entdeckte Inga Mertens unweit im Gespräch mit einem jungen Mann. Es schien eine gewisse Vertrautheit zwischen den beiden zu geben.
*Aa rescht. Un tschüss!.*
„Darf ich vorstellen: mein Assistent, Lars Christiansen. Das ist Kommissar Günda, er hatte früher sein Büro hier in der Gastwirtschaft."

So wie sie das gerade sagte, klang es schon etwas befremdlich. Dementsprechend nickte der junge Mann irritiert und verabschiedete sich, er müsse noch etwas klären.
„Äußerst zuverlässig, mein Assistent", bemerkte sie, als er außer Hörweite war. Sie nahmen wieder Platz *uffm Benggl.*

„Manchmal habe ich ein schlechtes Gewissen, dass er immer noch für mich arbeitet. Begonnen hat er als Student. Jetzt ist er schon eine Weile fertiger Jurist und könnte groß Karriere machen. Stattdessen schmeißt er mein Büro. Und fährt mich zu Terminen."
„Bragdisch."
„Ja, ich gebe zu, es tut auch mal gut, wenn sich ein junger Mann um einen kümmert."
„Vleischt gfälltsem aa."
„Wie meinen Sie das? Ach so, nein, ich könnte ja seine Mutter sein. Obwohl, ich habe ihn vorhin sehr vertraut mit einer, sagen wir mal vorsichtig, mit einer reiferen Frau gesehen, das hat mich schon irritiert."
„Ou, des dud ma leid, so hawwisch die Fraue jetz net eigschätzt, die wu de Weize eiglade hot. Awwa Ian Klähne is fa monsche vun denne aiig schnuggelisch, scheinz. Des kannisch nadialisch net so beuadeile als Monn."
„Mag sein. Bei mir sind das eher Muttergefühle, die er weckt. Vielleicht weil ich die gerade bei meinem eigenen Sohn nicht ausleben kann. Fünfzehn. Das sagt wohl alles. Ich wäre froh, wenn er schon so weit wäre, dass man mit ihm wieder ein vernünftiges Wort reden kann. Aber lassen wir das. Haben Sie Kinder?"
„Nää."
„SEX BOMB[163], SEX BOMB, AIM JUA SEX BOMB!"
Eine nicht unwillkommene Ablenkung.

„Sie mähne, fa denn junge Monn wäa des wischdisch, dassa bei Ihne schafft."
„Sagen wir so, sein Vater hat mir mal einen bitterbösen Brief geschrieben, was mir einfiele, seinem Sohn die Karriere zu verbauen. Er ist übrigens ein bekannter Strafverteidiger."

---

163 *Sex Bomb*, Tom Jones

„Desdaweje hot mia de Noome glei was gsacht. Unn, wie hawwe Sie reagiat?“
„Ich habe ihm zurückgeschrieben, dass das die Entscheidung seines Sohnes sei, ich stünde ihm aber gerne für ein Gespräch zur Verfügung.“
„Un donn?“
„Keine Antwort.“
„Un de Junioa? Hawwe Sie demm des vazehlt?“
„Ich habe lange mit mir gerungen. Aber ich fand schließlich, er hat das Recht, das zu wissen. Besonders überrascht war er nicht. Es schien ihm sogar zu gefallen. Er hat bis über beide Ohren gegrinst, als ich ihm davon erzählte.“
„Des wäa jo mol än Fall faä schääni Mediazioon, odda?“
„Ganz sicher sogar. Aber nicht für mich, im eigenen Umfeld funktioniert das nicht. Ich bin hin- und hergerissen, er ist ein erwachsener Mann, er muss selber die Entscheidungen für sein Leben fällen. Andererseits will ich nicht, dass er mich dafür benutzt, seinem Vater eins auszuwischen. Vielleicht bereut er das sonst irgendwann. Deshalb sage ich ihm immer, er soll die Augen offen halten.“
„Des meschda jo aa, wie ma heat.“
„Nicht nach Frauen, nach einem anderen Job.“
„Schun klaa.“
„Jetzt promoviert er erst einmal.“
„Thäämaa?“
„Ich glaube, irgendwas mit Abgrenzung von Raub und räuberischer Erpressung.“
„Siggsch. Des basst jo.“
„Inwiefern?“
„Donn kanna bei Ihne glei mol de Tääda-Opfa-Ausgleisch iwwanämme.“
„Sie meinen, er soll bei mir einsteigen? Nein.“ Sie lachte. „Das ist nicht der Typ. Ich glaube, da ist er verdorben durch seine juristische Ausbildung. Ich merke das, wenn er mir die Anfragen

schildert, er hat immer schon eine Vorstellung, wie man die Sache lösen kann. Ergebnisorientiert, könnte man das nennen. Aber so was ist für eine Mediation tödlich. Nicht ich muss eine Lösung gut finden, sondern die Mediandem."

„Bleedes Wortt, odda?"

„Stimmt, aber mir fällt kein besseres ein. Ihnen? Klienten, Kunden…"

„Streithammel…"

„Sie bringen mich zum Lachen. Das gefällt mir."

„Mia aa."

„Jedenfalls, Lars könnte sich bestimmt nicht so zurücknehmen."

„Wie soin Vadda."

„Bei dem setzt er sich erstaunlich konsequent durch, bestimmt nicht einfach. Ich frage mich manchmal, ob mich das veranlasst, ihn bei mir zu behalten."

„Wisso?"

„Er erinnert mich an mich früher. Ich musste mich auch durchsetzen. Muss ich im Grunde bis heute. Aber jetzt muss ich Sie auch mal etwas fragen. Darf ich?"

„Klaro. Isch deed noch was nämme."

„Nein, eine ernsthafte Frage."

„Bidde!"

„Können Sie nicht hochdeutsch sprechen, oder wollen Sie es nicht?"

Kommissar Günda grinste: „Beides."

Jetzt lachte sie schallend.

„Un wie kummt des, dass Sie misch so gut vastehe? Isch mähn sprachlisch gsehe? Odda simliare[164] Sie als?"

„Ob ich was?"

„Simliare, so due als ob."

Sie wiegte abwägend den Kopf.

„Sie hawwe misch schun glei vastanne, stimmts?"

---

[164] simulieren

„Ich wollte Ihnen die Freude machen, mir etwas zu übersetzen. Na ja, mein Vater kommt aus der Region. Aber meine Mutter hat darauf bestanden, dass zu Hause hochdeutsch gesprochen wird. Anders dagegen bei meinen Großeltern…“
„Vädalischaseits.“
„Genau. Meinen großen Passivwortschatz verdanke ich denen. Sie erinnern mich übrigens an ihn.“
„On wenn?“
„An meinen Opa.“
„Ou, donge! Subba!“
„Von der Sprache. Aber auch ein bisschen von der Art, dieses Verschmitzte. Kann es sein, dass Leute immer wieder den Fehler machen, Sie zu unterschätzen?“
„Efdas. Sie net, odda?“
„Da ist was dran. Aber die Sorge, ob ich ernst genommen werde, hatte ich zu Anfang schon. Ich bin ja von Haus aus Kunsthistorikerin. Gesprächsleitung, das musste ich erst lernen. Ansonsten braucht man schon eine gewisse Autorität. Die hat man, oder man hat sie nicht, und wenn jemand daran zweifelt…“
„Lässt ma halt mol än Brilla fahre.“
„Stimmt, das haben Sie ja wohl mal zu hören bekommen. Das liegt einfach an meiner früheren Tätigkeit.“
„Brilla in de Kunscht? Sie mähne, als mol soän Künschtla zammefalde: Hea, du Sseftl, mol mol[165] was Gscheides!“
„Nein, ich war ein paar Jahre angestellt in einem Museum. Dort landen wir Kunsthistoriker ja gerne. Da musste ich ziemlich viele Führungen machen.“
„Schulklasse…“
„Ja, aber das ist mittlerweile auch bei Erwachsenen schwierig. Man hält einen Vortrag, erklärt Kunstwerke, und die Leute unterhalten sich, telefonieren…“

---

165 male mal

„Mache Selfies mit de Moona Lisa..."
„Sie kennen sich aus mit Kunst?"
„Isch? Nää. Leida net. Null."
„Schade. Ich…"
In diesem Moment wurde die Musik leiser und es meldete sich *DJ Weize* von der Bühne: „Isch hea grad, Leit, sgibt Noochdisch: **GRÄHM BRÜLLEE!** Awwa isch bin ma net so sischa, ob des langt fa alla. Deshalb deedisch saare: RON ONS BUFFÄTT, RUFF UFF DE SPECK! Un dodezu kummt glei mol die rischdisch Mussisch, die Aatschiis: SCHUGGA, SCHUGGA[166]!"

Auf den hinteren Plätzen war man sich einig: „Nachtisch? Muss nicht sein, oder?"
„Net u-bedingt. Wu ware ma grad?"
„Sie wollten mir erklären, weshalb Sie nichts für die Kunst übrig haben."
„Wolldisch des? So kamma des net saare. Isch bin schun aiig fa Kunscht. Voa allem fa Mussisch."
„Ja, die gefällt mir auch ganz gut, die Musik, muss man Ihrem Freund lassen."
Kommissar Günda verzog das Gesicht.
„Oder etwa nicht?"
„Doch, doch."
„Wobei ich gestehen muss, das meiste, was heute Abend läuft, kenne ich nicht. Zum Beispiel das jetzt. Ist das neu?"
„Net direkt. Fuchzisch Joa alt."
„Also fast so alt wie ich. Tut mir leid, da bin ich einfach ungebildet."
„Des mescht nix", hörte er sich sagen.
„Bei uns im Museum gab es immer mal wieder Vernissagen mit klassischer Musik, aber für mich hieß das *Da rein, da raus*. Mir sagt das einfach nichts. Spielen Sie ein Instrument?"

---

166 *Sugar, sugar,* The Archies

„Leida net."
„Kann man doch nachholen. Sie haben ja jetzt Zeit."
Sie bemerkte den missbilligenden Blick: „Vergessen Sie das, was ich eben gesagt habe. Sie hören bestimmt andauernd gute Ratschläge, wie Sie Ihre Zeit verbringen sollen. Ich hab ja vorhin gehört, Sie wissen genau, was Ihnen guttut und was nicht. Ich meine nur, man kann immer noch ein Instrument lernen."
„Ä-ä. Des is rum."
„Nicht, wenn man Talent hat. Ich hatte das nicht. Aber trotzdem musste ich Querflöte lernen. Meine Mutter fand, das passt zu mir. Fand meine Flötenlehrerin nicht. Es war eine Quälerei. Für alle Beteiligten. Irgendwann hat es auch meine Mutter eingesehen. Aber sie war natürlich enttäuscht. Das ist bis heute eine ihrer großen Stärken."
„Vleischt kann sie des annare net so zeije, Ia Muddi."
„Da könnten Sie recht haben. Sie kann wirklich viel, aber Anerkennung zeigen, das kann sie nicht. Das ist übrigens ganz oft auch der Knackpunkt bei Mediationen. Fehlende Anerkennung."
„Un was mache Sie donn, wenn Sie des meiike?"
„So einfach ist es ja meistens nicht, weil es erst mal keine Ebene gibt, sich vernünftig auseinanderzusetzen."
„Die Leit schwetze iwwananna, awwa net middenanna."
„So ist es. Sie erzählen mir, was sie alles stört. Und dann versuche ich herauszufinden, was steckt denn eigentlich dahinter? Und das ist eben oft das Gefühl fehlender Anerkennung. Selbst wenn es um Geld geht, ist das vielfach nur vordergründig."
„Mähne Sie? Lob statz mähna Geld? *Des machsch du so subba, do hoschn Glabbs. Des langt.*"
„Es muss natürlich ehrlich gemeint sein."
„Un des glabbt? Sie bringe des dann hie, dass die Leit saare: *Isch hab mia iwwalegt, du bisch de Kees*[167]*. Dud ma leid, isch habs bloß imma vagesse, dia des zum saare.*"

---

167 Held oder Käse, das ist hier die Frage.

„Wenns gut läuft, ja."
„Un wenn Sie rausfinne, demm ähne fehlt genau des, die Anakennung, awwa de anna sacht äfach: *Was willsch du? Anakennung? Fa waas? Du bisch doch nix, du hosch doch nix druff!*"
„Das wäre natürlich schade."
„Nää. Donn wäa des soggaa noch schlimma, weil de ähne hot jo zugewwe, dassa des brauch vun demm annare. Do meschda sisch doch bloß noch klähna duasch die Mediazioon."
„Worauf wollen Sie hinaus?"
„Wenn isch mit soäm Sseftl Händl heed, donn deedisch mia guud iwwaleje, ob isch mit demm zu Ihne geh. Jetz nix geje Sie. Awwa dea Dabbes muss des jo net wisse, wu mei Probblähme sin. Isch mach denn jo bloß greeßa un geb demm Macht iwwa misch. Donn wäa mias ealisch gsacht liewa, isch gähngt zu Ihne alläa fa die gonz Mediazioon."
„Eine Mediation alleine? Ohne den Kontrahenten? Wie soll das gehen?"
„Gonz äfach: Dea Konflikd, denn wu isch mit demm Hannebambl hab, dea fängt doch bei mia oo, in mia."
„Das glaube ich nicht."
„Wenn isch kähn Konflikd in mia hab, hawwisch aa kähna mit demm Sseftl."
„Aber höchstens, weil ich mich mit der Situation abgefunden habe. So was endet gerne in einer Therapie. Dann doch lieber mit dem Widersacher den Konflikt bearbeiten."
„Awwa swäa noch subbarara[168], wenn isch denn annare gaa net brauche deed, damit mias bessa geht. Sunscht bin un bleiwisch abhängisch vun demm Sseftl."
„Hm. Darüber muss ich nachdenken."
„OU TSCHII KAKKA OO[169] OU OU!"

---

168 Wir steigern alles.
169 *Coco*, The Sweet

„Sgibt jo net bloß große Konflikde."
„Wohl wahr. Kleine können auch das Leben schwer machen."
„Isch hab ibbrigenz grad soän klähne."
„Oh. Nämlich? Vertrauen Sie mir den an?"
„Oukey. Awwa Sie deafe net lache."
„Versprochen."
„Die ää Stimm in mia sacht: *Machs.* Die anna: *Jo net.*"
„Aha. Vielleicht etwas genauer?"
„Die ää Stimm in mia sacht: *Isch deed doch gärnn än Noochdisch nämme.* Awwa die anna sacht: *Des geht net, du kannsch die Fraa doch net alläa do hogge losse.*"
„Ich glaube, der Konflikt lässt sich lösen."
„Alla hopp!"

Die Schlange war lang vor der Nachtischtheke. Sie reihten sich ein und sogleich kam man mit den Umstehenden ins Gespräch.
„Ah, jetzt lernen wir sie endlich mal kennen, die geheimnisvolle Freundin."
Kommissar Günda setzte zu einem Widerspruch an. Vergebens.
„Schau mal, Gerti, das ist sie."
„Sie haben das toll gemacht! Wissen Sie, ich bin jetzt schon eine Weile in diesen Partnervermittlungsportalen, und immer wieder diese Männer, die sich so völlig falsch einschätzen…"
„Überschätzen, vor allem überschätzen…"
„Ansprüche stellen und selbst? Gute Nacht."

Kommissar Günda bemerkte, wie sich eine kleine Traube um sie herum bildete. Er war sich nicht sicher, was er davon halten sollte, und schaute zu Inga Mertens. Die schien sich nicht unwohl zu fühlen.
„Weißt du, was mir am besten gefallen hat? Ich sag jetzt einfach mal *du*, ich hoffe, du hast nichts dagegen, wir duzen uns hier alle."
„Gerne, ich bin die Inga."

„Inga? Clever! Den Namen Rosie, den hast du sehr geschickt gewählt, der vermittelt so eine mütterliche Distanz."
„Stimmt."
„Darauf muss man erst mal kommen."
„Jedenfalls, was mir so gut gefallen hat, ich kann da, glaube ich, für viele sprechen, du hast nichts beschönigt. Du hast auch Schwächen benannt, zum Beispiel indem du klar gesagt hast, ich mache das hier, weil er das alleine nicht hinkriegt. Man hat gemerkt, es ist dir ein Anliegen, für diesen Schwervermittelbaren die Richtige zu finden."
„Genau. Aber nicht mit Hochstapelei."
„Und dann ist es doch nur wieder einer von diesen Gestörten."
„Da wimmelt es nur so."
„Wem sagst du das."

Kommissar Günda überlegte, wie er seine Begleiterin aus dieser misslichen Lage befreien konnte, man hielt sie offenkundig für Rosie Kornfeld. Doch ihr schien das gar nicht unangenehm zu sein. Derweil kamen sie in der Schlange nur sehr langsam voran.
„Ich wette, du bist keine Anfängerin. Du hast selbst mal über diese Portale gesucht."
„Ja, ein paar Mal."
Das war nun allerdings überraschend. *Do gugg!*
„Und?"
Eine Frage, die durchaus auch Kommissar Günda auf der Zunge lag, deren Beantwortung er aber auch ein wenig fürchtete. Zu seiner Verwunderung.
„Alles Nieten. Bis auf ein, zwei."
„Keine schlechte Quote, da erlebe ich anderes."
„Apropos, du kennst diesen Mann gut, das hat man gemerkt, wie du über ihn geschrieben hast."
Inga Mertens nickte wissend.
„Was ich mich die ganze Zeit gefragt habe, warum nimmt sie ihn nicht selbst?"

„Ja, genau."
„Ich meine, deine Sympathie für ihn war spürbar."
Nun wurde es wirklich peinlich. Er sollte unbedingt einschreiten, diese Unterhaltung beenden oder wenigstens in eine andere Richtung lenken. *Kä Schangs.*
„Aber jetzt, wo ich dich sehe, ist mir das schon klar, warum er nichts für dich ist."
*Ach?*, dachte Kommissar Günda.
„Er war immer so still."
„Und wenn er mal was gesagt hat, verstand man ihn schlecht."
„Das ist übrigens das einzige, was ich kritisieren kann, da hättest du uns vorwarnen müssen."
„Wie er den Mund aufgemacht hat, dachte ich, der kann nicht echt sein, das ist jetzt *Verstehen Sie Spaß*."
Kommissar Günda räusperte sich. Sie sprachen über ihn, als sei er gar nicht anwesend.
„Äh…"
„Da wars wieder."
„Habt ihrs gehört?"
„So witzig."
„Dieses *Äh…*, ich dachte zuerst, er imitiert jemanden."
„Boris Becker!"
„Genau."
„Aber er kann nichts dagegen tun, es ist so was wie sein Markenzeichen."
„Aber sonst ist es ja ein ganz netter Typ."
„Mir hat das gefallen, wie er vorhin geredet hat."
„Mir auch."
„Man hat natürlich deine Handschrift rausgehört, Inga."
„Eindeutig."
„Und wie geht es jetzt weiter? Was hast du mit ihm vor?"
„Na ja", begann die Günda-Expertin. „Erst mal…"
„Ein Sprachkurs!"
Allgemeine Heiterkeit.

„Willst du ihn noch in anderen Portalen anbieten?"
„Unter anderem Namen?"
„Boris Becker!"
„Till Schweiger!"
„Babba Hesselbach!"
*Jetz langts awwa*, doch seine neue Vermarkterin kam ihm zuvor. „Ich denke, wir werden erst mal alles aufarbeiten, und ich meine, er hat ja vorhin durchblicken lassen, wie er die Zukunft sieht. Vielleicht bleibt er ja auch alleine."
„Also du bestimmt nicht, Inga!"

Sie waren nun an der Reihe. Viel war nicht mehr übrig vom Nachtisch.
„Genau wie auf dem Männer-Markt…"
„… der ohnehin begrenzten Möglichkeiten. Haha!"
„Also ich finde, wir sollten unbedingt in Kontakt bleiben, Inga. Hat Spaß gemacht mit dir."
Die Frauen nickten einmütig.
„Aber genug davon!" strahlte Inga Mertens. „Jetzt lassen wir es uns erst mal schmecken. Macht euch einen schönen Abend, Mädels!" Sie schob ihren Schützling in die andere Richtung. „Er braucht erst mal Ruhe, war alles etwas viel für ihn."
Aus der Ferne hörte er noch die weiteren Kommentare.
„Er kann so froh sein, dass er die hat."
„Einen gesunden Appetit hat er ja."
„Das sieht man leider auch."
„SOOT, UN JETZAT, DASS DIE GRÄHM BRÜLLEE GLEI MOL WIDDA SCHÄÄ RUNNA GEHT: LETZ TWIST ÄGÄNN! DO IS DE SCHABBI SCHEGGA[170]!"

Zu schade, ihre Bank war besetzt. So blieben sie notgedrungen stehen und widmeten sich dem kargen Nachtisch.

---

170 *Let's twist again*, Chubby Checker

Kommissar Günda überlegte, was er wohl sagen könnte, um diese peinliche Situation zu beenden: „Äh, nochmol weje demm innare Konflikt…"
„Momentchen. Nicht so voreilig. Erst müssen Sie mir Rede und Antwort stehen."
„Äh… isch mähn ou. Inwiefärnn?"
„Sie wissen ja, von Berufs wegen interessiert mich immer auch die andere Seite. Also, wie fanden Sie die Damen?"
„Welli?"
„So einfach kommen Sie mir nicht davon. Die, die wir eben getroffen haben natürlich. Die dachten ja witzigerweise, ich wäre diejenige, die Sie unter die Haube bringen will. Originell. Also?"
„A so die…" Noch hoffte er das Thema umschiffen zu können. „Isch weeß net so genau…"
„Sie erinnern sich aber schon an die Damen, oder?"
„Ealisch gsacht, isch bin so bissl u-sischa."
„Also lustig waren sie auf alle Fälle. Und? Wie siehts aus? Hat Ihnen eine gefallen?"
„Pfff."
„Ich sags auch keiner weiter bei unserem Mädelsabend… Kleiner Scherz. Und jetzt?"
Beider Teller waren mittlerweile leer. Für einen Moment sahen sie sich in die Augen. Kommissar Günda wurde es unversehens etwas flau.
„Daaf isch bittön?"
Axel Kornfeld hatte wirklich ein besonderes Gespür für das richtige Timing. Ehe sie etwas sagen konnte, nahm er Inga Mertens den Teller aus der Hand, übergab ihn Kommissar Günda und zog sie in Richtung Tanzfläche.
„Isch bring sie da glei widda, Günda. Värddelzistund. Höggschdens."

Schon waren beide im Getümmel verschwunden, und er stand alleine da. Mit zwei leeren Tellern.

Was passierte hier gerade? Wieso war es ihm bei 48 Frauen so schwer gefallen, ins Gespräch zu kommen? Wieso war es ihm mit Inga Mertens so ohne Weiteres gelungen? Lag es nur am zufälligerweise glücklich gewählten Thema? Er betrachtete sie aus der Ferne. Kornfeld redete auf sie ein, sie nickte ab und an, lachte. Spürte er gerade so etwas wie eine leise Eifersucht?
*Uff de Weize? Binnisch bekloppt?*

Er blickte Richtung Bühne. Dort hatte Rosie Kornfeld offenbar die DJ-Vertretung übernommen. Sie strahlte und winkte ihm zu, reckte den rechten Daumen. Und spielte nun *Lady in Red*, Chris de Burgh.
*Des fehlt ma grad.*
„SUBBA, ROSSIE, DES ISSES!", brüllte ihr Kornfeld zu.

Was gab es dauernd zu lachen? Sprachen sie etwa über ihn?

Nun, mit dieser Vermutung lag Kommissar Günda tatsächlich richtig. In der *Koutschingzone* war man sich einig, es musste etwas geschehen. Dass *de Günda un selli Inga* sich überhaupt endlich gefunden hatten, grenzte an ein Wunder, auch wenn alles gut vorbereitet und eingefädelt war. Dass sie sich so ausdauernd angeregt unterhalten hatten, war kein schlechtes Zeichen. Dass Inga Mertens die Altinteressentinnen nach relativ kurzer Zeit wieder losgeworden war, stimmte weiter hoffnungsfroh. Aber dass sie nun beide drauf und dran waren, das Gewonnene wieder zu verspielen, indem sie *des Palaafa*[171] fortsetzten, das konnte nicht hingenommen werden. Der Abend war endlich, die Zeit lief davon.
Und so hatte Axel Kornfeld auf eigene Faust die Initiative ergriffen und sich aufgemacht, die Weichen erneut und diesmal entscheidend zu stellen.

---

171 Palaver

Aber er hatte seine Lektion gelernt. Sein vollmundiges Werben *fa de Tschief*, darauf hatte sie eindeutig ablehnend reagiert. Das erforderte ein Umdenken. Er würde jetzt anders vorgehen, eine neue Strategie, abgestimmt auf diesen Typ Frau. Hatte er bei ihrem ersten Gespräch ausschließlich die Vorzüge seines Schützlings gepriesen, so wurde er nun beim Wiegeschritt nicht müde, dessen Defizite zu benennen: „Isch saach Ihne mol was unna uns, de Günda un die Fraue… Kaddaschdroof! Bei de Äawet is des än guude Monn. Wiaklisch, kamma net annaschda saare. Awwa priffaat? Wie än Eremit. Isch hab schun gedenkt, dea hots mim Zellibaat[172]. Än Einzlgänga, wia im Buch steht. Un seitdähm dassa nimmie schafft, hoggda bloß noch rum bei sisch am See. Neewebei, vun weje See. Unna uns, des Hopfeloch, wu dea jetz lebt, des sieht genau so aus, wies heeßt. Isch sachs mol so: Des muss ma wolle. Un wemma des will, donn muss ma selwa agdief wärre. Weil bis dea mol uff Tuure kummt, de Günda, do is de Klimawandl schun widda rum. Isch weeß net, hodda Ängscht odda was? Dea valoddat langsoom, ma siehts jo am Ronze. Sportt, des missda mol mache. Esse dudda gärnn, awwa koche kanna net. Bloß ähns, des kanna. Bissl. Donze. Dorttmols beim Bollezeifescht, do hot dea mit meinare Rossie gedonzt, do waa awwa alles zu spoot. Do bin isch schun bissl eifasischdisch gewest. Awwa die weeß nadialisch, was sie an mia hot."

Inga Mertens wusste nicht so recht, wie ihr geschah. Sie ließ die kritische Würdigung durch ihren Tanzpartner höflich lachend an sich vorbeirauschen. Dass hier von einigen planvoll vorgegangen worden war, dessen war sie sich mittlerweile ziemlich sicher. Aber wieso redete dieser Typ dann so despektierlich über einen Mann, den er noch vor kurzem über den grünen Klee gelobt hatte? Sie fand, dieser Ex-Kommissar hatte sich während ihres Plausches erstaunlich aufmerksam gezeigt. Klar, die Spuren des

---

[172] Zölibat

Lebens waren nicht an ihm vorübergegangen. An wem schon? Aber er konnte zuhören, er konnte auch Dinge sagen, die sie ihm gar nicht zugetraut hätte, die sie zum Nachdenken brachten. Und zum Lachen. Sie hatte überdies das Gefühl, er konnte tiefer blicken, als er es wahrhaben wollte. Er war allerdings wirklich antriebsschwach. Das zeigte sich gerade in diesem Augenblick wieder, als sie ihn so dastehen sah. Er hatte sich anscheinend überhaupt nicht bewegt, seit sie davongetanzt waren. Noch immer verharrte er wie bestellt und nicht abgeholt, die Teller in der Hand, den Blick ins Nirgendwo gerichtet. Oder auf den Geschirrdienst wartend.
„Soot, Günda, die Fraa Doggda hot mia grad mitgeteilt, isch wäa än Subbadänza, awwa jetz deed sie liewa mit dia ä Rund drehe. Isch weeß net warum, awwa isch deed mol saare: Ian Wunsch is mia Befehl, Mii Leddie[173]! Alla hopp!"

Erst jetzt hatte Kommissar Günda bemerkt, dass Kornfeld Inga Mertens wieder zurückbugsiert hatte. Wodurch er sich noch verlorener vorkam.
„Jetz geb ma mol die Della, die bleede. Du bisch so u-bragdisch, Günda." Kornfeld drehte sich zur Bühne und brüllte: „ROSSIE! JETZAT!"
Der gerade laufende Song *Are you lonesome tonight*[174] wurde abrupt beendet, es ertönte die Gitarre von Eric Clapton: *Wonderful tonight.*
Kommissar Günda stöhnte vernehmlich: „A nää."
„Sie müssen natürlich überhaupt nicht mit mir tanzen."
Inga Mertens, der diese Reaktion nicht entgangen war, baute sogleich vor.
„Jetz geht des schun widda los." Er war drauf und dran, sich wieder die beiden Teller zu schnappen. „Des is net weje Ihne."

---

173 My Lady
174 Elvis Presley

Kornfeld wiegte sich bereits im Takt und raunte ihm ins Ohr: „Heasch des, Günda? Des is dei Lied. Eckschdra ausgsucht fa disch, fa eisch. Un jetz du, Günda, saach dei Sach: *Fraa Doggda, Sie lugge wandaful tunait.* Des is doi Schangs, des is doin Text. Auf! Des funkzioniat, isch garandia dia des!"

Wie angewurzelt blieben Kommissar Günda und seine mögliche Tanzpartnerin unentschlossen in stabiler Entfernung voneinander stehen. Aus der Ferne hatte Wiebke Freese das seltsame Schauspiel beobachtet, und sie ahnte, was in Kommissar Günda gerade vor sich ging. Es lag nicht an Inga Mertens, es lag nicht daran, dass er nicht tanzen wollte, es lag eindeutig nur an einem: an der Musik. Kurzerhand sprang sie auf die Bühne und stöpselte ihr Smartphone an die Anlage. Dem fragenden Blick von Rosie Kornfeld begegnete sie mit einer hektischen, keinen Widerspruch duldenden Geste: „Das ist jetzt überaus wichtig, Rosie. Vertrauen Sie mir, ich kenne den Mann. Machen Sie den Clapton weg."
„Wenn?"
„Die Musik. Aus! Sofort! Bitte! Sagen Sie irgendwas, so was wie *Kleine Störung, es geht gleich weiter…* Bitte!"
Rosie Kornfeld stoppte den CD-Spieler: „Äh… Isch hea grad, mia hawwe ä klähni Stearung, sgeht awwa bstimmt glei weida."
Wiebke Freese benötigte zwei, drei Handgriffe, und dann ertönte aus den Boxen Joe Jackson: *Slow Song.*

Schlagartig wanderte Kommissar Gündas Blick zur Bühne, und er traf den von Wiebke Freese. Er sah ihr kurzes Nicken, und meinte zu erkennen, was sie ihm stumm zurief: „Life's what you make it!"
Und ohne zu zögern, nahm er Inga Mertens bei der Hand und zog sie auf die Tanzfläche. Unbeholfen wie immer, aber bestimmter denn je.

Was in der Folge geschah, da gingen die Meinungen auseinander. „Häwwi Knuutsching“, befand de Ää. „Digge, fedde Schmatza“ habe es gegeben.
De Anna wollte genau beobachtet haben, „wie de Tschief derre ian Bobbes gedettschlt hot.“
Woraufhin ihn De Härddschd korrigierte: „Nää, die demm seina.“
„Hea mol“, ergänzte an dieser Stelle de Ää, „die Meedlin, die wolle als noch moin Bobbes sehe. Wedde ma? Auf, mia mache de Flamingo. Schou-Daim[175] fa die eschde Houli Haxe!“

Als Axel Kornfeld von diesen Beobachtungen erfuhr, gab es für ihn nur eine Erklärung: „Do waa was drin in derre Grähm Brüllee. Bstimmt vun de Marioon. Die hots fauschtdick hinna de Oare.“

Rosie Kornfeld und Wiebke Freese konnten zu ihrem Leidwesen von der Bühne aus nichts Genaues erkennen, aber das Gesamtbild betrachteten sie mit Wohlgefallen. Und zwar in solchem Maße, dass es ihnen noch nicht einmal auffiel, als der *Slow Song* dank versehentlich eingeschalteter Wiederholungsfunktion drei Mal in Folge gespielt wurde.

Was dem von vielen beäugten neuen Tanzpaar keinen Deut anders ging.

---

[175] Show-Time

**Sex ist keine Lösung.**

Als Kommissar Günda am nächsten Morgen aufwachte, hatte er Mühe, sich zurechtzufinden. Welcher Tag? Wie spät mochte es sein? Wo befand er sich?
Dann halfen ihm Gerüche und Geräusche auf die Sprünge. Es klang nicht nach Hopfeloch und auch nicht nach seinem alten Zuhause. Geschirrklappern, Gläserklirren. Dazu roch es nach verglühter Grillkohle und abgestandenen, alkoholhaltigen Getränken. Der Blick aus dem Fenster verschaffte ihm letzte Gewissheit: Er hatte in einem der Gästezimmer vom Roten Ochsen übernachtet.
Marion Helche war bereits fleißig. Zwei junge Männer gingen ihr zur Hand, denen sie immer wieder eindringlich flüsternd Anweisungen erteilte.
„Morsche, Marioon!"
Seine Stimme war noch ein wenig lädiert. Er hatte schon lange nicht mehr so viel geredet.
„Ou, mia hawwe Sie hoffentlisch net geweckt, Tschief! Isch hab denne Buuwe gsacht, sie solle bissl leis sei."
„Nänää. Was seschtn die Ua?"
„Glei halwa de zwelfe."
Unfassbar, so lang hatte er ewig nicht geschlafen.
„Un, wie hawwe Sien gschloofe, Tschief?"
„Subba. Isch muss bloß ärschda bissl wach wärre."
„Wie wäas, Sie vasuche des mim klähne Friistick bei mia im Gaade? Sie misse aa nix mithelfe."

Er duschte in aller Ausführlichkeit und zog die *Glamodde vun geschdan* wieder an. Er hatte ja gar nicht damit gerechnet zu übernachten und nichts mitgenommen. *Schun bissl peinlisch.* Aber andererseits gab es mit Marion Helche eine Vertrautheit, die sie das bestimmt verzeihen ließ. Und die *zwee Buuwe*, die nahmen *denn alde Sseggl* im Zweifel gar nicht wahr.

Einmal mehr zollte er der Wirtin vom Roten Ochsen Respekt und Bewunderung. Wie von Zauberhand war der Garten wieder zurückverwandelt worden, als hätte es die Party nie gegeben. Einzig die gestapelten Bierbänke und ein paar prall gefüllte Müllsäcke ließen erkennen, dass sich hier Größeres abgespielt hatte.
Für ihn war bereits gedeckt. Auf einem kleinen runden Bistrotisch. Mit zwei grünen Gartenstühlen. *Wie fria. Schää.*
„Auf, hogge ma uns bissl hie. Unn, Tschief? Wie hots Ihne gfalle?“ Marion Helche setzte sich zu ihm. „Gonz schää viel Leit. Fascht so viel wie bei Iare Va-abschiedung.“
„Bloß gonz annare Leit. Un bissl aiig viel Fraue.“
„Zu viel, isch weeß schun. Desdaweje waas guud, wie mia donn um ähns gsacht hawwe: *Feiaowett mit de Mussisch un iwwahaupt!* Sunscht heeds wahrscheinz aa Äiiga gewwe mit de Gemeinde. Des waa jo schun zimmlisch laut. Un um zwee ware donn jo aa alle fortt.“
„Fascht. De hardde Kärnn waa noch do, de Weize, demm sei Rossie…“
„De Ää, de Anna un de Härddschd. Awwa die hawwe schun gschlofe uffm Benggl. Mied vum viele Donze.“
„Un vum Babble.“
„Bloß bissl schad, dass die Fraa Doggda so frih hot gehe misse.“
„Mhm.“
„Odda net?“
„Doch doch.“
„Wisso is die eigendlisch so frih fortt?“
„A, die fäat doch heit in Ualaub.“
„A so.“
„Die wäa jo eigendlisch gaa net do gwest, geschdan. Hot sie mia vazehlt.“
„Wäa sie net?“
„Die hot jo bloß gonz iwaraschend noch än gonz wischidische Fall neikriggt.“
„Hm.“

„Do hot sie ian Assischdent händeringend drum gebeede, des ubedingt geschdan noch zu mache. Noochmiddags. Gonz korzz voa meinare Paadie."
„Des is jo än schääne Zufall."
„Un was fa ähna. Marioon, gäbs uff, ia seid duaschschaut. Isch bin de Kommissaa, schun vagesse? Auf, jetz pack mol aus, wie issn des alles gloffe, voahea? Isch reiß da aa de Kopp net runna!"

Marion Helche druckste kurz, begann dann aber zu erzählen. Wiebke Freese habe sich eines Tages bei ihr gemeldet und als gute Freundin *vun Ihne* vorgestellt.
„Des stimmt, des issie", bestätigte Kommissar Günda.
Sie seien sehr schnell sehr gut ins Gespräch gekommen und sich einig gewesen, dass die Bemühungen von den beiden Kornfelds zwar gut gemeint, aber doch erkennbar zum Scheitern verurteilt seien.
„Aa rischdisch."
Möglicherweise seien die vielen, geballten Treffen mit Frauen grundsätzlich die falsche Herangehensweise gewesen, möglicherweise sei auch einfach nicht die Richtige dabei gewesen.
„Hmpf."
„Dasses schun schää wäa, wenn Sie ähni finne, do simma uns einisch gewest, DWibbge un isch."
„So so."
Man müsse aber auf jeden Fall völlig neu denken. Und plötzlich seien sie unabhängig voneinander auf Inga Mertens gekommen, die sie beide äußerst sympathisch fänden: „Do stimmt äfach alles bei derre. Die Obdig, des Alda, die Aat…"
Kommissar Günda unterbrach die Schwärmerei: „Hea mol, Marioon, wisso kenntn DWibbge die eigendlisch?"
„Anna Gschischt, annamol."
Als die Idee mit der Party aufgekommen sei, hätten sie sich angeschaut, und es sei glasklar gewesen: „Do muss die Fraa Doggda hie. Bloß wie?"

Wiebke Freese habe deren Assistenten bezirzt – „Wuhea kenntn die denn schun widda?“ „Anna Gschischt, annamol…“ –, und der habe sich bereit erklärt, dafür zu sorgen, dass Inga Mertens kurz vor ihrem Urlaub am Tag der großen Party noch einen dringenden Fall im Roten Ochsen zu bearbeiten hätte. Was beinahe noch gescheitert wäre, weil seine beiden Freunde keine besonders guten Schauspieler wären. Zum Glück sei ihnen noch eingefallen, dass sie ein schwules Pärchen seien.
„Hä? Ä schwules Päale? Kennisch die?“
„Tschief, anna Gschischt…“
„Annamol.“
„Gönau.“
„Also alles vun longa Hand geplant.“
„Des kamma so saare. Uff jedn Fall, des waa awwa net so vakeat mit de Fraa Doggda fa Sie, odda?“
„Hm.“
„Die is in Orddnung.“
„Schun.“
„Die hot was.“
„Ach Gott…“
„Sieht gut aus…“
„Isch weeß ga nimmie…“
„Tschief, gewwe Sies zu, Sie hawwe sich gut unnahalde mit derre, mia hawwe des gsehe. Des waa schun uffallend. Gonz annaschda als wie mit denne annare. Do waa jo oft Schweige im Walde. Unne?“
„Was unne?“
„Was is jetzat?“
„Jetz issie ärschda mol im Ualaub.“
„Ähä. Wie long?“
„Do waa sie sisch net so sischa. Zwee Woche, drei Woche. Mol gugge. Derre ia Sach.“
„Unne?“
„A, Marioon, was jetz noch?“

„Des is doch mol klaa: Hebda was ausgmacht?"
„Fa waas?"
„Tschief. Isch mähn, ia habt eisch jo schun bissl innisch vabschiedet."
„Hammia des?"
„Des saare jednfalls Zeuge."
„Was vazehlen die fan Kees? Mia hawwe uns die Hand gewwe, wie sisch des gheat."
„Hä?"
„Entschuldischung, isch kenn die Fraa jo grad mol drei Stund."
„Tschief… awwa än klähne Kuss hots schun gewwe, odda?"
„Awwa bloß so neewedroo. In die Luft. Wie ma des halt so mescht unna de hibbe Leit."
„Kähn rischdische Schmatza?"
„Nadialisch net. Schließlisch sieze mia uns jo noch."
„Hm. Un ia habt gaa nix ausgemacht, ia zwee?"
„Schun."
„Un was? Tschief, bidde! Jetz vazehle Sie doch mol!"
„Mia telefoniare."
„Des is schummo guud. Unne? Hawwe Sie schun oogerufe?"
„Hea mol, Marioon, die Fraa is in Ualaub, die is jo grad mol paa Stund weg."
„Tschief, wenn isch Ihne was empfehle derft, än klähne Tipp vun mia als Fraa: oorufe!"
„Oukey."
„Guud. Wonn?"
„Ball."
„Donn isses vleischt zu spoot. Heit noch. Am beschde glei. Jetzat."
„Jetzat? Des is doch viel zu frih?"
„Es is schun Middaag."
„Die hoggt vleischt grad im Fliega odda leeft duasch die Kondroll. Un donn heat des soän Kondrollea un denkt, des is bstimmt ä Zeische. Awwa kä guudes. Außadähm, isch hab mol

glese, am beschde ma waat noch paa zwee Daag, wemma sisch grad frisch kennegelärnnt hot."
„Odda paa Joa. Odda bis die Eiszeit kummt."
„A, Marioon…" Kommissar Günda suchte eine Handhabe gegen Marion Helches Hartnäckigkeit. „Was sollischn saare, wisso dassisch ooruf? Wisso dassisch derre glei mol uff de Wegga geh?"
„Des is doch gonz äfach: Ob sie guud ookume is, was des fan schääne Owett war. Un iwwahaupt. Dass Sie sich freie, wenn sie widda do is."
„Hm."
„Odda freie Sie sich etwa net druff?"
„Schun. Bissl", räumte er widerstrebend ein, während sein Grinsen ihn verriet. „Nommaal, odda?"
„Eewe net. Isch sach bloß achdefärzzisch… Allo."
„Waas?"
„Oorufe, jetzat!"
„Isch hab kä Telefoon. Leida."
„Sie kenne meins nämme. Da! Isch geh aa weg un hoiisch net zu."

Marion Helche legte ihr Handy auf den Tisch, stand auf und ging. Allerdings nur bis zur Treppe vom Roten Ochsen. Nachdrücklich nickte sie ihm zu.

„Alla guud, machischs halt. Awwa isch sach nix, kähn Toon", murmelte Kommissar Günda.
Er nahm das Telefon, holte einen zweimal gefalteten Bierdeckel aus der Hosentasche, dachte darüber nach, ihn gleich wieder verschwinden zu lassen – *Kamma net lese, schad…* –, fasste sich dann doch ein Herz, wählte die Nummer und drückte auf *Verbinden.*

*Wisso binnisch bletzlisch so uffgregt? Binnisch dabbisch, binnisch fuchzäh?*

Er hielt das Telefon ans linke Ohr und lauschte. Es dauerte einen Moment, bis die Verbindung zustande kam, vermutlich war sie bereits tausende Kilometer entfernt. Dann zuckte er zusammen. Ein altmodischer Klingelton ertönte zeitversetzt zum Geräusch in seinem Lautsprecher.

*Tuuut – Rrrring – Tuuut – Rrrring – Tuut – Rrrring…*

Dieses *Rrrring* kam aus der Nähe… Das kam… aus dem Nebenzimmer vom Roten Ochsen.

Marion Helche quittierte seinen fragenden Blick mit einem breiten Grinsen: „Guggemoldo, Tschief! Wisse Sie, wie des klingt? Des klingt, wie wenn Sie heit voa allem ähns hawwe: bissl Glick!“

Zeit zum Schreiben gab es infolge von Corona genug, fast alle Auftritte wurden abgesagt. Dennoch, es gelingt in dieser Situation nicht ohne Weiteres, kreativ zu werden, sich an ein neues Buch zu machen. Da bedurfte es des Zuspruchs. Den habe ich immer wieder gefunden bei Helga Föll, Buchhändlerin mit Leib und Seele, bei Claudia Verclas, meiner einfühlsamen Korrekturleserin, und bei Bettina Heilmann, beste Grafikerin überhaupt.
Herzlichen Dank!

www.arnim-toepel.de

Gestaltung: Bettina Heilmann, Mannheim
Fotos: Ariane Gerke-Töpel, Arnim Töpel
Druck: CPI Clausen & Bosse

ISBN 978-3-9820343-3-1

Von Arnim Töpel bisher erschienen:

De Schorle-Peda

ISBN 978-3-9812773-8-8
© Talking Blues 2013
Auch als mp3-Hörbuch

Muffzekopp

ISBN 978-3-9812773-9-5
© Talking Blues 2014
Auch als mp3-Hörbuch

Die Luddarisch Brick

ISBN 978-3-9817294-1-2
© Talking Blues 2015
Auch als mp3-Hörbuch

Fagrumbelung

ISBN 978-3-9817294-3-6
© Talking Blues 2016
Auch als mp3-Hörbuch

Männas!

ISBN 978-3-9817294-8-1
© Talking Blues 2017
Auch als mp3-Hörbuch

Mord beim Männerballett?

ISBN 978-3-9817294-9-8
© Talking Blues 2018
Auch als mp3-Hörbuch

Gündales in Glickerbach

Beschd of Tschief und Freese

ISBN 978-3-9820343-1-7

DVD

Die Corona-Heimvideos

März bis Mai 2020

Isch, de Krutze

ISBN 978-3-9817294-4-3

GÜNTER HARITZ

Aus dem Leben eines Radsportbesessenen

ISBN: 978-3-9817294-5-0